KD272796

과향적사 (過香積寺) 향적사를 찾아가다

향적사 어딘지 알지 못하여
구름 봉우리 속으로 몇 리나 들어간다
고목 우거져 사람 다니는 길 없건만
깊은 산 속 어딘가의 종소리
샘물 소리 가파른 바위에서 흐느끼고
햇살은 푸른 소나무를 차갑게 비치고 있네
해질녘 고요한 연못 굽이에 앉아
편안히 참선하며 잡념을 걸어 낸다네

不知香積寺　數里入雲峰
古木無人徑　深山何處鍾
泉聲咽危石　日色冷青松
薄暮空潭曲　安禪制毒龍

劍恨情
無劍悲
정한검 비검무

정한검 비검무 2

남궁훈 新무협 판타지 소설

초판 1쇄 찍은 날 § 2005년 9월 23일
초판 1쇄 펴낸 날 § 2005년 10월 3일

지은이 § 남궁훈
펴낸이 § 서경석

편집장 § 문혜영
편집책임 § 김민정
편집 § 서지현 · 최하나

펴낸곳 § 도서출판 청어람
등록번호 § 제1081-1-89호
등록일자 § 1999. 5. 31
어람번호 § 제2-0703호

주소 § 경기도 부천시 원미구 심곡1동 350-1 남성B/D 3F (우) 420-011
전화 § 032-656-4452   팩스 § 032-656-4453
http://www.chungeoram.com
E-mail § eoram99@chollian.net

ⓒ 남궁훈, 2005

ISBN 89-5831-746-9 04810
ISBN 89-5831-744-2 (SET)

※ 파본은 본사나 구입하신 서점에서 교환하여 드립니다.
※ 저자와 협의하여 인지를 붙이지 않습니다.

정한검 비검무

남궁훈 新무협 판타지 소설

2

아검지연(啞劍之緣)

도서출판 청어람

목차

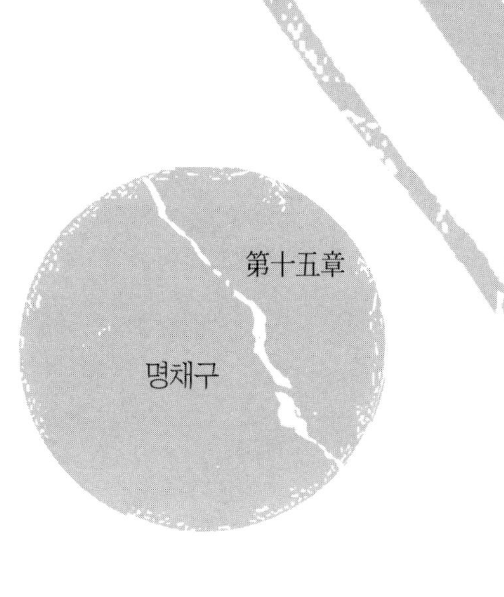

第十五章

명채구

"아깝다……."

불꽃이 피어오르고 있었다. 춥다랄 만큼 바람이 찬 것도 아니었고, 한기를 지닌 바람이 멋대로 들 수 있을 만큼 장원의 담이 낮지도 않았다. 하지만 여름 문턱 초가장의 후원에선 제법 굵은 불기둥이 치솟고 있었고, 모용준은 뭐가 그리 아쉬운지 불꽃을 바라보며 입맛을 다시고 있었다. 그런 동생을 보던 모용정이 짐짓 점잖은 목소리로 말했다.

"너무 애석해하지 말거라, 아우야. 그간의 고생을 보답받지 못한 것이 섭섭하긴 하다만, 어쩌겠느냐? 이것이 문규인 것을."

노랗게 타오르는 불꽃에서 잠시 시선을 뗀 모용준이 피식 웃으며 손에 들고 있던 남은 한 장의 도면을 던져 넣었다.

"그거나 잘 챙겨. 버리기 아깝다고 고집 부린 건 형님이니까."

　모용준의 턱짓이 가리킨 곳에는 세 개의 묵직한 자물통이 놓여 있었다.

　한철로 만든 자물통. 도면을 보관하던 궤짝은 도면을 태우는 장작으로 잘 써먹었지만, 거기에 달려 있던 자물통은 부수어 고철로 버리기엔 너무나 아까운 물건이었다. 한 달간 고생해 만든 도면을 한숨 푹푹 내쉬며 태우는 모용준, 필요없는 자물통을 버리지 못하고 기어이 가져가려는 모용정. 쌍둥이는 성격도 닮는 모양이었다.

　모용정이 짐짓 헛기침을 하며 자물통을 슬쩍 봇짐 속으로 밀어 넣었다. 손을 털고 일어서는 모용준의 눈이 후원으로 나 있는 동그란 원문으로 향했다. 동이 텄다고 해도 아직 이슬이 마르려면 시간이 많이 남았건만, 모용상아는 어느새 화장까지 끝마친 얼굴로 후원을 찾았다.

　"오라버니들, 지금 뭐 해?"

　"어, 도면들을 태우고 있다."

　"휴우… 아깝다."

　모용상아의 시선이 까맣게 오그라든 채 불길 속에서 뒤척이는 도면의 흔적으로 향했다. 그녀의 말에 모용정과 모용준이 마주 보며 피식 웃었다. 모용상아는 그들의 웃음을 보며 눈을 동그랗게 떴지만 이내 검집 끝으로 불꽃을 뒤적여 도면의 흔적을 잘게 바수어 버렸다.

　"조반 먹고 바로 출발할 거래."

　"포도아문으로 간다던, 배를 탄다던?"

　"배."

　질문도 짧고 대답도 짧다. 그래도 알아야 할 건 다 말한 셈이다. 포도아문으로 간다면 무창 일대를 수색한다는 뜻이고, 배를 탄다면 장강

일대를 수색하겠다는 뜻이다. 뱃길 수색은 그대로 추적으로 이어질 수도 있다. 흔적을 발견한다면 추적을 준비할 여유가 없으니, 지금 먹는 조반이 무창에서의 마지막 식사가 될 수도 있다.

"서둘러야겠네. 장 호법님은 아침잠이 없으신 분이니, 괜히 싫은 소리 안 들으려면……."

"아직도 그러고들 있나?"

장안호의 목소리가 후원으로 넘어들었다. 모용준은 모용상아를 보며 어깨를 한 번 으쓱거려 보인 후 고개를 돌렸다.

"기침하셨습니까."

모용정, 모용준 형제의 인사에 장안호가 고개를 끄덕였다. 그리고 조금씩 기세를 잃어가는 모닥불을 보며 말했다.

"쩝… 아깝군."

"푸훗!"

모용준의 입에서 주책없는 실소가 터져 나올 뻔했다. 장안호의 시선이 그에게 향했지만, 모용준은 안색을 바꾸며 점잖게 말했다.

"문규를 따르자니 하는 수 없지요. 도면은 무조건 파기. 완성되었든 미완이 되었든."

"험, 알고 있네."

모용준의 말에 장안호가 헛기침을 하며 고개를 살짝 돌렸다. 그리고 이내 가벼운 미소를 지으며 모용준에게 말했다.

"봇짐이 무거워 보이는군. 뭐, 무거운 물건이라도 들었나 보지?"

장안호의 말에 모용준이 아차 하는 표정으로 한쪽 눈썹을 찌푸렸다. 하나 이내 사람 좋은 미소로 장안호에게 말했다.

“식전이시면 함께 가시죠. 주인 없는 집에서 밥을 얻어먹을 수는 없는 노릇이니, 가까운 객잔에서 조반을 해결해야겠습니다.”

모용준은 고개를 돌려 모용정을 바라보았다. 모용정 역시 빙긋 웃으며 고개를 끄덕여 보였다. 장안호는 그들의 모습에 피식 웃으며 한 손을 떨쳐 냈다.

파삭!

장안호의 손에서 뿜어진 경력이 모닥불을 때리자, 마치 몽둥이로 후려친 듯 모닥불이 터지며 몇 개의 장작이 허공으로 튀어 올랐다. 장안호의 손에서 섬광이 번뜩인 것은 그때였다.

휘잉! 파사삭!

발검과 함께 피어오른 검기가 허공을 수놓고 있었다. 장안호의 검기가 쫓던 것은 허공으로 튀어 오른 제법 굵은 장작 세 개. 어른 팔뚝만 했던 장작이 여섯 개가 되었다가 다시 열두 개가 되고 나서야 사방으로 불꽃을 튀기며 땅으로 떨어져 내렸다.

‘일 초 삼 검에 연환 삼 초. 한 호흡에 열두 번의 변화를 이루어 떨어지는 배꽃 한 잎으로 눈보라를 일으킨다는 이화검법의 정수.’

모용정과 모용준의 눈에 찬탄의 빛이 어렸다. 모용상아 역시 그런 장안호의 뒷모습에서 뿌듯함과 든든함을 느끼고 있었다.

‘아버지의 이화검법이 환이라면, 장 호법님의 이화검법은 쾌다. 같은 검임에도 이렇게 다르다니……’

모용상아도 무공을 익혔다. 그리 내세울 만한 실력은 아니었지만, 적어도 장안호의 경지가 어느 정도의 성취를 이루었는지는 알 수 있었다.

'나는 언제쯤 저런 검을 뽑내어 볼 수 있을까.'

모용상아도 무가의 여식이었다. 강한 무공을 동경하는 것은 어쩔 수 없는 일. 하나 그녀는 물론 모용준, 모용정의 경외 가득한 시선을 느끼지 못하는 듯 장안호의 안색은 그리 편치 못했다.

'그래… 어차피 모용세가는 나의 전부다. 세가를 위하는 일에 내가 하지 못할 것이 무에 있을까.'

장안호는 심호흡을 한 후 천천히 검을 집어넣었다. 그와의 약속을 떠올리며 이 도박과 같은 선택이 부디 틀리지 않았기를 바라고 있었다.

'그러려면 먼저 그자를 잡아야겠지.'

장안호의 시선이 날이 밝아오는 동녘으로 향했다.

한 달. 자신이 임의로 강호행을 할 수 있는 시간은 한 달이었다. 그 안에 그자를 잡아야 했다.

"가세, 부서진 불씨는 자연히 꺼질 테니."

앞장서던 장안호의 말에 모용준과 모용정도 서둘러 그 뒤를 따랐다. 단지 모용상아만이 사방으로 흩어져 마지막 숨을 내뱉던 불씨들의 최후를 지켜보고 있었다. 그녀는 하나둘 꺼져 가던 불꽃을 바라보다 이내 고개를 돌려 장안호의 뒤를 따랐다. 그녀의 시선이 사라지자 애처롭게 발버둥 치던 불씨가 이내 마지막 숨을 토해내곤 빛을 잃었다.

*　　　　*　　　　*

모용상아가 초씨 세가를 나올 때쯤 한은 가패와 함께 모옥을 나서고 있었다. 한은 다리를 절고 있었다. 허벅지의 검상이 얕지 않았고, 어제

의 피로가 채 가시지 않았기 때문이다. 허리에 걸린 거대한 검과 어깨
위로 올려진 봇짐이 절뚝거리는 걸음만큼이나 무거워 보였다.

"이리 줘."

가패가 한 손을 내밀었지만 한은 말없이 걸음만 옮겼다. 검이야 그
렇다 쳐도 봇짐 정도는 넘겨주어도 되련만, 이 말없는 사내는 검을 다
잡는 것이 아니라 오히려 봇짐을 고쳐 쥐었다.

'제법 귀한 물건인가 보군. 그러니 기름 먹인 가죽으로 둘둘 싸매놓
은 것일 테지만.'

정신 잃은 한을 뭍으로 끌고 나온 것은 가패였다. 상처를 치료하기
위해 옷을 벗겨야 했고, 등 뒤로 단단히 매어져 있던 봇짐 역시 그가
끌러내었다. 호기심에 슬쩍 들춰보았지만 봇짐 속의 가죽 주머니까지
열어보지는 않았다. 가죽 주머니에 세 번 네 번 묶여진 가죽 끈이 중요
한 물건이라는 것을 짐작케 했다. 언젠가는 알게 되겠지.

"지금 무창은 난리도 아니야. 걸어서든 배를 타든 관군의 눈을 피해
무창을 벗어날 길이 없어."

한은 가패의 뒤를 따르며 묵묵히 듣고만 있었다. 말을 할 수 있어도
별다른 말을 하지는 않았을 것이다. 가패의 말에는 부정이 아닌 긍정
이 담겨 있었으니.

"재수가 좋아."

가패가 한을 이끌고 간 곳은 모옥에서 얼마 떨어지지 않은 작은 마
을이었다. 무창에서도 빈민들만이 모여 산다는 '명채구(明債區)'. 가패
는 명채구의 뒤편에 자리잡은 인적 없는 야산으로 한을 이끌었다. 그
곳에는 그들을 기다리는 사람이 있었다.

"오셨습니까?"

"어, 이 친구가 나랑 같이 갈 사람이야."

가패의 반말에 노인은 힐끔 한을 바라보곤 고개를 숙였다.

"몸을 숨겨 나가기가 쉽지 않겠습니다. 덩치도 덩치지만 상처가 깊어 보이니……."

"손 좀 써봐. 명채구 황 노인이 못한다면 무창에선 누구도 못해."

가패의 치커세움에 황 노인이라 불린 노인이 가볍게 미소 지으며 고개를 숙여 보였다.

"은자 닷 냥입니다. 출발은 오늘밤 자시."

"닷 냥? 허, 이제는 황 노인까지 나를 벗겨먹으려고 하는군."

은자 닷 냥이라는 말에 가패가 혀를 차며 난색을 표했다. 은자 닷 냥이면 말이 두 필이다. 가패도 자신의 부탁이니 은자 닷 냥이지, 다른 이들 같으면 열 냥 이상을 불렀을 것이라는 것을 알고 있다. 하나 지금 자신의 수중엔 은자 두 냥이 전부였다. 아무래도 마지막 인사로 엄살 좀 부려보라는 황 노인의 장난질 같았다.

"이봐, 황 노인. 우리 사이가 이런 게 아니잖아?"

"채주님, 저야 거간을 할 뿐, 금액은 저들이 정하는 것 아닙니까? 그나마 제가 이야기를 잘 해놓아 닷 냥입니다. 지금 같이 어수선한 때 잘못하여 관병들에게 발각이라도 된다면 저들도 목을 내놓아야 하고 한 일 년은 장강을 오르내리는 데 불편을 감수해야 합니다."

"허참, 아무리 그래도……."

가패가 입맛을 다시고 있을 때 그들의 이야기를 듣고 있던 한이 한 걸음 나섰다. 황 노인은 흠칫 놀라 한 발 물렀다. 팔 척 거한의 작은 움직임에도 노인은 숨이 막힐 지경이었다. 그러나 그가 내민 은자는 멀어지던 황 노인의 발목을 단숨에 붙들어 매버렸다.

"음?"

솥뚜껑만한 손바닥 위에 뒹구는 작은 은원보 하나. 은자 열 냥짜리였다. 황 노인은 그 손을 따라 손의 주인과 눈을 마주쳤다. 그리고 가패를 한 번 바라본 후 이내 조심스레 은원보를 집어 들어 품으로 숨겼다.

"자시에 뵙지요."

황 노인은 느릿한 걸음으로 야산을 내려갔다. 하지만 가패는 황 노인이 아닌 한을 바라보고 있었다.

"은원보는 어디서 난 거야?"

가패의 물음에도 한은 대답이 없었다. 하지만 가패는 들리지 않을 대답을 기다리지 않았다.

"훔친 거야, 아니면 빼앗은 거야?"

한은 무심한 눈으로 가패를 바라보았다. 그런 것까지 대답해야 하느냐는 물음 같기도 했고, 그렇지 않다는 대답 같기도 했다. 그 눈빛을 읽어보려던 가패가 이내 고개를 저으며 걸음을 옮겼다.

"뭐, 따지려던 건 아니야. 내가 도적인데 누구에게 뭘 따지겠나. 그냥 은원보를 가지고 있기에 혹시나 싶어서."

은원보는 일반인들이 사용하는 것이 아니다. 부자 정도로는 턱도 없고, 적어도 거부 소리는 들어야 은원보를 움직일 수 있다. 은원보는 조세 이외의 목적으로는 유통이 금지되어 있으니, 시중의 어중간한 위세로는 은원보를 사용할 수 없다. 그러니 가패로서도 궁금하지 않을 수 없었다.

'뭐… 차차 알게 되겠지.'

가패는 한과 함께 야산을 내려가고 있었다. 가패의 궁금증은 조금씩 잊혀지고 있었지만, 한의 궁금증은 여전했다.

'은자 닷 냥으로 무창을 벗어날 수 있는 방법.'

육로는 막혔다. 다른 지방이라면 산행을 생각해 볼 수도 있었지만, 무창은 산이라 불릴 만한 것이 없다. 너른 평지를 군사들이 눈에 불을 켠 채 지키고 있으니 은밀한 도주는 불가능했다. 남은 것은 수로. 아마도 은자 열 냥은 물길을 여는 방법일 것이다.

'하지만 수로의 감시는 관군도 마찬가지……'

오히려 수로의 이동이 더욱 어려울지 모른다. 가패의 말대로라면, 관군은 동정수로채의 토벌을 준비하고 있다고 한다. 무창을 뒤지고 있는 병력을 뺀다면 남은 전력 모두가 장강에 쏠려 있다고 봐야 했다. 위험하기로는 육로보다도 더했다.

'오늘밤이면 알게 되겠지.'

한은 가패의 등을 보며 걱정을 지웠다. 타인에게 믿음을 주는 것이 얼마나 어리석은 것인지 잘 알고 있었지만, 지금은 그가 유일한 아군이었다. 모옥으로 들어가려던 한이 문득 걸음을 멈추곤 거친 억새 너머의 장강을 바라보았다.

'인연은… 여기까지만……'

무창을 떠나며 지워야 할 이름이 너무나 많았다. 억새들의 흩날림은 반짝거리는 장강 결에 장단을 맞추며 한의 가슴을 조금씩 흔들고 있었다. 그 모습을 바라보던 한은 작은 한숨만을 남기고 말없이 모옥 안으로 사라졌다.

반갑지 않은 인연의 이어짐은 억새들의 흔들림만큼이나 질기게 그를 뒤쫓고 있었다. 한이 남긴 한숨은 그런 억새들의 춤사위와 어우러져 맘처럼 쉽게 흩어지지 못하고 있었다.

*   *   *

물살이 제법 거세어지고 있었지만, 물에서 나고 자란 이들은 그러한 변화를 쉽게 감지하기 어려웠다. 난간을 붙들고 있는 손에 힘이 들어가려면 두어 시진은 더 기다려야 할 것 같았다.

"관선을 타지 않은 이유가 뭐요?"

장안호의 물음에도 용호는 장강에 가 있던 시선을 떼어내지 않았다. 장안호 일행은 용호와 함께 한 척의 소선에 올라 있었다. 소선이라고는 하지만 중원의 젖줄인 장강을 노니는 배답게 서른 명 정도는 거뜬히 갑판에 오를 수 있을 만한 크기였다.

배를 모는 이는 모두 다섯 명. 소선은 물질에 익숙한 장정들의 손길을 따라 제법 넓은 돛 가득히 바람을 머금고 장강 위를 질주하고 있었다.

"무창은 달리 구성통구(九省通衢)라고 하지요. 동서로는 장강을 따라 사천에서 상해까지, 남북으로는 관도를 따라 북경과 광주를 잇기에 무창을 벗어나기만 한다면 천하의 어느 곳으로든 갈 수 있습니다."

용호의 말에 장안호는 주위를 한 번 둘러보았다. 뭍으로는 험한 지세 하나 없고 강폭은 넓기만 했다. 초가장이 있던 사산(蛇山) 인근의 강폭만 오백여 장(丈). 장강을 거스르면 거스를수록 그 폭은 더욱 넓어지고 있었고, 강변 너머로 보이던 가옥들의 수도 눈에 띄게 줄어들고 있었다.

"놈을 잡기 힘들다는 뜻이오?"

"글쎄요. 벌써 그자를 쫓은 지 두 달이 넘었습니다. 그자를 잡기야 하겠지만, 그것이 오늘이라는 보장은 없지요."

용호는 자신의 말과는 달리 느긋한 표정이었다.

"그자가 사단을 일으킨 곳은 이곳에서 반 시진 거리. 이야기를 들으니 그곳은 강폭이 삼백여 장에 달하는 곳이라더군요. 장강 한복판에서 싸웠으니, 살아남았다면 백오십여 장을 헤엄쳐 나가야 했을 겁니다."

"당신은 그가 죽었을 거라 생각하는 게요?"

"글쎄요……."

용호의 귀밑머리가 바람에 흐트러졌지만 몇 가닥의 머리카락만으로는 그의 미소를 가릴 수 없었다. 장안호는 입을 굳게 다물며 장강으로 고개를 돌렸다.

"도움을 청한 것은 그대. 함께 움직여야 한다면 그에 걸맞는 모습을 보여주길 바라오."

장안호의 냉정한 말에 그제야 용호의 시선이 그에게 향했다. 하나 시선이 머문 시간은 찰나. 용호는 다시금 장강으로 시선을 돌렸다.

"흠… 그렇군요. 저는 거래를 한 것이라 생각하고 있었는데……."

용호의 나직한 말에 장강을 바라보던 장안호의 눈이 살짝 찌푸려졌다.

"좋습니다. 도움을 청했건 거래를 하였건 동료는 동료이니 계획을 공유하는 것이 이후의 일정에 도움이 될 것 같군요."

"그자를 잡고 싶다면 그래야 할 거요."

"일단 사건이 일어났던 장소를 중심으로 그자의 흔적을 찾을 셈입니다. 저는 그자가 분명히 살아서 도주했을 것이라고 생각하거든요."

장안호는 가만히 고개를 끄덕였다. 수긍한다는 뜻이기도 했고, 계속 이야기하라는 뜻이기도 했다.

"그곳에는 이미 관병들이 수색을 벌이고 있습니다만, 실제로 그곳을 수색하고 있는 이들은 현의 관원들뿐입니다. 왜 관선을 타지 않고 민선을 빌렸느냐고 물으셨지요? 관선의 대부분이 역적 도당의 토벌 준비로 바쁘니까요. 군은 물론 포도아문에서도 배를 징발할 수가 없었습니다. 아마 수색에 동원된 아문의 포쾌들 역시 대부분 수색을 마치고 복귀했을 겁니다."

"벌써?"

의외였다. 아무리 동정수로채 토벌이 큰일이기는 하지만, 그렇다고 이렇게 빨리 수색을 끝내다니. 하나 용호는 당연하다는 듯 이야기를 이었다.

"허허, 잊으셨습니까? 이번 사건으로 고발된 것은 동정수로채뿐입니다. 우리가 찾는 그자는 정식으로 고발되지 않았습니다. 물론 제가 청을 넣어 동정수로채와 연관된 수색에 그자의 용모파기를 집어넣기는 했지만, 동정수로채만 괴멸되면 현령은 언제 그런 일이 있었냐는 듯 그자를 잊어버릴 것입니다."

용호의 말대로 한은 포도아문에 정식으로 소장이 접수되지 않았다.

비록 무창의 포도아문이 용호의 수사에 협조하고는 있지만, 당장 그들에게 급한 것은 역적도당인 동정수로채지 다른 성에서 문제를 일으킨 살인자 따위가 아니었다.

"하면 동정수로채의 토벌이 끝난 연후에 다시 한 번 수색을……."

"너무 늦습니다, 동정수로채의 토벌이 하루아침에 끝나지는 않을 테니. 그렇게 쉽게 끝날 일이었다면 도적 무리인 그들이 방파를 만드는 일 따윈 애초에 일어나지도 않았겠지요. 적어도 한 달. 동정수로채가 괴멸되든 안 되든, 이번 일이 잠잠해질 때까지 한 달은 걸릴 겁니다. 그건 그들도 잘 알 것이고."

"그… 들?"

장안호의 눈이 용호를 찾았다. 그는 분명 그가 아니라, 그들이라 했다. 하나 용호는 장안호의 옅게 노기 어린 시선을 피하지 않으며 말했다.

"아직 공유해야 할 것들이 많습니다."

소선의 출렁거림이 조금씩 더해가고 있었지만 장안호와 용호는 눈길조차 주지 않고 있었다.

돛대 너머 하늘을 바라보던 선원 하나가 이상을 찌푸렸지만, 오래지 않아 큰비가 올 것 같다는 이야기를 낯모르는 타지 손님에게까지 귀띔해 줄 필요는 없었다.

*   *   *

"그렇게 경계하지 않아도 돼, 여기는 아무도 찾지 않으니까."

모옥 한편에 기대어 앉아 졸던 가패가 입을 열었다. 그의 목소리에 모옥의 판자벽 틈으로 밖을 바라보던 한이 고개를 돌렸다.

"여기는 명채구에서도 버려진 곳이야. 우리에겐 최상의 안식처고."

한은 보일 듯 말 듯한 호기심을 두 눈 깊숙이 숨기곤 그를 바라보았다. 천하에 버려진 것이 어디 이곳 하나일까마는, 살인자를 쫓는 관원도 찾지 않을 곳이라니? 그런 곳이 있다면 그곳은 포도아문의 옥(獄) 중이거나…

"역신이 발 디딘 자리. 어딜 급하게 가는 길이었는지, 제대로 발을 딛질 못해서 고장 천여 명밖에는 죽지 않았어. 그게 벌써 십 년 전 일이지."

가패는 슬쩍 한을 바라보았지만 역시나 저 목석은 흠칫하는 시늉조차 보이질 않았다.

"재미없군."

역병이 돌았던 자리는 관원이 아니라 관원 할아비라도 걸음을 하지 않는다. 명채구는 빈민들이 사는 곳이었다. 파락호, 배수, 도수… 밑바닥을 기어 다니며 겨우겨우 하루를 이어가는 사람들이 사는 곳. 그곳이 바로 무창의 명채구였다. 아무도 걸음을 하지 않는 곳이기에 누가 살던 신경조차 쓰지 않는 곳. 빚을 빚진 사람들이 살기엔 안성맞춤인 곳이었다. 그런 그들조차 이 모옥 근처 백 장 안으로는 얼씬도 하지 않는다. 역병의 발원지. 재수 옴 붙은 곳.

"두려움이란 건 생각보다 오래 기억에 남지. 십 년 정도론 턱도 없어."

한은 가만히 앉아 바닥을 바라볼 뿐이었다. 아무 상관 없다는 듯. 그러던 그가 검을 꺼내어 들자 가패는 자신도 모르게 흠칫 놀랐다. 한은 가만히 검을 꺼내어 자신의 무릎 위에 올려놓고는 상처를 싸매고 남은 헝겊 하나를 들었다. 그는 말없이 검을 닦기 시작했다.

'후우… 두려움은 생각보다 오래 기억에 남지… 암, 그렇고말고……'

가패는 자신의 어깨가 욱신거리는 것 아닌가 싶었다. 상처는 제법 아물어들었지만, 저 벙어리가 닦고 있는 검에는 자신의 피 몇 방울이 아직 남아 있을지도 모른다.

"그런데 말이야."

가패가 운을 떼자 검을 닦던 한의 손이 멈췄다. 고개는 검을 향해 있었지만 귀는 가패에게 열려 있었다.

"넌 말을 못하잖아, 글도 못 쓰고. 그런데 어떻게 원수를 찾을 수 있지?"

가패의 물음에 한은 잠시 움직이지 않고 있었다.

"어디서였는지는 모르지만 무창으로 오기 전에 이미 셋을 해치웠다고 했지? 초가장주가 너의 네 번째 원수였고. 그리고 너는 다섯 번째 원수를 찾기 위해 태호로 긴다고 했다. 어떻게 그들을 찾아낼 수 있었지? 혹시 모두 알던 자들이냐? 그래서 그들이 살던 곳에 한 번이라도 가봤던 거냐?"

한의 대답은 조금 느렸다. 하지만 분명히 좌우로 고개를 가로저어 가패의 말에 답했다.

"말하기… 아니, 대답하기 곤란한 거냐?"

이번에는 그의 고개가 끄덕여졌다. 그는 생각보다 순순히 가패의 질문에 답해 주었다. 아마 그가 무창을 빠져나가자고 한 제안에 응한 이후부터였을 것이다, 이토록 고분고분해진 것은.

"하나만 더 물어보자. 모두 여덟 놈을 찾는다고 했지? 그놈들하고는 무슨 원수가 진 거냐? 부모님이나 가문의 원수냐?"

가패는 한의 고개가 가로저어지는 것을 보며 그가 생각해 낼 수 있는 은원의 종류를 떠올려 보기 시작했다.

"배신을 당한 거냐? 아냐? 그럼, 그들이 귀한 보물을 훔쳐 달아나기라도 한 거냐? 음? 뭐야, 그런 반응은?"

한은 고개를 반쯤 젓다가 고민하는 눈치였다. 가패가 이해하기 힘든 반응. 그렇다는 것인지, 그렇지 않다는 뜻인지.

"뭐… 아니면 또 뭐가 있을까… 혹시 네 여자를……."

가패는 조심스레 이야기하길 잘했다고 생각하였다. 여자라는 한마디. 한의 살기는 여인이라는 그 한마디에 무섭게 반응하고 있었다. 길게 늘어뜨린 머리카락 사이로 불꽃이 이는 것 같았다. 그의 무릎 위에 놓여 있던 검이 파르르 떨려오는 듯 보였고, 스멀스멀 피어오르는 살기가 흘러내려 바닥을 적시고 있었다.

그는 여인의, 혹은 여인들의 복수를 하려는 것이었다. 그가 복수하려는 여인이 자신의 여인인지 아니면 또 다른 어떤 관계의 여인인지까지 물어볼 엄두도 나지 않았다. 가패는 자신의 어깨에 난 상처가 진정 욱신거린다고 생각했다.

'지독하군. 도대체 어떤 원한이기에…….'

가패는 한의 전신에서 흐르는 살기가 진정되기를 기다렸다. 아직 문고 싶은 것이 많았지만, 지금은 성난 황소가 제풀에 지쳐 얌전해지기를 기다리는 것이 상책이었다. 그의 판단은 옳았다. 한은 자신의 실책을 깨달은 듯 금세 살기를 지우곤 시선을 피했다.

'여자… 여인을 위한 복수라… 맘에 드는데?'

가패의 입가에 옅은 미소가 걸렸다. 피를 두려워하지 않는 사내. 그 사내를 피의 구렁텅이로 떠밀고 있는 이가 여인이었다니. 복수의 이유가 그런 것이었다니.

"재미있어."

가패의 말에 한이 고개를 돌려 노려보았다. 날카로운 눈빛이었지만 가패도 그리 만만한 사내는 아니었다.

"너… 정말 재미있는 녀석이야. 맘에 들어."

한의 날카롭던 눈빛이 한순간 흔들렸다. 하나 이내 상관하지 말라는 듯 고개를 돌려 검을 힘주어 닦기 시작했다.

'원한이 깊어 칼이 매섭고, 원수가 많아 길이 멀구나. 가야 할 길은 멀기만 한데… 복수가 끝나면 무엇이 남을까……'

피는 피를 부르고, 원한은 또 다른 원한을 낳는 법이었다. 가패는 오로지 복수를 위해 살아가는 한의 모습이 안타까워 보였다.

'후후, 누가 누구를 동정하는 것이지?'

가패의 미소가 허탈하게 변했다. 저 벙어리 친구는 패악스럽게 생긴 검 한 자루 믿고 복수혈로를 걷고 있다. 자신은 스스로 이름까지 버리곤 그 길에서 도망쳐 버렸다. 그것을 부끄럽다 생각하지 않았었는데…….

　가패는 조용히 눈을 감았다. 눈을 뜨고 있으면, 저 앞뒤 못 가리며 복수에만 매달리는 답답한 화상을 보고 있으면 언젠간 자신도 그 길을 걷게 될 것 같은 불길함에 눈을 뜰 수가 없었다. 하지만 가장 불길한 것은, 저 불길한 인간이 점점 좋아지게 될 것 같다는 느낌이었다.

＊　　　＊　　　＊

　"오빠……."

　설기룡은 모용상아의 목소리가 들리고 나서야 고개를 돌렸다. 등 뒤로 다가오고 있음을 느꼈고, 몇 호흡 동안이나 망설이고 있다는 것을 알고 있었음에도.

　"괜찮다."

　설기룡은 머뭇거리고 있는 모용상아를 향해 조용히 입을 열었다. 이전만큼 다정다감하다고는 말할 수 없었지만, 조심스럽게 다가선 모용상아가 조금 놀랐을 만큼의 온기가 담긴 덤덤한 목소리였다.

　"너를 이해한다고는 말할 수 없겠지만… 네가 잘못되었다고는 생각하지 않는다. 난… 너를 믿는다."

　모용상아는 고개를 숙이고 있었다. 어렵게 준비한 말들. 고르고 골라 조심스레 꺼내려 했던 말들이 모용상아의 뇌리에서 흔적도 없이 사라져 버렸다. 자신이 원한 대답을 고맙게도 설기룡이 먼저 말해 주었다. 그럼에도 모용상아는 고개를 들 수가 없었다.

　"…잘 모르겠어."

　모용상아의 나지막한 목소리가 들릴 듯 말 듯 스치고 있었다.

"…내가……."

"나중에……."

"……?"

모용상아의 고개가 들리며 설기룡과 시선이 마주쳤다. 초가장을 떠나 이곳까지 오는 동안 처음으로 마주친 눈빛. 설기룡은 잠시 시간을 두고 입을 열었다.

"나중에 이야기하자. 그를 만나고 나서… 모든 일을 끝내고 나서……."

"…오빠."

설기룡은 모용상아를 향해 엷게 미소 지어주었다. 최대한 억지스럽게 보이지 않으려 노력한 미소. 모용상아는 그것이 더욱 마음 아팠다.

'미안해…….'

모용상아는 다시금 고개를 떨구었다.

"네 심성이 너무 고와 그가 처한 안타까운 상황에 마음이 동한 것이라 생각한다. 나 역시 너만큼이나 그 사람을 안타깝게 생각하고 있고. 하나 어찌 되었든 이제 그와 우리는 얽혀 버린 관계를 풀어내어야 할 사이가 되었다. 좋은 쪽으로든 나쁜 쪽으로든."

"알아."

"지금 너에게 해주고 싶은 말은 하나뿐이다."

모용상아는 설기룡의 말에 귀를 기울이고 있었다. 설기룡은 그런 모용상아를 바라보며 작지만 또렷이 들리는 음성으로 말했다.

"네가… 모용세가의 사람이라는 것."

설기룡은 다시금 고개를 돌려 장강을 바라보았다. 자신이 하고픈 말을 전했으니, 영특한 그녀가 용케 그것을 알아차리길 바라는 수밖에 없었다.

'너는 모용세가의 여식이며 가주의 금지옥엽이다. 네가 그와 어울리지 않는다는 사실을… 늦지 않게 깨닫길 바란다.'

모용상아. 그녀가 흔들리고 있다는 것을 가장 먼저 깨달은 이는 우습게도 그녀의 정인이었던 설기룡이다. 비참했다. 자신은 가주의 대제자였다. 자신을 향한 모용상아의 마음이 어떠한지 이미 오래전에 알고 있었고, 그 역시도 모용상아를 자신의 반려로 생각하고 있었다. 모용상아가 너무 어렸기에, 사람들의 시선을 의식하였기에 당당히 교제하지 못한 것뿐이었다. 단지 그것뿐이었다. 설마 출신도 모르는 낭인 같은 자로 인해 두 사람의 관계가 이토록 뒤틀려 버리게 될 줄은 꿈에도 생각지 못했다. 있을 수 없는 일이었다.

'그는 위험한 사람이다. 이미 악명을 얻어버린 강호의 살귀다. 너와도 어울리지 않고 모용세가와도 어울리지 않는다.'

설기룡은 그와 모용상아가 이루어지는 일 따윈 결코 일어나지 않을 것이라 생각하고 있었다. 그저 무더운 여름 스치는 소나기같이, 그들의 인생에 작은 기억 한 조각으로 끝날 인연이라 믿고 있었다. 그렇지 않다고 해도, 그래야만 했다.

'그를 동정한다. 그를 편협한 눈으로 보지는 않겠다. 하나 그것은 그가 우리와 다른 길을 간다는 조건에서만 가능한 일. 네가 그를 가까이할수록 그는 우리와 멀어질 수밖에 없다. 네가 원하지 않더라도… 그래야만 하니까.'

설기룡의 눈이 수많은 생각들로 물들고 있던 그 순간, 모용상아는 고개를 숙인 채 설기룡에게서 한 발 물러나 있었다.

그녀가 무엇을 생각하고 있는지는 그녀와 눈을 마주치고 있던 장강의 푸른 물결만이 알고 있을 터였지만, 그녀의 망막 위로 떠오르던 그의 잔영은 뱃전의 포말(泡沫) 속으로 잘게 바수어지고 있었다.

＊　　　＊　　　＊

명채구의 가옥들은 가지각색의 모양을 하고 있었다. 흙벽을 쌓아 만든 집도 있고, 돌을 괴어 만든 집도 있었다. 초가집이 대부분이지만 엉성하게나마 기와를 올린 집도 있었다. 명채구 사람들 절반 이상이 타지에서 흘러든 이들이었기에, 그들이 사는 가옥들도 주인의 눈에 맞춰 제각각의 모양을 하고 있었다. 황 노인이 앉아 있던 곳 역시 중원의 양식과는 많이 달랐지만, 명채구에서는 그리 특별하지 않은 모양의 그런 가옥이었다.

"얘기가 잘 되었소. 자시에 사산을 지나 축시 전에 이곳을 지날 거요."

"고맙네, 오(吳) 방주. 역시 오 방주의 수완은 무창에서 따를 자가 없을 것이네."

황 노인과 마주 앉아 있는 사내가 거만하게 고개를 끄덕이곤 다시 입을 열었다.

"그런데 혹시 이번에 실어 보낼 자가 흑룡왕 맞소?"

"허허, 내가 대답해 줄 수 없다는 건 오 방주가 더 잘 알 것 아닌가."

오 방주라 불린 중년 사내는 황 노인의 말에 그럴 줄 알았다는 듯 고개를 끄덕였다.

"낮에 외인이 들었소."

"이야기 들었네."

"관원이라고 하더만, 냄새가 지독하더군."

"……?"

오 방주는 관원이라면 이를 가는 사람이었다. 과거에 무슨 원수를 졌는지는 모르지만, 자신의 옆으로 포쾌만 스쳐 지나가도 코를 쥘 만큼 관원들을 싫어했다. 그런 그가 지독하다 말한다면,

"그런 자가 직접 찾아다닐 만큼 흑룡왕이 거물이었던가?"

오 방주는 의외라는 듯 입맛을 다셨지만, 황 노인은 가패가 아닌 다른 이를 떠올리고 있었다.

'생각보다 더 위험한 자인가?'

황 노인은 이 바닥에서 잔뼈가 굵다. 흔히 하오문이라 불리는 비천한 자들의 세상에서 환갑을 넘겼다면, 그 하나만으로도 그 재간을 인정해 주어야 한다. 그의 명줄은 사람 보는 눈이 잡아주고 있었다. 그런 황 노인이 자신의 눈을 의심하고 있었다.

'위험하긴 위험하지. 더 위험해지기 전에 서둘러 무창에서 내보내야지.'

황 노인은 조용히 자리를 털고 일어섰다. 위험한 물건은 오래 쥐고 있는 법이 아니다.

"그들은 어디에 있는가?"

"외인이 머물 곳은 한 군데뿐이지."

황 노인은 고개를 끄덕이며 걸음을 옮겼다. 명채구에 하나밖에 없는

객잔. 눈길을 피해야 할 곳이 하나 더 생겼다. 걸음을 서두르려던 황 노인에게 오 방주가 지나가는 듯 물어왔다.

"동정수로채는 저대로 둘 거요?"

"왜? 누가 도와달라고 하던가?"

황 노인의 말에 오 방주가 조소를 머금으며 말했다.

"채주가 도망간 마당에 누가 낯짝을 디밀겠소. 그래도 저대로 균형이 깨져 버리면 여러모로 골치 아프니까."

황 노인은 잠시 생각을 하는 듯하다가 다시 걸음을 옮기며 말했다.

"일단 그냥 두시게. 총채주가 생각이 있다면 연통을 보내겠지. 설마 다 죽을 때까지 그냥 두기야 할까만, 그래도 한두 명 죽는 걸로 끝날 일이 아니라는 건 그쪽도 잘 알 테니, 직접 손을 쓰건 도움을 청하건 며칠은 두고 보자고 나올 걸세. 굳이 우리가 먼저 나설 필요는 없지."

황 노인의 모습이 완전히 사라지자 오 방주는 황 노인이 두고 간 은 원보를 바라보며 입을 열었다.

"은자 열 냥이라… 은자 열 냥만큼의 의리를 지켜주려면 언제쯤 찾아가야 하려나……."

헤시가 끝나갈 무렵, 명채구 뒤편의 야산엔 세 사람의 달그림자가 길게 그려져 있었다.

"축시경에 맞춰 출발하면 됩니다. 일단 마을의 뒤편으로 돌아 오가 목부의 포구에서 잠선을 타고 그들과 만나면 나머지는 그들이 다 알아서 해줄 겁니다."

"고맙소, 황 노인. 언제 다시 보게 될지는 모르지만, 나중에라도 보게 되면 꼭 신세 갚으리다.”

“허허, 그저 몸 성히 가셨다는 소문만 기다리겠습니다.”

황 노인은 간략한 몇 가지를 더 말해 주고 나서야 자리를 털고 일어섰다.

“아참, 명채구에 외인들이 찾아와 있습니다. 타지의 관원과 강호인이 몇 된다던데…….”

황 노인의 말에 가패와 한은 서로를 마주 보았다. 자신들의 뒤를 쫓을 타지의 관원과 강호의 인물들이 있었나?

“누군지는 모르고?”

“허허, 주머니 여유가 좀 되십니까?”

황 노인의 농에 가패가 끙 하는 소리를 내었다. 잠시 잊고 있었다, 눈앞의 노인이 누구인지.

“젠장, 가는 마당에도 장사를 할 셈인가? 일없네. 어차피 떠날 것인데, 그런 자들이야 멀찍이 떨궈놓으면 그만이지.”

하오문 장사치들. 이들은 무엇이든 취급한다. 정보야말로 이들의 주된 품목. 환산할 수 있는 모든 것을 돈으로 취급하는 자들이니, 쫓기는 자들에게 누가 쫓는다는 정보는 큰돈이 될 수 있는 정보였다. 물론 그것은 그 정보를 팔았을 때 이야기지만.

“오가목부의 포구로 가시면 사람이 기다릴 겁니다.”

“배웅도 안 해주려고? 인심 한번 각박하구먼.”

농을 던지긴 했지만, 그도 황 노인이 함께하지 않을 것이란 걸 진즉 알고 있었다. 이런 일은 최대한 얼굴을 알리지 않는 것이 좋았다. 도망치는 사람이나 도주를 도운 사람이나 얄팍한 잔정에 목을 내놓는 것은 분명 어리석은 일일 테니까.

"그럼 무운을 빌어드리겠습니다."

"그동안 고마웠소. 그리고 혹시 기회 닿으면… 불쌍한 놈들 가엽다 생각해서……."

가패는 뒷말을 흐리곤 뒤돌아 걸음을 재촉했다. 그래도 오 년간 몸담았던 수채. 가는 마당에 빈말이라도 그들을 걱정하는 모습을 보여주는 것이 인지상정일 것이다.

"가능하면 마을 밖으로 크게 돌아가십시오. 외인이 들어와 있으니, 돈독 오른 놈들 눈에 안 띄게 조심하시길."

황 노인의 마지막 인사에 가패는 뒤도 돌아보지 않은 채 손을 흔들어 보였다.

유유자적한 모습으로 손을 흔들기는 했지만, 오가목부까지 가는 길은 조심에 조심을 더해야만 했다. 예상보다 일각이나 더 허비하고 나서야 가패와 한은 자신들을 마중 나온 사내를 만날 수 있었다.

"잠시만 기다리지요. 금방 올 겁니다."

저자에서 흔히 볼 수 있을 법한 인상의 사내가 말했다. 가패와 한은 사내의 인도를 따라 소선, 정말 장정 다섯만 타도 비좁아 보일 듯한 이름 그대로의 소선에 몸을 실었다.

"무창을 벗어나면 어디에서 내릴 수 있는가?"

"끝까지 간다면야 소주(蘇州) 위에 있는 후독(嫉瀆:상해)까지는 갈 테지만, 그전에 강서성 구강(九江)과 남직례의 안경(安慶), 동릉(銅陵) 등을 거칠 것이니 편한 곳에서 내리시면 될 겁니다."

사내의 말에 가패는 고개를 끄덕여 보인 후 한을 바라보았다.

"동릉이 좋겠군."

가패의 말에 한이 이채를 띠었다. 하지만 가패는 외면하듯 고개를 돌리곤 사내를 채근했다.

"아직인가?"

"저기 오는 것 같군요."

사내는 익숙한 손놀림으로 밧줄을 풀고는 소선을 저어 나갔다. 익숙해서 그런 것인지 아니면 어떤 특별한 장치라도 되어 있던 것인지, 사내가 젓는 소선의 노질 소리는 강물 위로 거의 퍼지지 않고 있었다. 소선은 가패와 한을 태운 채 소리없이 그것에 다가가고 있었다.

거대한 장강 위로 구불거리며 다가오는 그것. 머리부터 꼬리까지 오십여 장에 달하는 어둠 속의 그것은 마치 물결 위를 유영하는 거대한 용과 같은 모습으로 소선의 옆을 스치고 있었다.

가패와 한을 무창 밖으로 인도해 줄 단 하나의 방법. 오가목부의 거대한 뗏목선이 한과 가패를 태운 소선을 맞이하고 있었다.

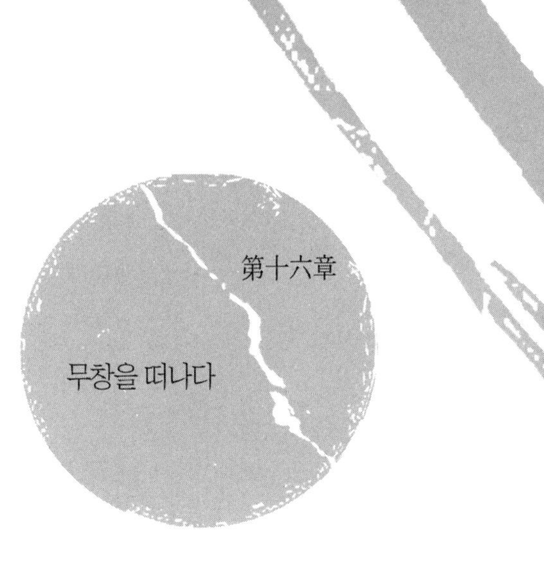

第十六章

무창을 떠나다

뗏목은 크고 넓었다. 여타의 말로 표현할 필요도 없을 만큼 컸다. 나무로 엮은 뗏목 위에 번듯한 모옥이 지어져 있는데 더 무슨 설명이 필요할까.

"이리로."

뗏목 위의 사내는 짧게 말했다. 가패와 한이 사내의 뒤를 따라 뗏목 위로 올라 걸음을 옮겼다. 그들을 싣고 왔던 소선은 올 때만큼이나 은밀하게 뗏목에서 멀어져 갔다. 가패와 한이 들어서자 넓다고 생각했던 모옥 안이 단숨에 비좁아져 버렸다. 팔 척에 달하는 거구의 한과 그에 못지않은 덩치의 가패. 모옥 안에 있던 사람들이 서로 엉덩이를 밀며 안으로 조금씩 자리를 넓혔다.

"두 사람이라고 들었는데 세 사람 몫이네."

여인의 목소리. 모옥 안에 미리 자리잡고 있던 여인이 고개를 쳐들곤 입을 열었다. 가패는 여인의 목소리를 무시하며 자리에 앉았다. 한은 비집고 들어가면 앉을 수 있어 보였던 자리를 외면하곤 모옥의 문가에 비스듬히 앉았다. 그를 바라보던 여인의 눈이 반짝거렸다.

"힘 좀 쓰겠네."

가패의 눈이 여인을 좇았다. 하지만 유등 하나 없는 모옥 안에서 여인의 윤곽을 구별해 내기란 쉽지 않았다. 모두 네 사람. 자신을 모옥으로 이끈 사십대 장한까지 모두 네 사람이 모옥 안에 자리하고 있었다.

"난 동릉에서 내려. 당신들은?"

여인의 물음에 한은 대답이 없었다. 아니, 눈길조차 주지 않았다. 마치 귓구멍이 막혀 버린 듯 모옥 안으로는 고개조차 돌리지 않은 한이었다. 어둠 속에서 또 하나의 목소리가 들려왔다.

"귀머거리인가 보군. 아니면 벙어리거나."

늙수그레한 목소리. 가패는 목소리의 주인을 찾기보다 고개를 돌려 한을 먼저 찾았다.

'이 정도는… 괜찮겠지?'

혹시나 싶어 그를 찾았다. 역시 가패의 걱정은 괜한 걱정이었다. 한은 모옥 밖을 바라보고 있을 뿐, 이렇다 할 움직임을 보이지 않고 있었다. 가패가 여인에게 물었다.

"우린 조용한 곳에서 내릴 거야. 동릉은 조용한가?"

"무창보다야 훨씬 조용하겠지."

여인과 노인의 목소리에서 그들이 오가목부의 뗏목을 탄 목적이 자신과 별반 다르지 않음을 느낄 수 있었다. 어디에서 탔는지는 모르지만, 적어도 모옥 안의 사람들 중 두 명은 자신들처럼 무창을 은밀히 빠져나가려는 자들이었다.

"이따가 내가 신호를 보내면 모두 이 밑으로 들어가시오."

뗏목의 주인인 듯한 사내가 모옥 안의 바닥을 들어냈다. 교묘한 눈속임. 모옥 안의 바닥은 바닥이 아닌 하나의 문이었다. 차가운 강물이 뗏목의 아래로 흐르고 있었다.

"밑에 밧줄이 몇 가닥 달려 있을 거요. 재주껏 잡고 버티시오."

강물 속에서 버티라는 말에 여인이 황당하다는 듯 입을 열었다.

"물속에서 버티라고? 이 느려 터진 뗏목 밑에서?"

가패는 황당함이 이해가 갔다. 처음 오가목부의 뗏목을 타본 사람은 대게 저런 반응을 보이니까.

"모옥 밑을 받치고 있는 나무는 다른 나무들보다 작아. 강물과 뗏목 사이에 사람 머리 하나 내밀 공간은 충분하지. 물 먹고 죽을 일은 없을 거야."

노인의 말에 여인의 입이 다물어졌다. 모옥 안에서 여인과 같은 반응을 보인 사람은 두 사람. 그중에 한은 들어 있지 않았다.

'알고 있던 거냐… 나를 믿었던 거냐?'

가패는 한의 무덤덤한 반응을 궁금해했다. 하지만 물어 확인할 만한 내용도 아니었고, 물을 만한 장소도 아니었다.

"당신들은 무창에서 탔으니, 무창살귀 소문 좀 들은 것이 있나?"

노인의 물음에 답하는 이는 없었다. 오히려 무창에서 타지 않은 것 같은 여인이 입을 열었다.

"원래 강호의 소문이란 게 귀 씻고 들어도 건질 게 별로 없지만, 소문의 십분지 일만 사실이라고 해도 대단한 작자임에는 틀림이 없지. 적어도 동정수로채의 흑룡채 채주와 구염채 부채주를 없앤 자니까.”

여인이 뗏목을 탄 곳은 무창에서 그리 멀지 않은 곳 같았다. 대부분이 주워들은 풍문. 멀쩡히 살아 있는 가패가 죽었다는 소문도 그렇고, 한이 죽인 수로채의 인물이 삼백을 넘는다는 소리에는 조용히 앉아 있던 한조차 쓴웃음을 짓고 말았다. 하나 그녀는 정확하지는 않지만 제법 많은 것을 들어 알고 있었다.

“광마(狂魔) 석단룡(蓆丹龍)이 은거를 깨고 다시 출두한 것이라는 소문도 있고, 예전에 동정수로채와 시비가 붙었던 잔심마도가 보복을 위해 일을 벌인 것이라는 이야기도 있더군. 뭐, 누가 저지른 짓이든 좀 심하긴 심했어.”

가패는 코웃음을 치고 싶었다. 하지만 한편으로는 잘된 일인지도 몰랐다. 세간의 시선이 자신들에게서 멀어진다는 건 반길 만한 일이었다.

“강호가 한동안 조용하다 싶더니… 잘하면 또 한차례 피바람이 일겠구면.”

노인은 혀를 차며 고개를 저었다. 여인은 그런 노인의 한숨에 코웃음을 쳤다.

“그까짓 광마나 잔심마도가 뭐 대수라고 그래? 사내놈들은 다 똑같아. 내 앞에 데려다만 놓는다면 일각 안에 허리뼈를 녹여줄 수 있어. 뭐… 그 노마들이 당신 정도만 된다면야 기꺼이 그래 줄 수 있다는 뜻이야.”

여인의 눈빛이 향한 곳엔 달빛을 받으며 한 사내가 비스듬히 앉아 있었다.

"이봐, 그러지 말고 적선한다 셈치고 이 노인네 원 한번 풀어주지?"

"지랄하네. 적선도 적선 나름이지. 내 거 주면서 기분까지 더러울 게 뻔한데 내가 미쳤어?"

노인의 말에 여인이 매몰차게 되받아쳤다. 노인이 제법 노여운 듯한 숨소리를 내뿜고 있었지만, 여인의 눈은 한에게 고정되어 있었다.

"갈보 년. 예쁘다, 예쁘다 해줬더니 이젠 뵈는 게 없나 보구나?"

"주둥이 곱게 놀리시지? 나잇살 처먹고 깝죽대다 개망신당하지 말고."

여인과 노인의 눈이 어둠 속에서 불꽃을 튀기는 것 같았다. 하나 어디까지나 그들은 뗏목의 손님. 주인은 그들의 주접스러운 싸움을 보고 싶지 않았다.

"계속 시끄럽게 굴면 계약은 없던 것으로 하겠소."

사내의 한마디에 노인과 여인은 거친 숨을 내쉬며 입을 다물었다. 어찌 되었든 무창을 빠져나갈 때까지는 그의 말을 따라야만 했으니.

얼마의 시간이 지나자 사내가 모옥 바닥의 비밀 문을 열었다. 사람들은 사내의 행동에 저마다 짐을 챙기기 시작했다.

기름을 먹인 커다란 자루가 먼저 뗏목 밑으로 떨어져 내렸다. 사람들의 짐이 들어간 자루가 들어가자 사람들이 하나둘 물속으로 들어갈 준비를 했다. 그때 뗏목 주인인 그 사내가 낮게 말했다.

"한 가지 경고해 두겠는데, 만에 하나 뗏목 밑에서 허튼짓하다가 관군에게 발각되면, 난 가차없이 밧줄을 잘라 버릴 거요. 여기가 장강 한복판이란 거 잊지 마시오."

　사내의 으름장에 사람들은 고개를 끄덕여 보이곤 조용히 물속으로 들어가 밧줄을 잡았다.

　장강 위로 유유히 흘러가던 뗏목 앞에 관선의 횃불들이 보이기 시작한 것은 무창을 벗어나려던 사람들이 모두 뗏목 밑으로 숨어든 후였다.

＊　　　＊　　　＊

　명채구의 유일한 객잔. 이층으로 된 오래된 목조 건물로, 지은 지 얼마나 지났는지 짐작도 못할 정도로 허름한 곳이었다. 객잔의 이름을 알리는 깃발이 객잔 이층에 걸려 있었지만, 이름이 있어야 할 자리에는 풍화를 견디지 못한 글자의 잔해만이 있었고, 그 밑에 객잔이란 글자만 겨우 알아볼 수 있을 정도로 남아 있었다. 그래서 사람들은 그곳을 무명객잔(無名客棧), 혹은 그냥 객잔이라고만 불렀다.

　객잔에 든 손님은 오늘 외지에서 든 여섯 명이 전부였다. 용호와 함께 온 장안호와 모용상아 일행. 그리고 길잡이로 고용된 추가(秋家)라는 장한이 바로 그 손님들이었다.
　하루 온종일 어디를 쏘다닌 것인지 그들의 옷 곳곳이 흙과 먼지로 더러워져 있었지만, 그러한 고생에도 그다지 큰 소득은 없었던 듯 표정들이 좋지 않았다. 그들 모두 이미 잠자리에 든 지 오래였지만, 객잔 한편에 밝혀진 유등 아래에는 잠에서 깬 용호가 피곤함을 찾을 수 없는 얼굴로 한 사내와 마주 앉아 있었다.

“사람을 찾으신다고 들었습니다.”

사내는 용호의 눈치를 살피며 조심스레 입을 열었다. 용호는 그런 사내를 바라보며 아무 말이 없었다.

“실례했습니다. 사람을 찾으시는 게 아니라면 저는 이만…….”

“계속해.”

주춤거리며 일어서려던 사내에게 용호가 팔짱까지 끼며 말했다. 사내는 그런 용호를 바라보다 다시 자리에 앉았다.

“혹시… 찾으시는 자가 키가 팔 척 반에 검은 무복을 입었고, 큰 검을 들고 다니는 자가 아닌지…….”

용호는 가만히 고개만 끄덕여 보였다. 사내는 마른침을 삼키곤 다시 입을 열었다.

“그자는 오늘 오전까지 명채구 서쪽에 있는 버려진 움막에 있었습니다.”

용호의 눈이 반짝였지만, 그 빛은 떠오르던 것만큼이나 빠르게 사라져 버렸다. 사내는 탁자 위에 올려져 있던 손바닥을 비비며 말을 늘이고 있었다.

“그자가 떠나는 모습을 본 사람이 있긴 한데…….”

“얼마면 되겠나?”

용호의 말에 사내는 쾌재의 빛을 눈에 떠올렸다. 어디서나 흔히 볼 수 있는 자. 돈 냄새를 맡고 찾아온 파락호 나부랭이.

“그게… 아시다시피 관선들이 난리를 준비하는 통에 영 벌이가 시원치 않아서…….”

“은자로 두 냥.”

은자 두 냥. 말이 한 필 값이고, 쌀이 열 섬이다. 결코 적지 않은 돈
이었지만, 사내는 실망했다는 표정을 감추지 않았다.

"그게… 아무래도 제가 뭘 잘못 본 것 같습니다."

사내는 또다시 자리를 뒤로 빼며 일어나려 했다. 아까보다는 조금
더 천천히. 용호 역시 조소를 감추지 않으며 다시 입을 열었다.

"좋아. 은자 스무 냥."

사내의 몸이 한순간에 정지된 듯 보였다. 사내가 확인을 하려는 듯
용호를 바라보았다. 그리고 용호는 확실하게 확인시켜 주었다.

탁!

용호가 탁자 위에 꺼내놓은 은원보 두 개. 새하얀 빛깔이 깨물어볼
필요도 없을 성싶었다. 사내의 손이 슬그머니 은원보 쪽으로 옮겨지고
있었다. 그때,

"놈이 달아난 시각, 달아난 방향, 달아난 방법. 이중 하나라도 빠져
있으면 돈은 가져갈 수 없다. 그리고 이중에 하나라도 거짓이 들어간
다면… 이 은원보는 네놈의 장례 비용으로 쓰일 것이다."

사내의 손이 멈췄다. 흔히 있는 엄포. 명명백백하게 공개되기 전까
지는 신뢰할 수 없는 것이 정보다. 그런 정보를 다루는 것에 이 정도의
엄포는 우습지도 않은 것이었다. 하나 사내는 선뜻 손을 내밀지 못했
다.

'이건… 진짠데?'

이 사내가 그러고도 남을 사내라는 느낌이 강하게 왔다. 정보를 다
루는 자들은 모든 것을 두 가지로 나눈다. 믿을 수 있는 것과 믿을 수
없는 것. 사내는 용호가 전자라는 확신이 들었다. 잔재주를 피우다간

정말로 죽을 것만 같았다. 사내는 일단 손을 거두곤 자리에 앉았다. 그리고 조용히 입을 열었다.

"죄송합니다. 잠시만 기다려 주십시오."

"내키지 않으면 오지 않아도 되네. 이각 동안만 기다리겠네."

사내는 용호의 말을 듣고는 조용히 객잔을 빠져나갔다. 사내는 하수인에 불과했다. 자신의 선에서 해결할 수 없다면, 상부의 지시를 따라야 한다.

'명채구, 생각보다 재미있는 곳이군.'

용호는 몸을 조금 빼어 의자에 등을 받친 채 눈을 감았다. 그는 사내를 기다렸다.

"역시 고약한 놈이었어."

오 방주는 턱에 손을 괴고는 손가락을 두드렸다. 은자 스무 냥. 크다면 큰돈이었지만, 오가목부의 무창 지부를 맡고 있는 그에겐 그리 큰돈이라 할 수 없었다. 오가목부는 사천에 터전을 잡고 있었다. 사천 벌목의 삼 할을 쥐고 있는 오가목부의 주인은 한족이 아닌 이족(彝族). 이족은 주종의 관계가 명확한 부족이었다. 흑이(黑彝)로 불리는 노예주와 백이(白彝)로 불리는 노예들. 오가는 이족의 흑이였다. 오가목부는 장강을 따라 수십 개의 지부를 운영하고 있었고, 당연히 그곳들의 관리는 오가들의 몫이었다. 무창의 관리자인 오 방주는 입술을 잘근 씹고 있었다.

'생각 같아서는 그냥 덮어두고 싶은데… 한족 관원 주머니 터는 일을 그냥 못 본 척하기도 그렇고…….'

오 방주의 괴벽. 그는 한족을, 특히 관원을 극도로 싫어했다. 하나 한족의 왕조가 중원을 지배하고 있는 한, 그의 증오를 풀어낼 방법은 그리 많지 않았다. 해서 그가 생각해 낸 방법이 그들의 주머니를 터는 것이었다, 정상적이고 흠잡히지 않는 방법으로. 조정이나 관부 모두 자체 벌목으로 나무를 조달하지만, 관원들도 질 좋은 고급 나무를 찾다 보면 오가목부의 나무를 필요로 할 때가 있다. 그때는 값이 몇 곱절로 뛰어버린다. 지금처럼 정보를 거래할 때가 있으면 그 역시도 마찬가지. 보통 사람들은 이해하기 힘든 방법이었지만, 관부에 대한 화풀이로는 이보다 적당한 것이 없다 생각하는 오 방주였다.

"은자 백 냥을 달라고 해라. 그리고 오십 냥 정도에서 말해 줘라. 뗏목을 타고 간다는 것만 알려주고, 음구(蔭口) 이야기는 절대 하지 마."

"예."

용호를 찾아갔던 사내가 급한 듯 자리에서 일어섰다. 그가 이각만 기다리겠다고 했으니 서둘러야 했다. 하나 오 방주의 말은 아직 끝나지 않았다.

"그리고… 인시가 될 때까지 시간을 끌어라. 인시 전에는 절대 말해 주지 말아라."

"예."

사내는 허리를 숙여 보이곤 오 방주의 방을 나섰다. 오 방주는 입맛을 다시다가 소리쳤다.

"마오!"

오 방주의 부름에 한 사내가 모습을 드러냈다. 오 척이 조금 넘는 작은 키와 까무잡잡한 피부, 중원의 한족과는 사뭇 다른 모습의 청년이었다.

"서둘러 마방(馬房) 계(稽) 방주에게 가서 내가 부탁한다더라고 마방 말들 좀 묶어놓으라고 해라. 내일 사시까지 절대 풀지 말라고. 그리고 애들 시켜서 포구에 있는 배들 모두 잘 숨겨놓도록 하고. 그리고……."

오 방주는 무엇인가를 골몰히 생각하다가 아쉬운 표정으로 마오라는 이름의 청년을 바라보며 말했다.

"내가 시킨 것을 마치면, 너는 말을 타고 뗏목을 쫓아라. 뗏목에 흑룡왕하고 그 일행이 있다. 그들이 무사히 무창을 벗어나는지만 확인하고 돌아와라. 무슨 일이 있어도 나설 필요는 없다. 확인만 하면 된다."

마오는 고개를 깊이 숙여 보였다. 그런 마오의 머리 위로 오 방주의 다짐이 들려왔다.

"허튼 생각 하지 말고 서둘러 다녀오도록 해라. 내 너를 믿어서 명채구 밖의 일을 시키는 것이니."

오 방주는 깊이 허리를 숙이고 사라지는 사내를 바라보며 입맛을 다셨다.

"이거 괜한 짓 한 거 아닌가 싶네. 그냥 내버려 둘 걸 그랬나? 아니지, 그놈들 주머니를 터는 것이 내 유일한 낙인데 그냥 넘어갈 수는 없지……."

내심 찜찜한 생각이 들기는 했다. 지금은 축시를 지나 인시로 향해 가는 시간. 인시에 저들에게 말해 준다면, 뗏목을 추월해 그들을 막을지도 모른다. 명채구의 배와 말을 묶은 것은 그 때문이었다. 인시면 뗏목은 한참 관원들의 수색을 받고 있을 시간. 시간만 조금 늦춰놓는다면 충분히 무창을 빠져나갈 수 있다. 그리고도 마음이 안 놓여 자신이 아끼는 노예인 마오까지 딸려 보냈다. 돈을 챙기고도 의리를 지킬 수 있는 방법은 할 만큼 다 했다.

"그놈. 똥줄 빠지게 쫓는 꼴을 봐야 하는데……."

오 방주는 뭐가 그리 신이 나는지 침소로 들며 키득거리고 있었다. 낮에 보았던 외인들. 오 방주는 그들을 꿇려주기로 이미 마음먹고 있었다. 그들에게 죄가 있다면, 용호라는 냄새 지독한 관원이 함께 있다는 것뿐이었다.

*   *   *

"호패와 노인을 보여라."

뗏목 위에는 세 사람의 사내가 관원들을 맞이하고 있었다. 뗏목 위로 오른 다섯 관원 중 하나가 사뭇 거만한 말투로 사내들에게 말했고, 사내들은 품에서 호패와 노인을 꺼내어 그 관원에게 건넸다. 관원은 그것을 받아 대충 훑어보고는 다시 돌려준 뒤 뗏목의 좌우를 살폈다.

"수색해라."

어두운 뗏목 위. 관원들은 횃불 하나씩을 들고는 뗏목의 곳곳으로 걸음을 옮겼다. 뗏목 위에 모여 있던 세 목부 중 하나가 조심스레 관원에게 물었다. 한과 가패 일행을 모옥의 바닥 밑으로 숨긴 그 사내였다.

"무슨 일입니까요?"

"알 것 없다."

사내의 물음에 관원은 차갑게 대꾸했다. 짜증이 묻어 나오는 목소리. 강물 흐르는 대로 떠다니는 뗏목이 어찌 낮에만 움직이고 밤에는 움직이지 않을 수 있을까마는, 왜 하필 자신이 번을 서는 날, 번을 서는 오밤중에 지나가고 지랄이란 말인가.

사내는 관원의 찌푸려진 얼굴에 입을 닫고, 대신 뗏목의 곳곳을 분주히 수색하는 다른 관원들을 바라보고 있었다. 두 명의 관원이 모옥으로 들어가는 모습이 보였다. 하나 잠시 후 그들은 별다른 기색 없이 모옥을 나왔다.

"아무도 없습니다."

"그래? 이 큰 뗏목을 자네들 셋이 움직이는 겐가?"

"예. 본래 사천의 목부들은 다섯에서 많게는 열 명 정도가 함께 움직입니다. 보통 일가족이 함께 움직이지요. 하지만 저희 오가목부는 물질에 익숙한 자들이 많기에 세 명 정도만이 움직입니다."

사내의 말에 고개를 끄덕여 보인 관원이 다시 한 번 뗏목을 둘러보고는 소선으로 걸음을 옮겼다. 소선을 뒤로한 뗏목이 강물 위의 횃불들을 지나 무창을 벗어나고 있었다.

소선 위에서 출입 인명부를 적던 관원이 살짝 눈을 찌푸렸다. 사천 오가목부와 세 사람의 이름이 적혀 있었지만, 그 뒤로 이어진 공란이 내내 찝찝하게만 보였다. 하지만 피곤한 눈꺼풀은 더 이상의 생각을 이어가지 못하게 하고 있었다. 관원은 인명부를 접고 관선들이 자리하고 있던 포구로 향했다.

내일이면 동정수로채에 대한 대대적인 토벌이 시작될 테니 한동안은 쉴 틈이 없을 것이다. 관원은 서둘러 자리에 들기 위해 걸음을 빨리했다. 물론 자리에 눕고 고작 한 식경도 지나지 않아 다시 일어나야 했지만.

"오가목부의 뗏목?"

졸린 눈을 비비며 관사에서 나온 관원이 한 사내의 다급한 물음에 반문했다. 고작 뗏목에 대한 이야기를 물으려고 자신을 깨웠다는 것에 화가 났지만, 수하가 곤히 잠든 자신을 깨워야 했을 정도라면 상대도 그리 만만한 자가 아니라는 생각에 화를 삭이고 입을 열었다.

"죄송하지만 어느 곳에 계신 분이시오?"

관원의 의심스러운 눈초리는 용호의 품에서 나온 호패로 말끔히 지워져 버렸다.

"헛? 종육품 허우(許旰)가……."

"그만 일어나게."

관원 허우는 용호의 나직한 목소리에 놀라 팅겨지듯 일어섰다. 관사 안에는 단 두 사람뿐, 허우의 이마에 맺힌 식은땀을 알아볼 자는 없었다.

"뗏목에는 몇 명이 타고 있었나?"

"목부 셋이 전부였습니다."

"혹시 수상한 점은 발견하지 못했나?"

"없었습니다."

관원은 용호의 물음에 이상한 느낌을 받고 있었다. 인시가 넘어 묘시로 넘어가는 시각. 사람의 감각이 가장 무뎌지는 이 시각에 찾아와 다짜고짜 뗏목의 수상한 점을 물어본다.

"혹시 그 뗏목에……."

"관선을 징발할 수 있는가?"

용호의 물음에 허우는 조금 난감하다는 표정을 지었다.

“지금은 힘들 것입니다. 이미 현을 비롯한 관선 전부가 위지휘사사 휘하로 징발된 상태입니다. 게다가 관선을 움직이려면 적지 않은 사람들도 함께 징발되어야 할 터인데…….”

허유는 용호의 눈치를 살피며 말을 흐렸다.

“흠, 하는 수 없지. 그럼 빠른 배 하나와 사공 서넛 정도는 되겠는가?”

“예, 그 정도라면 얼마든지 지원해 드릴 수 있습니다.”

허유는 내심 안도했다. 눈앞의 사내는 고위 관리, 만에 하나 강짜라도 부린다면 자신으로서는 어찌해 볼 수가 없었다. 다행히 알아서 한 발 물러서 주니 고마운 마음까지 들었다.

“서둘러 주게. 그리고…….”

“예, 대인.”

용호의 눈초리가 매서워졌다. 그 눈을 마주한 허유는 자신도 모르게 어깨를 움츠리고 있었다.

“내가 이곳에 온 것을 아는 사람은 현령과 자네뿐이네. 그건 앞으로도 단 두 사람만이 그 사실을 알고 있었으면 한다는 뜻이야. 무슨 말인지 알겠지?”

“물론입지요.”

허유는 조금 비굴하다 싶을 정도로 허리를 깊이 숙여 보였다. 용호는 그를 한 번 바라보곤 관사를 나왔다.

“어찌 되었소?”

“늦었습니다. 벌써 반 시진 전에 이곳을 떠났다고 합니다.”

장안호의 물음에 용호가 고개를 가로저었다. 장안호는 아깝다는 표정으로 장강을 내려다보았다.

"일단 소선 하나를 얻었습니다. 그들이 몸을 숨긴 뗏목은 그리 빠르지 않으니, 서두른다면 뒤를 잡을 수 있을 겁니다."

"동릉에서 내린다 했으니, 그전에 그들을 따라잡는 것은 어렵지 않겠지."

"그들은 동릉에서 내리지 않을 것입니다."

용호의 말에 장안호가 무슨 소리냐는 듯 그를 바라보았다. 하나 용호가 아닌 모용준이 그 답을 대신 내놓고 있었다.

"그들의 말은 거짓일 가능성이 높습니다. 쫓기는 자가 그렇게 쉽게 자신의 행선지를 밝힌 것이 오히려 이상하지요."

"흠… 그 말도 일리가 있군."

장안호는 그 말에 수긍했다. 서둘러야 했지만, 어차피 동릉에 다다르기 전에 붙잡을 생각이었으니 달라진 것은 없었다.

그들이 허유가 내어준 소선에 오른 것은 일 다경쯤 지나서였다. 뗏목과의 거리는 반 시진. 서두르면 동이 트기 전에 따라잡을 수도 있었다.

용호 일행이 탄 소선이 어둠 속으로 사라지고 있었다. 소선 앞의 유등이 강물 위로 사라져 가던 그때, 그들의 움직임을 바라보고 있는 한 쌍의 눈이 있었다. 사내는 조심스레 몸을 뒤로 빼 어둠 속으로 사라졌다. 고양이처럼 민첩한 움직임은 흔적조차 남지 않았고, 까무잡잡한 피부는 어둠과 완전히 동화되어 있었다.

*　　　　*　　　　*

"좀 쉬는 게 어때? 아직 상처가 아물지 않았어. 물에 들어가는 바람에 굳었던 피딱지도 불었을 거야."

가패의 말에도 한은 요지부동. 처음처럼 모옥 문가에 몸을 기댄 채로 강물을 떠가는 반쯤 오그라든 달을 바라보고 있었다. 가패는 하는 수 없다는 듯 고개를 돌려 모옥 안의 사람들을 바라보았다. 대충 옷이 말랐는지 개 떨듯 떨던 여인의 어깨도 잠잠해져 있었고, 노인의 기침도 많이 수그러져 있었다.

"오늘은 물살이 좀 세네. 큰비가 오려나?"

가패의 흘러가는 듯한 말에 노인이 고개를 들었다.

"내 허리가 아픈 게 그냥 아픈 게 아니었군."

"그 허리로 나한테 적선해 달라고 하셨나? 노인네 하나 병신 만들 뻔했군."

노인의 말에 잠자코 있던 여인이 피식 웃으며 받아쳤다. 노인이 눈을 부라렸지만 말꼬리를 잡고 늘어지지는 않았다. 때마침 뗏목을 몰던 사내 하나가 모옥 쪽으로 다가왔다.

"조금 있으면 악주(鄂州)를 지나고 내일쯤이면 호광을 벗어나오. 호광에서 마지막으로 서는 곳이 무혈(武穴)이니 내릴 사람 있으면 미리 말하시오."

사람들은 가만히 고개만 끄덕일 뿐 이렇다 할 이야기를 하지 않았다. 서로를 경계하는 탓인지는 모르지만, 쉽게 오갈 수 있는 가벼운 이야기를 제외한다면 이렇다 할 이야기조차 나누지 않고 있었다.

"근데… 그거 정말 휘두를 수 있어?"

여인이 궁금하다는 듯 한에게 물어왔다. 한은 여인의 시선이 놓여 있던 자신의 검을 바라보았다. 여인은 지루함 속에 튀어나온 시답지 않은 물음이 아니라 정말 궁금해하는 것 같았다. 한은 잠시 생각을 하더니 여인에게 검 손잡이를 내밀었다. 여인은 호기심 가득한 눈으로 그가 내민 손잡이를 두 손으로 잡았다. 하지만,

쿵!

묵직한 소리와 함께 여인은 검을 놓치고 말았다. 재빨리 검을 놓지 않았으면 검을 잡고 있던 손이 모옥 바닥에 부딪칠 뻔했을 만큼 속수무책이었다. 여인은 정말 놀랐다는 표정으로 검과 사내를 번갈아가며 보았고, 옆에 앉아 여인이 하는 양을 지켜보던 노인도 놀람을 감추지 못했다.

"아고, 팔이야… 이게 뭐야? 혹시 모양만 칼이지 사실은 도끼인 거야? 이걸 어떻게 들고 싸워?"

잠시 투덜거리던 여인은 자신의 어깨를 주무르며 한 걸음 물러섰다. 보기에도 무식해 보였지만, 실제로도 말 못하게 무식했다. 제대로 휘두르면 검집째 맞아도 무사하지 못할 것 같았다. 쉽게 휘두를 수 없는 무기이니 낯모르는 여인에게도 쉽게 허락했겠지만.

"나도 좀 볼 수 있을까?"

가패가 한에게 물었다. 한은 검을 들고 잠시 바라보다 가패에게 검 손잡이를 내밀었다. 놀란 것은 오히려 가패였다. 원래 무인이 자신의 무기를 이렇게 쉽게 보여주어도 되는 것이었나 의심이 들 정도로 한의

행동에는 거리낌도 없었고 주저함도 없었다. 가패는 한이 잠시 고민했던 시간보다 조금 더 고민하고 나서야 그의 손에서 검을 받아 들었다. 묵직한 느낌. 여인이 힘도 못 써보고 놓친 것이 당연했다.

'두 관, 아니, 두 관 반(대략 9kg)은 족히 나가겠구나. 보기보다 가벼운 검이 아닐까 싶었는데, 오히려 예상보다 훨씬 더 무겁지 않은가? 이런 검으로 그런 쾌검을 구사하는 게 가능했단 말인가?'

한이 갑자기 괴물로 보이기 시작했다. 검은 무겁다. 하나 저런 약해빠진 여인네야 들지도 못할지 몰라도, 어지간한 신력이나 내공이면 충분히 사용이 가능했다. 하지만 그건 어디까지나 검을 들고 휘두른다는 보편적인 개념이었지, 한과 같이 절제된 동작이나 쾌검의 구사가 가능하다는 뜻은 아니었다.

'이런 검이라면 발검부터가 문제다. 한데 이런 검을 들고 잘도 나를 무릎 꿇렸단 말이지…….'

가패는 헛웃음이 나올 지경이었다. 검이 무겁다면 여러 가지 이점이 있다. 상대의 병기가 아무리 날이 선 보검이라 하더라도 베어지지 않는다면 아무런 소용이 없다. 한의 검이 그런 검이다. 아무리 제련이 잘된 명검, 보검이라 할지라도, 이 무식하게 크고 두꺼운 검이라면 능히 천 초를 견딜 수 있을 것이다. 하나 크다고 다 좋은 것은 아니었다. 일단 보검과의 대결은 서로 비슷한 움직임을 보인다는 전제가 필요한 것이니, 이렇게 무식하게 무거운 검은 그런 전제에 해당이 안 된다. 하나 한은 그런 움직임을 보여주었다, 믿기지 않게도.

'도대체 근력이 어느 정도란 말인가? 아니면 내공의 힘?'

근력으로 그런 움직임을 보여준다? 이 정도라면 초패왕(楚霸王) 항우(項羽)나 후한(後漢)의 맹장 여포(呂布)에 비견될 만한 신력일 것이다.

'거참, 이 정도의 검을 휘두르려면 내공이 얼마나 깊어야 할까?'

어려운 물음이었지만 가패는 쉽게 결론을 내렸다. 타고난 신력과 내공의 뒷받침. 이 두 가지가 조화를 이루지 않는 이상, 이 무지막지한 병기의 놀랄 만한 운용은 설명되지가 않았다. 가패는 검을 한에게 되돌려 주었다. 한은 말없이 검을 받아 자신의 무릎 위에 올려놓았다.

"음?"

골몰히 무언가를 생각하던 가패의 고개가 들렸다. 뗏목 위로 움직이는 사내들. 무언가 조급한 듯한 그들의 발걸음이 뗏목을 울리고 있었다. 한의 눈은 이미 그들이 달려간 방향으로 향해 있었다.

"무슨 일이지?"

가패는 고개만 슬쩍 내밀며 모옥 밖을 내다봤다. 밝아오는 동녘에 장강의 윤곽이 조금씩 드러나고 있었다. 그리고 뗏목 위에 서 있는 사내들 사이로 저 멀리서 다가오는 작은 점 하나가 가패의 시야에 들어왔다.

"관선인가?"

가패의 혼잣말 같은 물음에 한이 고개를 저었다. 가패는 생각지 않았던 한의 대답에 고개를 돌렸다.

"저들이 보이나?"

가패는 한의 고개가 끄덕여지는 것을 보곤 다시금 모옥 밖으로 시선을 보냈다. 오십여 장 밖의 그것은 아직 작은 점일 뿐이었다. 한데 한은 그들을 알아보는 눈치였다.

"우리를 쫓는 자들?"

한은 고개를 무겁게 끄덕였다. 좋지 않았다. 명채구에서 자신들을 찾는 관원이 있다는 이야기가 내내 마음에 걸렸었다. 한은 무창에서 살인을 저질렀고, 자신은 흑룡채의 채주였다. 국법으로 금한 화탄까지 터뜨린 수적들의 수괴. 그만큼 은밀한 도주였기에 꼬리를 밟혔다는 것이 의심스러울 정도였지만, 동이 트기도 전 자신들의 후미에 붙은 소선은 우연이라 생각하기엔 너무나 공교로운 출현이었다.

"모두 몇 척이지? 한 척? 작아? 소선? 음… 혹시 몇 명이 타고 있는지도 보이나? 아홉? 열?"

몇 번의 손동작. 가패는 한의 대답에 내심 안도하고 있었다. 그의 눈이 얼마나 좋은지보다는, 자신들을 쫓아온 이들이 생각보다 적다는 것이 더욱 중요한 일이었다. 소선 하나에 고작 열 명이라. 자신과 한이라면 그리 어렵지 않은 숫자였다. 그러다 문득 무엇인가를 깨달은 가패가 한에게 물었다.

"그런데 저들이 우리를 따라온 자들인지 어떻게 알았지?"

한은 그의 물음에 답할 수 없었다. 설명할 방법도 없었지만, 설명하고 싶은 마음도 없었다.

'네가… 왜?

옅은 안개 사이로 드러나고 있는 십여 개의 그림자. 하나 한의 시선은 오직 한 사람에게만 고정되어 있었다. 불과 하루 사이의 인연일 뿐이었건만, 오십여 장 밖에서도 알아볼 수 있을 만큼 기억에 남아버린 한 여인에게로…….

"저기 보입니다."

가늘게 뜬 눈으로 앞을 바라보던 수병 하나가 입을 열었다. 하나 수병의 목소리가 아니더라도, 배 위에 있는 사람들 중 몇몇은 이미 흐릿한 뗏목 위의 움직임을 바라보고 있었다.

"저쪽도 우릴 발견한 모양이군. 어떻게 할 작정이오?"

장안호의 물음에 용호는 눈을 살짝 찌푸리며 말했다.

"명채구의 그자 말이 맞다면, 그는 흑룡왕이라는 자와 함께 있을 것입니다."

"흑룡채의 채주라는 그자 말이오?"

"호법님, 흑룡왕은 쉽게 볼 수 없는 자입니다."

그들의 대화에 설기룡이 끼어들었다. 장안호는 그의 말에 귀 기울였다. 적어도 그의 무위를 직접 본 이는 설기룡뿐이었으니.

"강하던가?"

"비록 얼마 전 상처를 입긴 하였지만, 그의 무위는 본가의 당주급 이상이었습니다."

"그 정도란 말인가?"

장안호가 조금 놀란 듯 되물었다. 모용세가가 아무리 무위로 이름을 떨치는 가문이 아니라 하더라도, 한 세가의 당주라면 능히 고수로 불릴 수 있는 자일 것이다. 어려운 상대라 할 순 없었지만, 쉬운 상대도 아니었다.

"어렵겠습니까?"

　용호의 물음에 비아냥거림이 들어 있었던 것은 아니다. 하나 장안호
는 용호의 너무 솔직한 물음에 기분이 상했는지 차갑게 응수했다.

　"나를 너무 가벼이 보는군."

　용호는 그의 대답에 가볍게 미소 지어 보이곤 수병에게 눈짓했다.
수병들은 세차게 젓던 노에 더욱 힘을 실었다. 이제 뗏목과의 거리는
이십여 장 남짓, 수병들의 눈에도 사람들의 윤곽이 조금씩 보이기 시
작했다. 노가 물살을 가를 때마다 소선과 뗏목의 거리는 좁아지고 있
었다. 어둡던 하늘이 푸르름이 아닌 부연 잿빛으로 변하고 있었다. 하
늘 위로 밀려드는 먹장구름만큼이나 뗏목의 윤곽도 분명해지고 있었
다.

　"다시 들어가 숨으시오."

　오가목부의 사내가 모옥 안으로 들더니 모옥 바닥의 비밀 문을 다시
금 열었다. 심상치 않은 낌새에 서두르는 빛이 역력했다.

　"관원이오?"

　"무창의 수병들 같소. 소선을 타고 온 것이 이상하긴 하지만, 일단은
숨어들 있으시오. 저들은 우리가 어떻게든 따돌려 볼 테니."

　노인의 물음에 사내가 빠르게 말을 이었다. 말을 하는 도중에도 소
선은 빠르게 접근하고 있었다. 사내의 눈짓을 받은 노인이 짐을 챙겨
자리에서 일어섰다. 여인 역시 일말의 두려움을 보이며 그 뒤를 따라
움직이고 있었다. 하나,

　"당신들도 어서 서두르시오."

　"아니, 그럴 필요 없소."

“……?”

가패는 사내를 바라보지도 않은 채 입을 열었다. 가패는 모옥의 문틈으로 고개를 내밀어 소선의 모습을 확인하고 있었고, 말이 없던 거구의 사내는 처음과 같은 자세 그대로였다. 사내는 그런 그들을 다시금 재촉했다.

“당신들을 쫓아왔다고 해도 저들을 처리하는 건 우리 일이오.”

사내의 강경한 목소리에 노인과 여인의 움직임이 멈칫했다. 그들은 사내를 바라보다 한과 가패에게 눈을 돌렸다.

“너무 늦었어. 저들이 뗏목을 쫓아왔다는 것만으로도 이미 당신들 손을 떠난 일이야.”

사내는 눈을 부라리며 가패에게 무어라 하려 했지만, 고개 돌린 가패의 눈은 그것을 허락하지 않았다.

“저들은 우릴 쫓아왔다. 이제부터는… 우리 일이야.”

사내는 머뭇거리고 있었다. 가패의 말에 수긍한 것은 아니었지만, 가패의 눈에 떠올랐다 사라진 차가운 기운에 놀라 쉽게 입을 열지 못하고 있었다.

“동료들에게 가봐. 그리고 조용히 한번 끝내봐. 하지만 저들이 모옥으로 걸음을 옮긴다면, 그때는 우리가 알아서 하겠다.”

가패는 어느 순간 하대를 하고 있었지만 사내는 그런 것을 따질 여유가 없었다. 이미 소선은 뗏목의 좌측으로 접안을 시도하고 있었다.

“젠장.”

사내는 거칠게 한마디를 내뱉곤 모옥 밖으로 나갔다. 한은 그런 사내의 어깨 너머로 보이는 소선을 바라보고 있었다.

"여차하면 모두 베어버려야 한다. 밝힌 꼬리는 확실히 잘라내야지."

가패의 말에 노인이 흠칫 놀라 주춤 물러섰다. 여인의 눈에도 놀람의 빛이 일었지만, 그녀는 가패가 아닌 한을 바라보고 있었다. 삶의 바닥을 기어본 여인의 직감. 결정은 말없는 사내의 몫이었다. 한은 그녀의 시선이 자신에게 닿아 있는 것을 아는지 모르는지, 가패를 향해 가만히 고개를 저어 보였다.

"왜? 뒤탈 생길까 봐? 관원을 베는 것은 나도 꺼림칙한 일이지만, 저들이 전부가 아닐 수도 있어. 저들이 남긴 흔적을 따라 더 많은 관선들이 오게 되면, 그때는 정말 달아나기 힘들어진다. 꼬리를 자르려면 지금 자르는 편이 나아."

가패의 말도 일리가 있었다. 아무런 제재도 받지 않고 무사히 무창을 빠져나왔다. 저들이 다시금 뗏목을 쫓는다면, 분명한 정보나 단서를 얻었기 때문일 것이다. 이를테면 오가목부의 뗏목이 가지고 있는 비밀 같은. 알고 찾아왔다면 저들만 알고 있으리란 보장이 없었다. 후속 추격이 있을지 모른다는 가패의 추측은 너무나 당연한 것이었다.

'결국 저들은 너의 앞을 가로막는 장애가 되었다. 나아가려면… 베어야 한다.'

한의 머리는 쉽게 결정을 내려주었다. 그가 걸어왔던 길이 그래 왔으니, 앞으로 걸어야 할 길도 그래야 한다. 머뭇거릴 여유도 없었고, 누구에게 의지해서 걸었던 길도 아니었다. 필요하다면 눈앞의 가패도 베어내야만 했다. 그의 머리는 그가 행동하기를 명령하고 있었다. 하지만 그것을 만류하는 목소리가 있었다.

‘조금만… 기다려 보자. 죽이지 않아도 된다면… 그런 길이 있다
면…….’

그것은 그의 왼쪽 가슴에서 시작된 조용한 속삭임이었다.

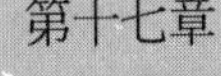

第十七章

그저 그 모습으로 내 기억에 남아라

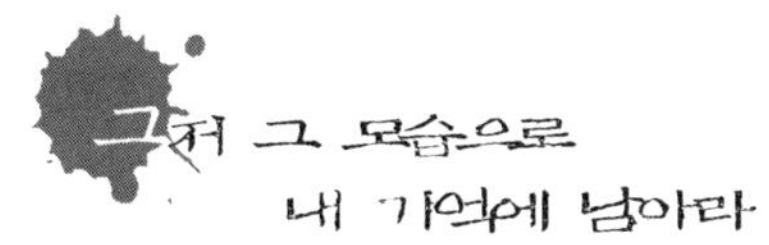

"**호**패와 노인을 꺼내라."

"그쪽부터 신분을 밝히시죠?"

"뭣이?"

호기롭게 외치던 수병의 얼굴이 험하게 일그러졌다. 하나 뗏목 위의 사내는 귓구멍까지 후비며 다시 말했다.

"아, 입장 바꿔서 생각해 보십시오. 여기가 수문도 아니고, 장강 한복판에서 소선 타고 나타난 사람들을 어찌 믿겠습니까?"

사내는 제법 능글맞게 대꾸하며 소선의 분위기를 살폈다. 모두 열. 사내가 아홉에 여자가 하나였다. 수병은 고작 셋이었지만, 다른 일곱 명의 인물 중 평범해 보이는 이가 없었다. 사내의 여유로운 웃음 밑에는 긴장이 요동치고 있었다.

"이것들이… 당장 호패와 노인을 꺼내지 못하겠나?"

수병 하나가 들고 있던 당파를 흔들어 보이며 사내들을 위협했다. 하나 세 명의 사내는 그들의 움직임을 은연중 경계하면서도 능글맞게 입을 열었다.

"이거 왜들 이러실까? 나도 뗏목 물질만 십오 년을 해온 사람이지만, 수병이 소선 타고 기찰 다닌다는 말은 들어보질 못했어. 혹시 딴맘 품고 접근한 거 아냐?"

"뭣이?!"

수병들의 인상이 와락 구겨졌지만, 오가목부의 사내들도 눈을 부라리며 그들을 노려보았다. 장안호는 수병들의 행동에 내심 의아해했지만, 이내 그 이유를 짐작할 수 있었다. 지금 수병들은 자신들의 관할을 벗어나 있었다. 말이 관원이고 수병이지 그들도 일반 평민보다 조금 나은 위치에 있을 뿐, 마음대로 아무에게나 창을 휘두를 수 있을 입장은 아니었다.

게다가 장안호는 잘 모르고 있었지만, 장강에서 오가목부의 뗏목은 은연중 건드리지 않는 것이 불문율처럼 이어지고 있었다. 사천의 목부들 따위가 무에 두려울까마는, 그들이 장강에 흘리고 다니는 은자는 쉽게 무시할 수가 없었다. 수병들에게까지야 그런 고물이 떨어질 리 없었지만, 각 지방 수문을 관장하는 관리들에게는 제법 짭짤한 수입이 되는 모양이었다. 말 그대로 밑에 것들이 알아서 기어야 할 판국이었다. 수병들이 용호의 눈치를 살피는 이유는 거기에 있었다. 그리고 그 정도 눈치도 없는 용호도 아니었다.

"수색해. 모든 것은 내가 책임진다."

용호의 말에 수병들은 고개를 숙이곤 사내들을 바라보았다.

"좋은 말로 할 때 비켜라."

"이거 왜들 이래? 남에 뗏목에 허락도 없이 올라와선 다짜고짜 수색이라니? 이것들 관원이 맞긴 맞는 거야?"

사내들과 수병들이 밀고 당기며 옥신각신하고 있었다. 수병 셋에 오가목부의 사내 셋. 용호는 그들의 투닥거림을 무시하곤 뗏목 위로 걸음을 옮겼고, 그 뒤를 장안호와 모용세가의 사람들이 따라 움직이고 있었다.

"창의검 장안호?"

노인의 반개한 눈에 놀람이 일었고, 가패와 한의 시선이 놀라워하고 있는 노인에게 향했다.

"아는 자요?"

"얼굴만. 하북 모용세가의 총호법이오. 좀처럼 모용세가를 떠나지 않는다고 들었는데……."

장안호라면 가패도 들은 기억이 있다. 하북에서 손꼽히는 고수로, 무공으로만 따지면 모용세가의 가주보다도 위에 있다고 평가되는 이였다.

"수실의 매듭을 보니 다른 이들도 모용세가의 사람들 같은데, 하북 사람들이 이 먼 호광까지는 어쩐 일로 왔을꼬?"

노인의 이야기에 가패는 살짝 인상을 찡그렸다. 어쩐지 장안호의 옆에 있던 사내가 낯익다 싶었다. 한과 검을 나누던 날, 자신의 앞에 나서 싸움을 중재하려 했던 모용세가의 대제자.

'설기룡이라 했던가?'

가패의 눈이 그들의 면면을 살피고 있었다. 가패는 모옥의 허름한 나무 벽 틈 사이로 그들을 보고 있었고, 한은 모옥의 문을 가리고 있는 가죽 차양 틈으로 그들을 바라보고 있었다.

"어떻게 할 거야?"

가패의 물음에도 한은 차양 밖의 시선을 옮기지 않았다.

'왜 온 거냐? 너희가 나를 찾은 이유가 무엇이냐?'

이유를 알아야 했다. 베어버리든 도망을 치든 그것은 나중 문제였다. 그들은 자신을 알고 있다. 가패를 제외한다면, 아마 세상에 나와 만난 이들 중 자신과 가장 오랜 시간을 보낸 이들일 것이다.

'초가장의 일 때문인가?'

모용상아의 옆에 나란히 서 있는 두 명의 사내. 잠깐의 스침이었지만 쌍둥이라는 이유로 그의 기억에 남았다. 그리고 그들이 자신들을 모용세가의 사람이라 밝힌 일도.

'내가 저들과 원한을 맺은 적이 있던가?'

한은 여러 가지를 추측해 보았다. 하나 이내 고개를 저어 그러한 생각들을 털어내 버렸다.

'상관없다. 나와는… 상관없는 사람들이다.'

한은 자신의 허리에 매여 있는 검을 움켜잡았다. 그는 자신이 처한 상황을 인식하는 것보다 자신이 해야 할 일을 먼저 자각해 버렸다.

'복수가 끝날 때까지… 나는 인간이 아니다.'

가패는 자리에서 일어선 한의 모습을 보곤 함께 자리에서 일어섰다.

"결심했나?"

가패의 물음에 한이 고개를 끄덕였다. 가패는 한의 주억거림이 죄인에게 사형을 언도하는 판관의 그것과 같다 느꼈다.

'복수를 위해서라면… 인연 따위는 언제든 잘라낼 수 있다는 거겠지.'

가패는 한이 저들과 무관하지 않다는 것을 안다. 설기룡이 그들의 싸움을 말리기 위해 애써 항변하던 모습이 아직 기억에 남아 있다. 그것이 불과 닷새 전이었다. 한은 호의를 보여준 사내에게 검을 겨누려 하고 있었다.

'어디… 정말 그런지 한번 보자꾸나, 벙어리 사내……'

가패는 차양을 밀치며 걸어나가는 한의 뒷등을 바라보았다. 씁쓸한 무엇인가가 입 안을 맴돌았지만, 그런 기분 따위를 되새김질하고 있을 만큼 한가하지 않았다. 가패는 자신의 도를 들고 한의 뒤를 따랐다.

가패는 모옥 안의 시간과 모옥 밖의 시간이 분리되어 있다고 느꼈다. 한과 마주 서 있는 사람들. 그들은 한을 바라보며 놀람과 긴장이 얽힌 시선을 보내고 있었다. 그들 사이의 공간은 숨조차 크게 쉴 수 없을 정도로 팽팽하게 당겨져 있었고, 가패는 그러한 공간을 힘겹게 버티며 이어진 한 쌍의 시선을 찾아낼 수 있었다.

'다시 만났네요.'

'왜 찾아온 거냐?'

여인과 사내의 시선. 가패는 그들의 시선이 마주치고 있음을 느낄 수 있었다.

그들 사이의 정적을 뚫고 굵은 빗방울이 떨어져 내리기 시작했다. 먹장구름에 어울리는 굵은 빗방울. 그것은 쫓는 자와 쫓기는 자를 가리지 않으며 뗏목 위의 모든 것을 흠뻑 적시고 있었다.

'저자다!'

용호의 입가에 만족스러운 미소가 떠올랐다 사라졌다. 그의 행적을 쫓은 지 석 달이지만, 그와의 인연으로 따지자면 삼 년의 세월을 거슬러 올라야 했다. 팔 척이 넘어 보이는 장신, 얼굴을 가린 검고 긴 머리카락과 그 나부낌을 타고 내리는 두 개의 짙은 안광. 그가 생각하고 있던 그의 모습과는 조금 달랐지만, 허리춤에 매여 있는 커다란 검만으로도 그를 확신할 수 있었다.

"저자가 맞느냐?"

장안호가 누구에게 물은 것인지는 모른다. 그의 시선은 설기룡과 모용상아 그 누구에게도 가 있지 않았고, 두 사람 역시 부름을 듣지 못한 듯 입을 다물고 있었으니. 등 뒤로 들리던 수병과 오가목부 사람들의 실랑이 벌이는 소리도 어느 순간 들리지 않았기에, 바닥을 때리는 빗방울의 재잘거림만이 뗏목 위에서 들을 수 있는 소리의 전부였다.

"나는 황제 폐하의 명을 받들어 국법을 수행하는 관리다. 살인 사건을 수사 중에 있으니 대명의 백성은 수사에 협조해 주길 바란다."

정적을 깬 용호의 목소리가 빗줄기 사이로 퍼져 나갔다. 하나 그의 등 뒤로 다가서 있던 무창의 수병들은 감히 나서 호패와 노인을 확인할 수가 없었다.

'흑룡왕.'

수병들은 그를 알고 있었다. 수병 생활을 조금이라도 오래 하려면 이런 저런 사람들의 얼굴을 두루 익혀놓는 것이 좋았다. 당연히 무창의 밤을 지배하는 흑룡채의 채주는 반드시 알아두어야 할 얼굴이었고,

그래서였는지 그 옆에 가패보다 머리 하나가 더 올라가 있던 사내까지는 눈길이 이어지지도 않았다. 그들의 그런 모습을 일견한 가패가 코웃음을 치며 입을 열었다.

"누굴 찾아온 거냐?"

거침없는 하대. 사람들의 인상이 조금 굳었지만 정작 용호는 무슨 일 있었냐는 듯 편히 말을 이었다.

"도적의 수괴 따위를 잡으러 온 것은 아니니 물러서도 좋다."

"도적의 수괴 따위? 직분도 밝히지 못하는 관원 따위치곤 말이 짧군."

가패의 도발에 용호 역시 도발로 응수했고 마무리 역시 거친 도발이었다.

"물러서시오. 우리는 그대에게 볼일이 있어 온 것이 아니오."

신경전 따위로 시간을 보낼 생각이 없었던 장안호가 한 발 나서며 말했다. 그러자 가패 역시 한 발 나서며 응수했다.

"미안하지만 저 친구 일이 내 일이오."

장안호는 물론 다른 사람들 역시 의외라는 눈빛으로 가패를 바라보고 있었다. 그들이 알기로 가패와 한은 이미 검을 겨루었던 사이다. 아직 그 싸움의 상처도 아물지 않았을 터인데, 이토록 가까운 척 나서는 것을 어떻게 받아들여야 하는지 모르겠다는 표정이었다. 하나 그들의 속내까지야 알아낼 방법이 없었고, 지금 중요한 것 역시 그것이 아니었다.

"저자는 나라에서 쫓고 있는 살인자요. 그리고 본인과는 본 가의 무사를 해한 은원도 있고."

"죽을죄를 지었으니 죽였겠지."

싸우고 싶어 안달이 나면 이렇게 말하게 되는 것인가? 가패의 말은 말 하나, 토씨 하나가 상대를 도발하고 있었다. 그리고 그의 의도대로 장안호의 노기 어린 시선이 그의 시선과 얽혀들고 있었다. 그들의 굳은 표정을 보고 있자니 당장 칼이 뽑혀도 이상하지 않을 성싶었다. 하나 모용상아의 시선은 그들의 팽팽한 신경전에도 아랑곳하지 않은 채, 자신을 외면하고 있는 한의 눈빛만을 좇고 있었다.

'미안해요, 이런 모습으로 찾아와서.'

'왜 이곳에 있는 거냐?'

점점이 물들어가던 옷자락이 어느새 짙게 주름 잡혀 있었다. 그는 쫓기는 몸이었고, 그녀는 쫓는 이들과 함께였다. 온몸으로 스며드는 새벽 소나기 속의 한기만큼이나 선명한 현실이었다.

'나는 어떤 부탁도 할 수가 없네요. 당신이 잡히길 원할 수 없고, 달아나길 바랄 수도 없고……'

'나는 나의 길을… 너는 너의 길을……'

점점 굵어지던 빗줄기가 그녀의 눈길마저 훼방놓고 있었다. 그리고 그 혼란함의 외중에 흥분으로 높아진 목소리가 들려왔다.

"감히 수적의 수괴 따위가……"

"후후, 진즉 그렇게 나오셨어야지."

모용상아의 놀란 눈이 장안호에게 향했다. 그의 손에는 새파란 장검이 빗줄기를 받아 흘리고 있었고, 가패 역시 도를 움켜쥔 손에 힘을 주며 장안호를 노려보고 있었다.

"본 가의 행사에 참견한 것은 그대의 선택이니, 이후의 결과도 그대가 책임져야 할 것!"

"길고 짧은 것은 대봐야 아는 일."

가패의 입가에 달려 있던 조롱은 이미 지워져 있었다. 장강의 한복 판, 오갈 데 없는 뗏목 위였고, 한이나 자신이나 선처를 구하기 힘든 중 죄를 짓고 쫓기는 몸. 처음부터 타협의 여지 따위는 남아 있지 않았다. 하나 도주가 불가능하다 해서 곱게 잡혀줄 수는 없었다. 가패는 의도 적으로 장안호 일행을 도발했다. 후속 추적이 있을지도 모르는 상황, 싸움은 길게 끌수록 불리했으니 피할 수 없다면 서두르는 편이 나았다.

장안호와 가패가 대치하자 모용준과 모용정은 모용상아를 이끌며 뒤로 물러섰다. 설기룡은 좌측으로 한 발 물러나 한을 경계했고, 용호 는 수병들의 뒤로 물러서며 한에게 시선을 고정시켰다. 하나 그들의 사이로 여인의 외침이 한 줄 선을 그었다.

"잠시만요!"

모용정의 팔을 뿌리친 모용상아가 장안호의 앞으로 나서며 다급히 말했다.

"숙부! 저와의 약속을 벌써 잊으셨어요? 아무것도 확인치 못했는데 마주치자마자 칼부림이라니요?!"

모용상아의 눈빛은 장안호의 눈과 마주치고 있었다. 장안호는 끌어 올리던 진기를 풀고 노기가 가라앉지 않은 목소리로 말했다.

"확인은 붙잡아 토설을 받아도 늦지 않다. 너와의 약조는 저자의 목 숨을 보전해 주겠다는 것이었지, 도주를 방관하고 도발을 묵과해 주겠 다는 것은 아니었다. 경거망동하지 말고 물러서거라."

"제게도… 기회를 주세요."

장안호의 눈빛에 옅은 놀람이 일었다. 평소 자신과 스스럼없이 지내던 질녀가 아니었다. 그녀는 모용세가의 일원으로 자신에게 자신의 뜻을 분명히 밝히고 있었다. 모용상아는 말문이 막힌 듯한 장안호를 바라보다 이내 몸을 돌려 그에게, 아니, 그의 앞을 막아서고 있던 가패에게 다가가 포권지례를 올렸다.

"소녀는 모용세가의 장녀인 모용상아라고 합니다. 잠시 노기를 거두시고 소녀의 이야기를 들어주십시오."

가패는 이게 어떻게 돌아가는 일인가 싶었지만, 일단은 기운을 누그러뜨리며 답했다.

"말해 보시오."

가패의 퉁명스러운 대답이 떨어지자 잠시 숨을 고른 모용상아가 입을 열었다.

"저희들은 앞서 이야기했다시피 대협의 뒤에 계신 분과 풀어야 할 것이 있습니다. 부디 대협께서는 너그러운 마음으로 길을 열어주시기 바랍니다."

"길을 열어 이 친구의 목에 칼이 채워지는 것을 두고 보라는 뜻인가?"

"아닙니다. 제가 그분과 이야기할 수 있을 만큼의 양해를 구하는 것입니다."

가패의 내심은 조급해지고 있었다. 말없는 뗏목은 쏟아지는 소나기 속에서도 유유히 장강을 따라 흐르고 있었다. 하나 돛도 없이 흐르는 뗏목이 가면 얼마나 가겠는가. 당장이라도 빗줄기를 뚫고 장강 저편에서 관선들이 모습을 드러낼지도 모를 일이었다. 하나 가패는 길을 열어줄 수밖에 없었다. 그의 어깨 위로 올려진 두터운 손 하나가 그녀의 다가섬을 허락하고 있었다.

"미안해요, 이런 모습으로 와서."

모용상아는 가패가 물러선 자리만큼이나 가깝게 다가서며 말했다. 장안호의 검미가 꿈틀거렸지만, 일단은 질녀가 하는 양을 지켜보기로 했다.

"몸은… 괜찮나요?"

모용상아의 물음에 한은 한참 만에 고개를 끄덕여 대답했다. 점점 굵어지는 빗줄기 속에서도 그녀의 목소리는 또렷하기만 했다.

"시간이 없으니 서둘러 말할게요. 저희와 함께 온 분은 용 대인이란 분으로 연쇄 살인 사건의 범인을 쫓고 있어요."

한의 시선이 잠시 용호에게 향했다.

"이룽운, 단사도 원범, 정추강… 아는 이름인가요?"

모용상아의 눈에는 일말의 바람이 담겨 있었다. 그리고 그는 그녀의 바람을 외면했다. 가슴을 내리누르듯 무겁게 끄덕인 고갯짓, 짐작하고 있었지만 아니길 바랐다.

"…그들이… 당신이 말하던 원수인가요?"

모용상아의 물음에 한의 대답은 한결같았다. 모용상아의 가슴이 점점 더 답답해지는 것처럼.

"정말… 당신이 그 사람들을 모두 죽인 건가요? 그런 건가요?"

수적 수십을 벤 것과는 또 다른 문제다. 어떤 이는 명망있는 지역의 유지였고, 강호의 인물도 있었으며, 가정을 꾸리고 살던 평범한 가장도 있었다. 사람이 죽고 사는 것에 무슨 차이가 있으랴만, 법의 심판 앞에

선 분명한 잣대로 사용되곤 했다. 하나 그는 망설임없이 시인하며 그 잣대를 부러뜨려 버렸다.

"죄인이 죄를 시인하였으니, 더 기다릴 필요가 없겠군요."

용호가 한 발 나서며 입을 열었다. 하지만 모용상아는 한의 곁에서 물러서지 않았다.

"한 가지만! 한 가지만 더. 그들이 당신의 원수라면… 그들이 무슨 죄를 지었는지 알고 싶어요."

모용상아의 말에 용호가 흠칫 놀라 떼려던 걸음을 멈추었다. 그리고 그가 느낀 느낌은 가패 역시 느낀 듯했다.

'부모의 원수이거나 사승의 원수라면 죽어도 할 말이 없지. 하다못해 절친한 친우의 복수라고만 해도 목숨은 부지할 수 있을 거야.'

가패의 눈이 모용상아에게 향했다. 적이라 생각했는데 아닌 것 같았다. 그녀는 급박한 시선으로 한을 바라보며 말하고 있었다.

"그들이 누구를 해친 것인가요? 부모님인가요? 형제인가요? 사부인가요? 아니면……."

모용상아의 눈빛이 다급해질수록 한의 눈빛은 차가워지고 있었다.

'지금… 무슨 짓을 하고 있는 거지? 왜 그런 것을 나에게 묻는 거지? 왜 나에게 대답을 강요하는 거지? 왜… 왜 나를 도우려 하는 거지?'

차가운 빗줄기가 그의 정신을 맑게 해주고 있었지만, 또 한편으로는 그와 그가 아닌 것들을 격리시키는 장벽이 되어가고 있었다.

'그들이 누구냐고? 그들은 나의 원수다.'

한의 눈이 모용상아를 지나쳐 장안호에게 향했다.

‘그들을 왜 죽였냐고? 그녀의 한을 풀기 위해서다.’

장안호에게서 떨어진 시선이 용호에게 향했다.

‘그들이 누구를 해쳤는지 궁금한가? 그것이 중요한가?’

모용상아는 자신의 전신을 스쳐 사방으로 퍼지는 차가운 기운에 소스라치며 한 걸음 물러섰다. 장안호의 손이 검집으로 향했고, 그에 맞춰 가패의 도갑 역시 앞으로 향했다.

‘가패, 당신의 말이 옳았어. 아직은 흔들릴 때가 아니야. 복수는… 오로지 나의 일일 뿐이다.’

스르릉.

검이 검집을 빠져나와 한의 손에서 전신을 드러낼 때까지 아무도 움직이지 못했다. 사방에서 들리던 빗방울들의 소란스러움조차 주위를 압박하는 검의 위용 앞에 입을 다물어 버린 듯했다.

“놈! 기회를 주었건만, 반성의 기색도 없이 검을 뽑다니! 네 죄가 결코 가볍지 않음을 스스로 시인하는 것이더냐?!”

장안호가 모용상아를 다급히 뒤로 끌어당기며 일갈했다. 하지만 한은 그런 장안호의 일갈도, 모용상아의 눈에 어린 안타까움도 외면하고 있었다.

‘물러서라. 그저 그 모습으로 내 기억에 남아라. 내 검에… 너를 남기고 싶지는 않다.’

한의 눈이 모용상아를 지나치고 있었다. 그리고 기이하게도 모용준과 모용정의 틈으로 찰나지간 들려진 모용상아의 시선과 짧게 마주치고 있었다.

‘나는… 결코 당신에게 도움이 되지 못하는 것인가요?’

모용상아의 다물어진 입이 낮게 경련하고 있었다. 분함이나 억울함이 아닌, 자신의 진심이 값싼 동정으로 보였을 것이라는 생각에 얼굴이 붉어졌다. 그런 그를 원망하고 싶었지만… 그럴 수가 없었다.

"죄인이 본심을 드러내었으니 더 망설일 필요가 없을 듯합니다."

용호의 낮은 속삭임이 아니라 하더라도 장안호는 한을 향해 차고 넘칠 만큼의 노기를 드러내고 있었다.

'내 질녀의 성의를 무시한 것이 네가 지은 가장 큰 죄가 될 것이다.'

장안호는 안다. 모용상아가 눈앞의 사내에게 호감을 가지고 있었다는 것을. 그녀가 지금껏 보여준 행동들은 남녀 관계에 무지한 모용정, 모용준 형제도 알아볼 수 있을 만큼 그의 편에 서 있었다. 그저 마음 여린 여인의 동정이라 믿고 싶었지만, 힘없이 서 있는 질녀의 모습에 그것이 잘못된 판단이었음을 깨달을 수 있었다.

거세어진 빗줄기가 천지사방으로 내리 꽂히고 있었다. 그리고 찰나 지간 빗줄기를 가른 뇌전의 섬광이 검신 위로 부서짐과 함께, 그녀가 그토록 원치 않았던 싸움이 시작되고 있었다. 힘찬 기합성이나 상대를 떠보려는 가벼운 손목의 놀림도 없었다. 섬광과 함께 시작된 싸움의 첫 검명은 장안호와 가패의 격돌에서 시작되었다. 장안호가 달려드는 찰나 가패가 한의 앞을 가로질러 그의 검에 맞섰다.

챙!

맑은 검명과 함께 두 사람은 언제 달려들었나 싶을 만큼 빠르게 팅겨져 나왔다. 장안호가 한 걸음 물러나 검을 고쳐 잡기 무섭게 일도양단의 기세로 가패의 도가 내리 꽂히고 있었다. 가패가 들고 있는 도는 한과 싸울 때 사용했던 대도가 아니었다. 수적들이 흔히 사용하는 유엽도가 가패의 손 위에서 춤추고 있었다. 여붕을 없애려던 은밀한 행사에는 대도보다는 유엽도가 적당했고, 그렇게 해서 지금 그의 수중에는 본래의 대도가 아닌 유엽도가 들려지게 된 것이었다.

가패의 도법은 패도적인 힘을 바탕으로 한 공격 일변도의 초식이었다. 본래의 대도로 휘둘렀다면 대기를 찢는 파공성이 울렸겠지만, 그렇다고 해도 패도적인 기세는 그대로였는지라 장안호는 몸을 뒤틀어 중심을 잡고 나서야 검을 마주칠 수 있었다.

탱! 차창!

검과 도의 어우러짐은 뗏목 위라는 악조건 속에서도 현란하게 이루어지고 있었다. 가패는 물 위에서의 싸움에 익숙해 몸을 가누는 것이 어렵지 않았고, 장안호 역시 일신의 절예가 주변의 변화에 큰 영향을 받지 않을 정도는 되었기에, 그리 크게 요동치지 않는 뗏목 위에서도 뭍에서만큼의 움직임을 보여줄 수가 있었다.

'후우, 역시 창의검. 부상이 아니었다 해도 백 초를 장담하기 힘든 상대.'

'기룡이의 눈이 잘못되진 않았군. 과연 본 가의 당주급 인물들과 비견해도 손색이 없구나.'

장안호와 가패는 순식간에 십여 합을 나누고 있었다. 그리고 그 빠른 공방의 와중에 서로의 무위를 어느 정도 가늠할 수가 있었다. 가패는 장안호의 위명이 헛되지 않았음을 인정했고, 장안호 역시 설기룡의 판단이 옳았음을 수긍했다. 그리고 두 사람이 느끼는 싸움의 결과 역시 다르지 않았다.

타다다당!

잠시 선기를 내주었던 장안호의 검이 세차게 가패를 몰아치고 있었다. 웅혼한 내력이 실린 장안호의 검이 휘둘릴 때마다 가패는 조금씩 뒤로 밀리고 있었다. 장안호의 검이 위협적인 소음과 함께 가패의 목어림을 노렸고, 가패는 몸을 반쯤 뒤집으며 유엽도를 쳐올렸다. 장안호는 시종일관 이화검법을 사용하고 있었다. 모용세가의 호법이 된 이후 성명절기인 창의검법을 사용할 상대를 만나지 못했다는 일화가 있기는 했지만, 어찌 되었든 가패를 상대하는 데는 이화검법 특유의 검무와 같이 물 흐르는 듯한 흐름을 취하고 있었다. 가패가 다급히 몸을 내빼었지만 장안호의 검은 그의 움직임을 쫓아 집요하게 휘둘리고 있었다. 가패는 장안호의 검을 상대하며 인상을 굳히고 있었다.

'역시 명문세가의 검이라는 건가?

가패는 힐끔 한을 바라보았다. 한은 용호를 따라온 세 명의 수병과 설기룡을 앞에 두고 있었다.

'도움을 바라지 마라. 저 친구, 아직 몸이 성치 않아. 섣불리 움직였다가는 도리어 화를 입게 된다.'

한의 상태를 가장 잘 알고 있는 사람이 바로 가패다. 살의 가득한 기운을 퍼뜨리며 강단있게 검을 빼어 들었지만, 아마 속으로는 식은땀을 흘리고 있을지 모른다. 물에서 건져 낸 것이 불과 사흘 전이다. 허벅지에 입은 자상은 한 뼘은 족히 넘고, 복부는 상처가 한 치만 깊었다면 내장을 쏟아냈을 정도로 상세가 심각했다. 다행히 팔은 부러지진 않았지만, 하루 이틀 요양으로 진정될 상세가 아니었다. 일말의 후회가 남았다. 부딪치는 것보다 도주하는 것이 나았을지 모른다는 생각이 심기를 어지럽혔다. 하나 재수없는 생각을 털어버리듯 장안호의 검을 세차게 뿌리친 가패가 이마에 골을 만들었다.

'그거라면… 동귀어진 정도는 바랄 수도 있겠건만.'

장안호의 신형은 올곧게 선 채로 가패를 압박하고 있었고, 가패의 어깨는 그의 공세를 맞아 쉼없이 비틀리고 있었다. 가패는 연신 뒤로 밀리면서도 쉽게 마음을 결정하지 못하고 있었다. 이미 오 년 전에 잊기로 한 무공. 자신이 몸 바쳤던 문파가 사라지고, 신명을 바쳤던 이가 비통한 죽음을 맞았을 때 함께 사라진 무공이었다. 다시는 꺼낼 일이 없을 것이라 여겼건만, 질긴 목숨은 조금 더 살기를 갈망하고 있었다. 그리고 생존은 모든 것에 우선했다.

'젠장! 살 만큼 살았지만… 이렇게 된 거 조금만 더 살자!'

가패의 눈꼬리가 매섭게 치켜 올라가며 사나운 기운을 뿜어내기 시작했다.

"으아앗!!"

거친 기합성과 함께 달려드는 가패의 모습에 장안호는 나아가던 걸음을 물려야 했다. 힘과 투지로 설명할 수 있었던 가패의 도가 유려한 나선의 길을 따라 장안호를 압박해 왔다. 그의 도법이 바뀌었다.

'실력을 숨기고 있었던 것인가? 도끝의 변화가 분명하고, 허실의 변화도 쉬이 짐작할 수 없구나.'

장안호는 가패의 도를 비켜내며 놀라워했다. 가패의 도가 유연하게 변했다. 처음의 패도 대신 변화에 치중하고 있었다. 지금까지 장안호의 부드러움이 가패의 강함을 밀어내었다면, 이제는 가패의 변화가 장안호의 부드러움을 거스르는 형국이라 할 수 있었다. 하지만 장안호를 당혹케 했던 가패의 얼굴은 불만스러울 뿐이었다.

'젠장, 도끝이 살아나질 못하고 있다. 이래서는 반쪽짜리 변화밖에는……'

가패의 불만처럼 잠시 주춤했던 장안호의 검이 다시금 가패의 도를 유연히 받아내고 있었다. 두 사람의 공방은 어느 한쪽으로 쉬이 치우치지 않고 있었다. 가패의 이마에는 빗물과 엉킨 굵은 땀방울이 흘러내리고 있었다. 젖 먹던 힘까지 모두 짜내고 있었지만, 상처 입은 어깨가 아쉬울 뿐이었다.

'눈에 익은 도법. 분명 어디선가 보았던 도법인데 생각이 나질 않는군.'

장안호는 가패의 도를 관찰하고 있었다. 변화가 충만하여 허실의 탐지가 쉽지 않았다. 칭찬해 줄 만한 도의 놀림이었지만, 더 이상 싸움을 길게 끄는 것은 상대에 대한 예의가 아니라 생각했다.

'처음의 패도적인 공격을 이어갔다면 팔 하나로 끝났을 것을……'

장안호는 검신에 내력을 북돋우며 가패의 환도 사이를 비집고 들어섰다. 칭찬해 줄 만한 무공이었지만, 뛰어난 무공이 오히려 명을 재촉한 꼴이었다. 가패는 자신의 전권 안으로 뛰어든 검세에 놀라 다급히 도를 휘둘렀지만, 촌각의 차이로 그의 검을 막지 못했다. 가패가 이를 악다물고 복부에서 느껴질 고통을 직감한 그 순간,

탱!

가패는 복부의 고통 대신 가슴에 전해진 충격에 뒤로 날아가 처박혀버렸고, 장안호는 부러질 듯 강하게 반탄된 검의 여력을 감당하기 위해 제비를 넘으며 일 장 뒤로 물러서야 했다. 장안호가 바닥에 내려 자신

의 검을 내친 상대를 노려보고 있었다.

"쿨럭! 이… 이 미친놈아?!"

손으로 뗏목의 바닥을 짚으며 상체를 세운 가패가 고함을 질러댔다. 하나 가패에게 등을 보이고 서 있는 한은 검을 늘어뜨린 채 정면의 장안호를 바라보며 살기를 돋우고 있었다.

'간격이 없었다. 분명 내 검과 저자 사이에는 비집고 들어올 틈이 없었다. 한데… 저자는 그 틈을 파고들었다.'

장안호의 노기 어린 눈이 자신의 검을 튕겨낸 자를 바라보고 있었다. 장안호의 검이 가패의 복부에 틀어박히려던 그 순간, 한의 거대한 검이 그 사이를 비집고 들어와 장안호의 검을 튕겨낸 것이었다. 만약 위로 쳐올렸거나 아래로 내려쳤다면 차라리 이해하기가 수월했다. 하나 저 정신 나간 인간은 검과 복부 사이로 검을 집어넣고는 악력으로 검배를 진동시켜 장안호의 검끝을 튕겨낸 것이었다. 만약 정확히 검끝을 튕기지 못했다면 막았던 검배를 스쳐 흉부나 하복부를 찌르게 되었을지도 모를 위험한 일수였지만, 한의 검은 한 치의 오차도 없이 장안호의 검끝을 튕겨내었다. 장안호의 놀람은 그것에 있었다.

"죄송합니다……."

장안호의 곁으로 설기룡이 다가와 고개를 숙였다. 설기룡이 그를 상대하기를 바란 것은 아니었지만, 자신과 가패의 싸움에 끼어들도록 그를 자유롭게 한 것은 분명 책임을 물어야 할 일이었다. 하지만 장안호는 그를 나무라지 않았다. 물론 그를 곱게 보아 말을 참은 것이 아니었다. 아직 싸움은 끝나지 않았다.

"이봐, 무리한 거 아니야?"

한의 옆으로 다가선 가패가 귓속말을 걸어왔다. 마음 같아선 전음을 보내고 싶지만, 이렇게 억수같이 비가 쏟아지는 날에는 그것이 여의치 않기에 나지막이 물어본 것이다. 가패는 한의 대답을 보았다. 늘어뜨렸던 검끝이 반 자 정도 고개를 세웠다. 그리고 그것이 자신들을 노려보는 장안호에 대한 도발이라는 것을 깨달았다. 장안호가 신형을 날리며 거리를 좁히고 있었다.

"크흑?! 이, 이봐?!"

가패는 도를 고쳐 잡다가 한의 손끝에 밀려 뒤로 두어 걸음이나 밀려나 버렸고, 뭐라 소리치려 했을 땐 이미 두 개의 검이 요란하게 얽히고 있었다.

카강!

장안호는 묵직한 검의 무게를 실감하며 거리를 벌렸다.

'저자의 검은 내 검보다 한 자는 길다. 거리를 잊고 달려들었다가는 낭패를 보게 된다.'

가패와 싸울 때와는 달리 장안호는 집요하게 달려들지 않았다. 한이 그의 뒤를 쫓지 않아 그렇게 된 것이기도 했지만, 조금 전 자신의 검을 튕겨낸 일수가 그의 발목을 붙들고 있었다.

우르릉!

또 한 번 하늘에서 섬광이 터지며 굉음을 쏟아내었다. 이제 빗줄기는 굵어질 대로 굵어져 장강의 흐름을 좌지우지할 정도가 되어 있었다. 장강의 물결은 요동치고 있었고, 수백 개의 나무로 얽혀져 있는 뗏목도 거센 물결에 껍질이 벗겨지며 괴성을 지르고 있었다. 두 사람의 격돌이 다시 시작된 것은 또 한 번의 우뢰가 떨어져 내린 직후였다.

"하압!"

태탱!

태양을 삼켜 버린 어두운 하늘 아래 수십 개의 불꽃이 피어오르고 있었다. 장안호의 검이 빗줄기를 가르면, 한의 검이 막아내기를 반복했다. 장안호의 검이 빈틈을 찾고 있었지만, 한의 널찍한 검배는 그의 공세를 효과적으로 차단할 수 있었다.

'흐름을 이용한 공세로는 저자의 병기가 만든 벽을 뚫기가 쉽지 않다.'

한은 최소한의 움직임으로 장안호의 공세에 대항하고 있었다. 빗물에 씻긴 그의 복부에서는 갈라진 상처에서 흐른 핏물이 번지고 있었다.

'참아라… 나의 검은 순간의 검. 승리가 아닌 죽음을 내리기 위한 검이다.'

한은 가닥가닥 끊어져 흐르는 진기를 모으기 위해 안간힘을 쓰고 있었다. 출혈은 진기의 소통에 커다란 방해를 일으킨다. 흐름을 이어야 할 진기가 상세를 막기 위해 저절로 새어나가기 때문이다. 그런 본능에 충실한 움직임은 의지만으로는 이끌기가 어렵다. 고도의 정신 집중을 하지 않는다면 불가능한 일이었고, 지금처럼 선상에서 공방을 벌이는 와중에는 더욱 불가능한 일이었다. 한은 그나마 조금씩 제 길로 흐르는 진기를 끌어 모으는 것에 최선을 다하고 있는 것이었다.

'백 번의 수세에 빠지는 것을 걱정하기보다 한 번의 공세를 성공시키는 것에 집중해야 한다. 인간은 나약한 존재. 내 검이 두 번 필요한 상대는 세상에 없다.'

한은 이를 악물고 있었다. 눈앞의 상대는 자신을 쫓아온 자들 중 최고 고수. 무리와 대적해 본 적은 없었지만, 적어도 지금 누구를 베어야 하는지는 충분히 느낄 수 있었다. 한은 장안호를 베기 위한 한순간을 기다리고 있었다. 하나 그의 생각은 강호에서 잔뼈 굵은 장안호의 눈을 피할 수 없었다.

'기회를 노리는 눈. 나를 벨 수 있는 그 순간을 노리고 있구나.'

장안호는 그의 생각을 가볍게 보지 않았다. 그가 보여주었던 한 수는 충분히 자신의 공세를 비집고 들어올 수 있을 만큼 놀라운 것이었다. 그가 한 점을 노린다면, 확실히 막을 수 있다 장담할 수 없었다.

'하지만 너는 가지고 있는 패가 그것뿐이지만, 나는 그렇지 않다.'

잠시 물러선 장안호가 검을 세차게 뿌리곤 기수식을 취했다. 검을 등 뒤로 감추고 좌측 발을 반보 앞으로 디딘 자세. 한은 그의 뒤이은 공세를 예측하기 위해 몸을 사렸고, 설기룡과 모용상아는 그의 뒤이은 공세를 알고 있었기에 흠칫 몸을 떨었다.

'저것은?

설기룡은 장안호의 저 기수식이 뜻하는 바를 알고 있었다. 창의검법의 기수식. '일수일섬(一手一閃)'이라 불리는 장안호의 독문무공인 창의검법이 펼쳐지려 하고 있었다.

'장 호법님은 세가에 몸을 의탁한 이후 살기 짙은 창의검을 버리고 유한 기운의 이화검법을 고집하셨다. 한데 지금 창의검법을 다시 꺼내신 이유는… 그를 그만큼 높게 사신 것일 터.'

설기룡은 한을 보며 자신도 모르게 질투심을 느끼고 있었다. 창의검을 잊고 살아오던 장안호에게서 다시금 창의검을 꺼내게 만든 사내. 동년배의 인물이건만 피아를 떠나 그는 인정을 받고 있었다. 설기룡은 자신도 모르게 두 주먹을 불끈 쥐었다.

'창의검은 열여덟 개의 투로만을 가진 일초식의 검법이다. 나와 상대의 가장 빠른 거리를 점하는 검. 쾌검이나 쾌검이 아니고, 일검이나 일검이 아니다.'

장안호는 천천히 걸음을 옮겨 한에게 다가서고 있었다. 상대를 높이 사 창의검을 꺼내었으니, 실패는 용납할 수 없었다. 자신의 검에 자신감이 있었지만, 자만에 빠질 만큼 강호의 밥을 헛먹지 않은 장안호였다.

'저자도 순간을 노리는 검. 막느냐… 같이 죽느냐인가?'

한은 조금씩 거리를 좁히는 장안호에게서 묘한 동질감을 느끼고 있었다. 비슷한 검을 가진 자들만이 느낄 수 있는 느낌. 한은 문득 자신이 이곳에 있는 것이 서글프게 느껴졌다.

'아직 가야 하는데… 여기서 멈출 수는 없는데…….'

한의 눈이 암울하게 젖어가고 있었다. 만약 누군가가 그의 눈을 보았다면 죽음을 기다리는 자의 눈이라 했을지도 모른다. 하지만,

쉬익.

낮은 파공성은 섬광이 궤적을 그린 다음에야 들려왔다. 장안호의 검은 어느새 그의 등 뒤로 돌아가 있었고, 장안호가 신형을 고쳐 잡고 한 발 무른 다음에야 한의 어깨에서 핏줄기가 솟구쳤다.

"우우."

한의 입에서 낮은 신음 소리가 들려왔다. 가패는 그 섬전의 공세

에 놀라 함부로 다가서지도 못하고 있었다. 두 눈으로 보지 않았다면 결코 믿지 않았을 만큼 빠른 쾌검. 하나 놀람은 그만의 것이 아니었다.

'피… 했다?!'

장안호의 검미가 미세하게 떨리고 있었다. 검명은 울리지 않았다. 창의검의 검기가 분명 그의 어깨를 노리고 날아들었다. 한의 검이 가진 거리만 아니었다면 장안호의 검신에 핏방울이 맺혔을 것이다. 질녀의 부탁이 마음에 자리잡았기에 수급이 아닌 어깨를 노렸고, 거검으로 오른쪽 어깨를 보호하고 있었기에 왼쪽을 노렸을 뿐이다. 우수검은 우측의 반응은 빠르지만 좌측의 반응은 상대적으로 느리다. 그것이 성공을 의심치 않았던 이유였다. 한데 저자는 몸을 비틀어 낮추며 검을 피했다. 모두 피하지는 못해 검기의 여력이 스치고 지나갔다. 그래서 사람들의 눈에는 검기에 당해 어깨를 움찔한 것으로 보였겠지만 장안호는 알고 있었다. 그는 분명 자신의 검을 피해낸 것이었다. 한은 죽음을 기다리지 않았다.

'놀라운 반응이군. 상처 입은 몸으로… 팔 척의 거구로 저런 움직임이 가능하단 말인가?'

장안호의 눈이 한의 몸을 훑고 있었다. 빗줄기에 가려 있지만, 복부의 출혈이 눈에 선명했다. 자신의 공세에 수세만 취하는 것만 봐도 저자는 지금 정상이 아니었다. 그럼에도 피해냈다. 감히 일수일섬이라 불리던 자신의 창의검을……

'일수일섬이란 허명을 좋아하지는 않았지만, 이렇게 깨어지니 이것도 그리 좋은 기분은 아니군. 어디… 내 허명이 얼마나 부질없었는지 한번 볼까?

장안호는 속에서 끓어오르는 분노를 억지로 가라앉혔다. 창의검이 완성된 이후 처음으로 상대를 놓쳤다. 불쾌함과 분노가 그의 이검을 재촉하고 있었다.

저벅.

한 발 물러섰던 장안호의 발걸음이 다시 거리를 좁혔다. 두 번째 섬광이 터져 나올 준비를 하고 있었다.

'이번 공세마저 피하고 검을 들고 서 있을 수 있다면… 창의검이란 이름을 버릴 것이다. 각오하라……'

'한 걸음만 더… 한 걸음만.'

장안호의 걸음이 반보를 남겨두고 있었다. 가패의 도가 움켜쥐어지고 있었고, 모용상아의 놀란 눈이 얼굴을 가린 손가락 틈으로 더욱 커지고 있었다. 장안호를 바라보던 한은 모아둔 진기를 검으로 집중시키고 있었다. 마주 선 두 사람 모두 이 일검에 모든 것을 걸고 있었다.

그리고 그 일촉즉발의 순간, 뇌성보다 날카로운 외마디 비명이 사람들의 고막을 파고들고 있었다.

"꺄아아악!"

검을 떨치기까지 고작 반보를 남겨둔 장안호와 마지막 일검을 위해 한 올의 진기까지 모두 끌어올렸던 한. 두 사람의 격돌을 숨죽이고 지켜보던 사람들 모두의 이목이 그 한곳으로 다급히 쏠렸다.

"사, 살려주세요……."

"모, 모두 물러서! 안 그러면 이년의 목숨은 없다!"

사람들의 시선이 모여진 그곳. 그곳엔 웬 노인이 반짝이는 비수를 여인의 목 위에 올린 채 서 있었다. 사람들은 이 당황스러운 등장에 놀라 한순간 말을 잃었다. 뗏목 위에 있는 사람들 중 누구도 입을 열지 못하고 있었다. 거센 빗줄기가 만들어내는 불규칙한 찰박거림만이 이 황당한 정적 위에 울리고 있었다.

'저건 뭐야?'

모용준은 헛웃음이 나올 것 같았지만, 이 정지된 시간 속에서 홀로 꿈틀거릴 배짱은 없었다.

갑작스레 등장한 노인. 빗속에 서 있는 것이 안쓰러워 보일 정도로 왜소한 체구였고, 비수를 들고 있던 손은 앙상하다는 표현이 어울릴 만큼 가늘고 길었다. 그 비수가 겨누어져 있는 곳에는 하얀 여인의 목이 드러나 있었다. 스물은 넘었을 것 같고 서른은 안 되어 보이는, 이상하리만치 쉽게 나이가 보이지 않는 그런 여인이었다. 그리 곱다 말하긴 어려웠지만, 빗속에 질린 표정에서는 묘한 색기가 흐르고 있었다. 그 두 사람의 등장이 뗏목 위의 움직임을 마비시켜 버렸다.

"웬 놈이냐?! 당장 그 칼을 거두지 못할까!"

분위기를 파악하지 못한 수병 하나가 고함을 질렀다. 하나 노인의 눈은 대치하고 있는 두 사람에게서 벗어나지 않고 있었다.

"당장… 물러나라……."

노인은 떨림이 묻어나는 목소리로 장안호에게 명령했다. 장안호는 잔뜩 굳어진 표정과는 달리 노인의 황당한 명령에 어이없어하고 있었다. 생사대결을 목전에 둔 상황이었다. 자신이 질 리는 없다 생각하고 있지만, 혹 진다 하더라도 그리 억울하지는 않을 만큼 눈앞의 상대는 녹록하지 않았다. 이런 상황에서는 먼저 발을 빼는 사람이 위험을 감수해야 하는 법이다. 그러니 백번 양보해서 생면부지의 여인을 살리고자 하는 마음이 들어 물러나 주고 싶다 해도, 쉽게 그렇게 할 수가 없는 상황이었다. 어찌 되었든 그들의 검격은 고작 반보만을 남겨두고 있었으니까.

"저런 발칙한 노인네 같으니! 감히……."

"닥쳐! 한마디만 더 하면 이년 모가지를 따버릴 테다!"

다른 수병이 입을 열자 노인의 악다구니가 터져 나왔다. 용호는 가만히 손을 들어 수병들을 제지시켰다.

"여, 여보……."

노인의 손에 붙잡혀 있던 여인이 구슬픈 목소리로 짧은 수염이 까칠하게 나 있는 한 사내를 부르고 있었다. 뗏목을 몰던 그 오가목부의 사내는 여인을 바라보며 이를 악문 표정이었다. 마누라를 담보 잡힌 여느 사내들처럼.

'저 여인이… 뗏목 주인의 일행이었단 말인가?'

장안호의 검끝이 미미하게 흔들렸다.

사실 장안호는 그들의 등장에 아랑곳하지 않고 있었다. 노인과 여인이 누구인지는 관심조차 없었다. 그들이 인질을 잡든 말든 자신의 싸움과는 상관없다 생각하고 있었으니까. 하지만 여인이 이 뗏목을 몰던 사내의 내자라면 이야기가 조금 달라진다. 강호의 도리상 남편이 보는 앞에서 그 내자의 죽음을 방관할 수만은 없었다. 장안호는 한에게 시선을 고정시킨 채 상황을 정리하고 있었다. 싸울 것인가, 일단 물러설 것인가. 하지만 이미 답은 나와 있었다. 주춤했던 투기를 다시 일으켜

검을 휘두르기엔 시간이 너무 멀리 흘러가 버렸다. 장안호는 한의 일
거수일투족을 눈으로 좇으며 조심스레 한 발 물러섰다. 다행히 살귀는
움직이지 않았다.

"음……."

용호의 입에서 답답한 신음이 새어 나왔다. 내심으로야 노인의 위협
을 무시했으면 좋겠다 생각했지만, 그도 그런 말을 밖으로 내어놓고 할
수는 없었기에 쓰게 버린 입맛만 다신 것이었다. 상황은 다시 원점으
로 돌아갔다.

"저자는 수많은 목숨을 해친 살인마요. 저런 자를 돕는다면, 노인장
에게도 죄를 물을 수밖에 없소."

장안호가 물러선 자리를 용호가 채우고 있었다. 그는 근엄한 목소리
로 노인을 꾸짖었지만, 그보다 이십 년은 더 살았을 법한 노인은 대꾸
조차 하지 않았다.

"다들 이 뗏목에서 내려. 뒤쫓아오면 이년을 죽이고 강으로 뛰어들
어 버릴 테다."

"감히 황명을 받은 관리에게 명을 내릴 참인가?!"

용호의 목소리가 뗏목 위를 울렸다. 하지만 노인은 그의 말에 답하
는 대신 손에 쥔 비수를 조금 들어올렸다.

"까아악!"

목덜미를 파고드는 소름 끼치는 냉기, 여인은 그 섬뜩함에 놀라 소
리를 질렀다.

"안전하다 생각되면 여인을 풀어줄 것이다. 관원 그림자가 보이는
동안은… 그럴 일 없겠지만……."

용호는 여인의 소스라치는 비명과 노인의 어눌한 위협에 미간을 찌푸리며 장안호를 바라보았다. 그냥 모른 척 싸우면 안 되겠느냐는 무언의 질문, 하나 장안호는 고개를 저었다.

장안호의 입맛 역시 씁쓸하기만 했다. 인질로 잡힌 여인의 남편이 두 눈을 부릅뜨고 있었다. 아니, 그들의 이목이야 얼마든지 모른 척 넘어갈 수도 있었다. 어차피 자신은 하북 사람. 이곳 호광에서 벌어진 일의 소문 따윈 며칠 지나지 않아 사라질 것이니 그리 걱정할 바는 아니었다. 하지만 뗏목 위에는 그들만 있는 것이 아니었다.

'정이와 준이는 강호의 경험이 제법 되니 이러한 일을 이해할지도 모르지만……'

풍진강호에서 살아남으려면 독해질 필요가 있었고, 강호의 문파인 모용세가의 사람이라면 희생을 요구하는 협박에 굴하지 않는 법도 배워야 했다. 어쩌면 앞으로 모용세가를 이끌어갈 그들에게 강호의 실상을 가르쳐 줄 좋은 기회였는지도 모른다. 문제는 모용상아였다. 그녀의 두 눈이 어디를 향해 있는지는 굳이 뒤돌아보지 않아도 충분히 짐작할 수 있었다. 만약 이름도 모르는 여인의 생명을 도외시하고 검을 휘두른다면, 모용상아는 자신의 그 결정을 결코 잊지 않을 것이다. 장안호는 모용상아가 저 살귀에게 보내는 동정만큼, 자신에게 보낼 경멸을 짐작할 수 있었다.

'아끼는 질녀에게 미움을 받을 수는 없지. 살귀… 운이 좋구나.'

장안호의 결정이 모두의 행동을 결정했다. 억지를 부릴 것 같았던 용호였지만 의외로 순순히 소선에 올라탔다.

"노인장, 살인자의 도주를 도운 죄는 가볍지 않소. 인질을 잡아 관리를 협박한 죄 역시 잊지 않겠소.”

용호의 마지막 말에도 노인은 눈 하나 깜짝하지 않았다. 떨리는 비수와는 대조적인 모습이었지만, 일단 노인의 협박은 통한 셈이었다.

한은 서 있던 자리에서 미동도 하지 않은 채 멀어지는 사람들을 바라보고 있었다. 비에 젖어 길게 흘러내린 머리카락이 그의 시선을 가리고 있었기에, 그가 누구를 바라보고 있을지는 그를 호위하듯 서 있던 가패조차 알아차릴 수가 없었다. 다만 소선에 오르던 여인이 잠시 고개를 돌려 머뭇거렸던 것과 그의 어깨가 잠시 움찔거렸던 것에 서로 무관하지 않다는 것만 느끼고 있었다.

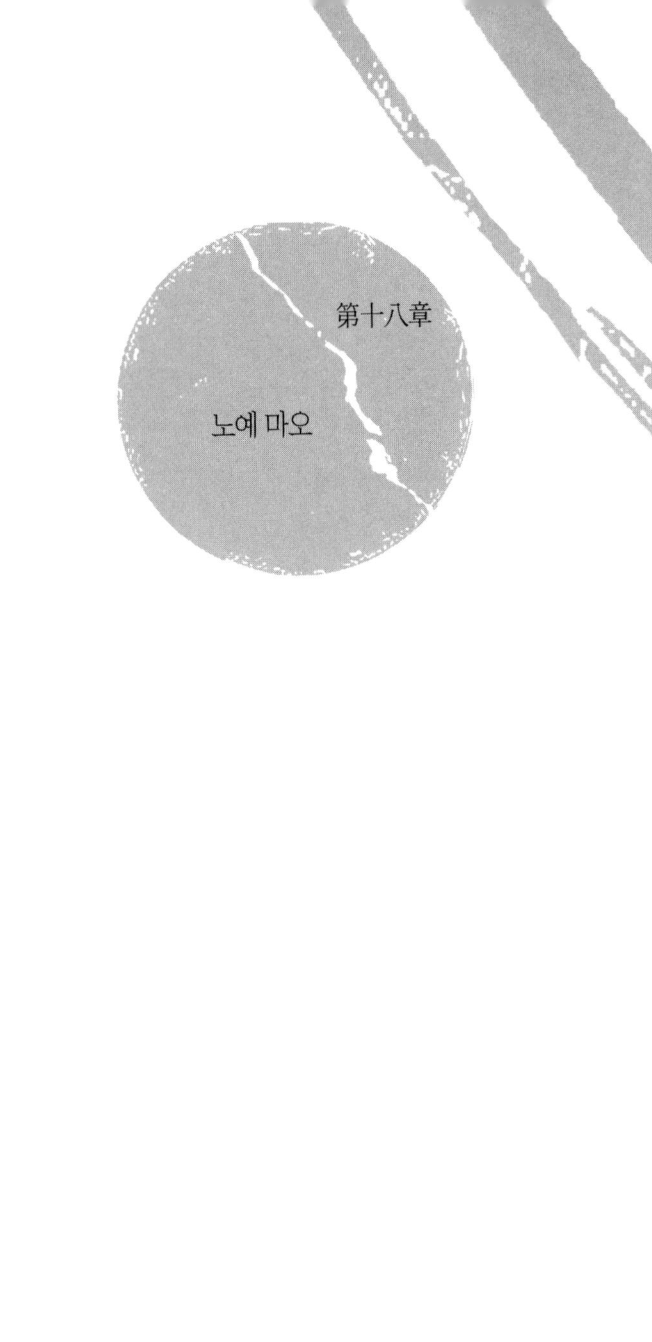

第十八章
노예 마오

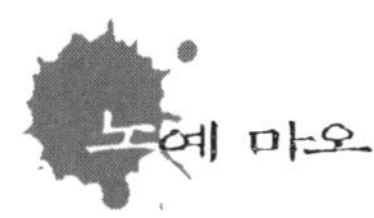

사람들을 태운 소선이 멀어지고 있었다. 그들을 바라보던 오가목
부의 사내들은 긴 한숨을 내쉬었고, 여인의 목에 비수를 들이대고 있던
노인의 팔에선 힘이 빠져나가 버렸다. 마지막까지 그들을 경계하던 이
는 가패였지만, 마지막까지 소선을 바라보고 있던 이는 한이었다.

"신세를 졌군."

"나 역시 도망치던 중이었으니까. 하지만 잘한 짓인지 모르겠군."

노인의 눈이 소선이 사라진 방향으로 향했다. 가패는 묵묵히 서 있
던 한에게 다가가 말을 걸었다.

"이봐, 이제 그만 들어가지. 최대한 빨리 뗏목에서 내려야 해. 좋은
방도를… 음?! 이봐!"

가패의 말에 반응하려던 한의 거구가 무너지고 있었다. 가패가 서둘

러 그를 받쳤고, 달려온 사람들의 도움을 받아 모옥으로 옮겼다.

"젠장… 억지로 버틴 모양이군. 미련한 친구 같으니……."

한은 몽롱해져 가는 의식 속에서 그의 목소리를 들을 수 있었다. 혼미한 정신 속에서 문득 자신이 누군가에게 업혀본 적이 있었나 기억을 더듬어보았다. 하지만 결국 몇 년 전도 거슬러 올라가 보지 못한 채 의식을 잃고 말았다. 그저 가슴으로 느껴지는 따뜻하고 편하다는 느낌만을 기억하면서…….

"노인장, 고맙긴 한데… 어리석은 결정이었소. 나 가패라는 사람이오."

"뭐… 나도 지금 후회하고 있는 중이니 굳이 말로 설명해 줄 필요는 없네. 손오(孫吳)라고 하네."

"뭐야, 왜 나는 빼놓는 건데? 노인네 혼자 잘나서 그 사람들이 간 건 아니라구. 내가 아니었으면 씨알도 안 먹힐 방법이었어."

가패와 손오 노인의 대화에 인질인 양 행세했던 여인이 투덜거리며 끼어들었다. 가패는 여인을 바라보며 가볍게 고개를 끄덕여 보였다.

"고맙소."

"뭐, 꼭 공치사 듣자고 한 말은 아니었어요. 예향(芮香)이에요."

여인은 가패의 말에 언제 그랬냐는 듯 화사하게 웃으며 자신의 이름을 밝혔다. 가패는 여인을 잠시 바라보다 다시 노인에게 물었다.

"저들과는 언제 입을 맞춘 거요?"

"뭐? 이 계집이랑 내외간인 것처럼 꾸민 거? 그거야 다들 싸움 구경에 넋이 나가 있을 때였지. 저들도 일이 복잡해지길 원치 않았으니 얘기하기가 훨씬 편하더군. 아마 우리가 내리고 나서 관원들이 오면 마누라는 먼저 사천으로 보냈다고 할 거야. 그걸 확인할 만큼 관원들이 잽싸지 않다는 거야 말할 필요도 없고.”

가패는 그럴 줄 알았다는 듯 고개를 끄덕였다. 그리고 몇 마디 말을 나누고 나서야 정작 물어보고 싶었던 이야기를 꺼내었다.

“한데 우리 일에는 왜 끼어든 거요?”

“우리 일? 너무 사고가 경직되어 있는 거 아닌가? 좀 더 넓게 보게.”

노인의 말에 가패는 무슨 이야긴가 싶었지만 노인의 웃음에서 이내 그 이유를 깨달았다.

‘잊고 있었군. 이 뗏목이 어떤 뗏목인지……’

손 노인과 예향이라는 여인 역시 자신들과 마찬가지로 관부의 눈을 피해 은밀히 달아나던 길이었다. 이제는 그 은밀히라는 말이 무색하게 되었지만, 그들의 선택이 잘못되었다고는 말할 수 없었다.

“이래 잡히나 저래 잡히나였나?”

“저들이 자네들만 잡고 우리는 보내줄 거라는 확신이 없었으니까. 뭐, 여기가 장강 위만 아니었다면 이런 미친 짓 대신 조용히 도망치는 길을 택했을 테지만.”

“고맙던 마음이 반쯤 가셨소.”

“나머지 반은 뗏목에서 내릴 때 마저 가져가게.”

피식 웃어버린 가패가 노인과의 얘기를 잠시 끊은 후 한의 상세를 살폈다. 복부의 상처는 벌어져 있었지만, 출혈이 좀 심했을 뿐 그리 큰 문제는 없어 보였다. 정작 문제는 그가 완전히 탈진해 버렸다는 것이었다.

"이런 상태라면 당분간은 거동도 힘들겠는데. 제법 오래 정양하지 않으면 내상을 염려해야 할 정도야."

"의술을 좀 아시오?"

말없이 다가와 한의 눈을 까뒤집어 본 노인이 흘러가듯 말했고, 혹시나 하는 마음에 가패가 조금 서두르며 되물었다.

"의술은 무슨. 이 정도야 그냥 보면 아는 거지."

"방법이 없겠소?"

"내가 의원인가? 그 방법을 왜 나한테 찾누?"

노인의 헛웃음 섞인 말에 가패가 아쉽다는 듯 고개를 돌려 한을 돌아봤다. 자신이 봐도 하루 이틀 요양으로 나을 상태가 아니었다.

'가까운 곳에는 마음 놓고 치료를 할 만한 의원이 없다. 어차피 태호로 가려 했으니 내일쯤에는 내려야 하지만, 이 상태로 안경까지 갈 여력이 될지 모르겠구나.'

조건은 최악이었다. 먹을 것은 건포와 약간의 부식이 전부였고, 약이라고 할 만한 것은 금창약뿐이었다. 거센 빗줄기는 뗏목의 조종을 더욱 어렵게 하고 있었다. 목부의 사내들은 이것저것 따질 겨를도 없이 틀어진 뗏목의 방향을 잡느라 진땀을 빼고 있었다. 도무지 방법이 떠오르질 않고 있었다. 그때 노인의 지나가는 듯한 목소리가 들려왔다.

"혹시 내 부탁 하나 들어준다면… 그 친구를 어찌해 볼 수도 있겠지만……."

"……?!"

가패는 노인을 바라봤다. 손 노인은 모옥 밖의 빗줄기를 바라보며 느긋하게 입을 열고 있었다.

"여기서 멀지 않은 곳에 초야에 묻혀 사는 의원 하나가 있지. 그 작자라면 여느 성시의 의원보다도 솜씨가 나을 거야."

"그는… 어디 있소?"

가패가 미심쩍다는 표정으로 되물었다. 은거한 강호인 이야기는 들었어도 은거한 의원이 있다는 이야기는 금시초문이었다. 하나 노인은 그런 가패의 의심 따위는 신경도 쓰지 않으며 고개를 저었다.

"젊은 사람이 왜 그리 이야기의 앞뒤를 잘라먹누? 내 부탁을 들어주어야 도와준다고 하지 않았는가."

"젊은 사람? 그거참, 오랜만에 들어보는 말이군. 여하튼 무슨 부탁인지 먼저 말해 보시오."

노인은 가패의 반승낙이 떨어지고 나서야 시선을 돌려 그를 바라보았다.

"알다시피 나도 누군가를 피해 은밀히 움직이는 몸이라네. 자네도 알 거야, 오래 도망을 치려면 지인을 찾지 않는 것이 첫 번째 규칙이라는 거. 한데 그 의원 놈은 나를 알아. 그리고 내가 직접 부탁하지 않으면 목에 칼이 들어와도 저 사람 상세를 보아주지 않을 거고. 그럼 나는 그 첫 번째 규칙을 어기게 되지. 그러니 내가 규칙을 어기고도 오래 도망을 칠 수 있도록… 아니, 오래 살 수 있도록 날 지켜주어야 한다는 거야. 그게 내 부탁… 아니, 조건일세."

가패는 노인의 말에 무작정 고개를 저을 뻔했다. 자신은 한의 뒤를 보아주기로 생각하고 있었고, 한은 자신의 복수 이외의 것에 결코 한눈

팔지 않을 것이다. 해야 할 일이 분명한 상황에서 노인을 지켜주어야 한다는 것은 불가능한 조건이었다. 하지만 가패는 사정을 해보기로 했다. 무작정 고개를 저어버리기엔 한의 상태가 너무 좋지 않았기 때문이다.

"손 노인, 우리는 해야 할 일이 있소. 그 일이 끝난 다음이라면 모를까, 당장은 노인의 뒤를 따르기가 어렵소. 어떻게… 사정을 좀 보아주면 안 되겠소?"

가패는 어렵게 말을 마쳤다. 누군가에게 이런 부탁을 해야 한다는 것이 어색하기만 한 가패였다. 자존심의 문제라기보다는 익숙하지 않은 결과였다. 한데 노인은 너무나 쉽게, 하지만 쉽게 답하기 어렵게 방법을 가르쳐 주었다.

"그런가? 나는 목적지를 두고 다니는 중이 아니라네. 그러니 내가 자네들을 따라다니면 되겠군. 그럼 자네들은 자네들 일을 하고, 나는 자네들의 그늘 속에 숨고. 어떤가?"

가패는 잠시 생각에 잠겼지만, 자신에게는 다른 선택이 없다는 것을 깨달았다. 하지만 쉽게 고개를 끄덕여 주지는 않았다. 노인이 어떤 은원을 가지고 있는지도 모르면서 무작정 보표를 수락할 수는 없었다.

"노인의 뒤를 쫓는 자가 누구요? 그것도 모르면서 무작정 그 조건을 수락할 수는 없지 않겠소?"

가패의 물음에 노인이 웃음을 지었다. 눈가의 주름이 노인의 인상을 보기 좋게 만들어주고 있었다. 하지만 가패는 노인의 뒷말에 너무 놀라 그 웃음을 베어버릴 뻔했다.

“추혼십이절(追魂十二絶)이면 충분한 상대네.”
경악한 가패의 눈이 노인의 눈을 좇고 있었다.

추혼십이절. 이미 멸문해 버린 하북 만승문(萬勝門)의 대표적인 절기
였으며, 절정에 이르면 열두 개의 환영에 모두 예기가 서린다는 극환의
검법. 장안호와의 싸움에서 가패가 마지막을 다짐하며 이화검에 맞섰
던 검법의 이름이 바로 추혼십이절이었다.

*　　　*　　　*

마오는 그들이 무창을 무사히 빠져나갔다고 했다. 그는 마오를 믿었
기에, 아니, 그의 솜씨를 믿었기에 눈앞의 사내를 마주하면서도 당당할
수 있었다.
“방 채주가 직접 명채구를 찾아오다니, 오늘은 해가 서쪽에서 떴나
보오?”
“내가 무창에 오랜만이긴 오랜만인가 보오, 오 방주가 이리 신기해
하는 것을 보면. 허허.”
오 방주는 사내의 웃음에 마주 웃음 지으면서도 그가 찾아온 목적을
알아내기 위해 머리를 굴리고 있었다. 적어도 오늘 아침까지는 그가
자신을 찾아올 이유가 없었으니까. 한 사람의 이름을 뺀다면.
“혹시 흑룡왕 때문에 찾아오신 거요?”
“흑룡채 때문에 찾아왔다고 해야겠지요.”
오 방주는 고개를 끄덕였다. 흑룡왕 때문에 왔다면 구염채의 채주로

온 것이겠지만, 흑룡채 때문에 왔다면 동정수로채의 채주로 온 것이다.

"겁나는구려. 그래, 무슨 큰 부탁을 하시려고 구염채의 탈백검(奪魄劍)께서 직접 오신 거요?"

탈백검(奪魄劍) 방홍강(芳紅江).

구염채의 채주였고, 동정수로채의 최고 고수 오 인을 일컫는 장강오룡(長江五龍)의 일인이었다. 무공만 따지면 총채주인 태룡왕(太龍王) 방홍산(芳紅山)보다도 위에 있다 알려진 인물이었다. 다만 아우 된 도리로 맏형에게 채주 자리를 양보했다는 것이 정설이었다. 방홍강과 방홍산은 친형제 간이었다. 그는 동정수로채의 실세 중 실세였다. 채주의 아우이며 열여덟 수로채 중 가장 강하다는 구염채의 채주가 직접 찾아왔으니, 명채구의 실세라 할 수 있는 오 방주라 하더라도 긴장하지 않을 수 없었다.

"지금 흑룡채가 매우 위태롭소. 못난 제자가 일을 그르쳐 그리된 것이니 사부 된 도리로라도 수습을 좀 해야겠는데……."

역시 그들에 관한 일이었다. 현재 흑룡채는 관군의 토벌이 목전에 다다른 상태, 이대로 둔다면 괴멸하지 않을 도리가 없었다. 물론 수채야 한 두어 달 참았다가 다시 복구시키면 그만이었지만, 수적을 모은다는 것은 그리 쉬운 일이 아니었다. 가식이라 할지라도 그들에게 의리라는 것이 존재함을 보여주어야 했다. 관군이 토벌을 해와도 목숨은 보전할 수 있다라는.

"부채주의 일은 참 애석하게 되었소. 그리 쉽게 명을 달리할 사람은 아니었는데……."

방홍강의 제자와 구염채의 부채주는 동일인이었다. 한의 손에 반 토막이 되어버린 여붕은 바로 방홍강의 제자였다. 오 방주의 말에 방홍강은 가타부타 말이 없었다. 그도 귀가 있으니 자신의 제자가 어찌 죽었는지 들을 수 있었다.

'못난 놈. 아무리 흑룡채가 욕심이 나도 그렇지, 무창에서 폭뢰를 터뜨려? 복수를 해주고 싶어도 그 멍청한 한 수 때문에 나설 수가 없게 되었다. 못난 놈……'

방홍강은 타는 속을 내색할 수도 없었다. 오히려 수적들의 입단속을 시켜야 할 입장이었다. 여붕의 선택은 그 정도로 무모한 것이었다. 차라리 그 살귀라는 놈을 죽이고 살아남기라도 했다면 어찌 무마시켜 볼 수도 있었건만, 도리어 그자의 손에 죽어버린 까닭에 죽고 나서도 좋은 소리를 들을 수가 없게 되었다. 방홍강의 속내를 짐작하고도 남았지만 오 방주는 모른 척했다. 아무리 못나도 제자는 제자. 그 이야기는 이쯤에서 접어두는 것이 좋았다. 아니, 그러려고 했었다.

'잠깐만! 잘하면……'

오 방주는 자신의 머리 속에 떠오른 생각에 흥미가 동했다. 하지만 지금은 그 이야기를 꺼낼 때가 아니었다. 일단은 그의 이야기를 들어준 다음에.

"무슨 이야기를 하시는지 잘 알겠소. 목부의 일손과 명채구의 아편굴 몇 개를 치워 드리리다. 한 백 명 정도는 빼내줄 수 있을 거요."

흑룡채에 숨어 있는 수적은 대략 이백삼십. 그중 서른 명은 구염채의 식구였다. 근 삼백에 달하던 흑룡채였으니, 그 무창 살귀라는 자에게만 일백 가까이 죽은 셈이었다.

'들을 때마다 기가 차군. 단 한 사람에게 이틀 새 일백이 죽어나갔

단 말이지…….'

방홍강은 고개를 저었다. 이가 갈릴 일이지만 지금 당장은 그자의 생각을 접어두어야 했다. 살아남은 이백삼십. 오 방주가 숨겨주겠다는 일백을 빼면 일백삼십이 목숨을 내놓아야 한다. 수채를 건사시키기엔 너무 모자란 수였다.

"서른 명만 더 부탁합시다. 흑룡채에는 내 수하 삼십도 함께 있소. 적어도 일백은 맞춰야 다시 재건이 가능하오."

오 방주는 난감하다는 듯 이마를 짚었다. 하나 이내 선심 쓰는 척 고개를 끄덕이며 입을 열었다.

"글쎄… 그간 수채와의 인연을 생각하면 응당 그래야겠지만, 명채구의 사정도 있고 하니……."

방홍강은 그럴 줄 알았다는 듯 품에서 전낭 하나를 꺼내어 탁자 위에 올려놓았다.

"전표는 받지 않을 거고, 은자로 가져오자니 부담스러워 마음에 들 만한 것 몇 개 가져왔소."

오 방주는 마치 자기 물건 챙기듯 전낭을 들어 열어보았다. 그리고 그의 놀란 눈은 그 전낭이 본래 자신의 것이 아니었음을 확실히 보여주고 있었다.

"…이것은?!"

"진품이오. 그리 많은 양은 아니지만, 능히 은자 천 냥 정도는 받을 수 있을 거요."

손가락 두 마디 정도 크기, 다갈색의 작은 덩어리가 오 방주의 눈길을 사로잡고 있었다. 은은히 맡아지는 퀴퀴한 냄새. 오 방주는 무엇을 확인하려는지 그 작은 덩어리 앞으로 코를 가까이 가져갔다.

"진짜… 용연향(龍涎香)이군."

오 방주의 눈이 방홍강에게 향했다. 정말 놀랐다는 듯한 그의 눈빛에 방홍각은 가만히 고개를 끄덕여 보였다.

용연향은 멀리 바다 건너 석난국(錫蘭國:현재의 스리랑카)에서 들어온 물건이다. 어느 큰 나무의 꽃에서 짜낸 것이라는 이야기도 있고, 바다 속에 사는 어느 큰 물고기의 내단이라는 소문도 있었지만, 출처의 진위와는 별개로 용연향은 값비싼 향료였다. 적당히 조제해 몸에 지니고 있으면 그윽한 방향이 몇 년이고 지속되기에, 여인들은 몸에 지니던 사향(麝香) 대신 용연향이 든 향낭(香囊)을 지니길 갈망했다. 그리고 오 방주 역시 용연향을 기다리던 사람 중 하나였다.

"이 정도라면… 열 동이도 더 담글 수 있겠군. 정말 고맙소, 방 채주. 서른 명이라고 하셨소? 내 기꺼이 숨을 곳을 마련해 드리리다."

오 방주의 취미 중 하나가 술을 담그는 것이었다. 천하에 이름 높다는 명주치고 그의 수중에 없는 것이 없었고, 그가 직접 담근 이름도 붙이지 않은 술까지 합치면, 그 자신도 자신이 몇 동이의 술을 가지고 있는지 알 수 없을 정도였다. 그가 새롭게 만들어보고 싶어했던 술이 바로 용연향이 나는 술이었다. 방홍강은 공교롭게 그 소식을 듣게 되었고, 마침 자신이 가지고 있던 은자 천 냥의 가치 말고는 그리 큰 쓸모가 없었던 용연향을 챙기기를 주저하지 않았다. 그 선택으로 서른 명의 목숨을 더 살릴 수 있었다.

"그럼 그리 알고 나는 일어나겠소. 세세한 일정은 수하를 보내리다."

방홍강이 자리에서 일어설 때까지도 전낭에서 눈을 떼지 못하던 오 방주가 깜빡했다는 표정으로 함께 일어나며 입을 열었다.

"그런데… 궁금하지 않으시오?"

"무엇이 말이오?"

방홍강은 내심 짚이는 것이 있었지만 모른 척 되물었다. 오 방주는 그의 그런 시치미에 피식 웃으며 말을 이었다.

"우리 사이에 무슨 허물이 있겠소. 방 채주의 제자를 해친 그 살귀… 한번 알아봐 드리리까?"

방홍강의 눈에서 한줄기 빛이 떠올랐다 사라졌다. 그래만 준다면야 더 바랄 것이 없겠지만, 언감생심 그런 내색을 할 수는 없었다. 오가목부의 비밀은 그리 비밀이랄 것도 없지만, 그래도 이 바닥에서는 가장 확실하고 은밀한 이동 수단이었다. 그들을 인정한다면 그들의 행사에 참견해서는 안 된다. 어찌 되었든 오가목부의 뗏목을 탔으니 그들의 신변 보장은 오가목부의 몫. 아무리 관계가 원만한 수로채와 오가목부라 하더라도 건드려서는 안 되는 부분이었다. 그런데 오 방주가 먼저 말문을 열었다. 분명 미끼이겠지만 위험 따위는 나중에 생각해도 좋을 정도로 구미가 당기는 미끼였다.

"염치없소만… 도와주시겠소?"

"허허, 이런 귀한 선물을 받았는데, 응당 보답이 있어야 하지 않겠소."

오 방주는 너털웃음을 터뜨리며 방홍강의 물음에 화답했다. 방홍강은 그런 오 방주의 웃음을 믿지 않았다.

'세상에 믿지 못할 두 종류의 인간이 관원과 하오문도다.'

방홍강은 그의 말이 이어지기를 기다렸다. 물론 오 방주의 말은 끝나지 않았다.

"무창 성내의 기루 중에 마음에 드는 곳이 몇 곳 있소이다. 마음 편히 술을 좀 마시고 싶은데, 사람들 눈이 있어 그런지 도무지 기회가 나지 않는구려."

기루를 넘기라는 뜻이었고, 그가 말하는 몇 군데 기루가 어떤 곳인지도 알 것 같았다. 오 방주는 정보를 거간하는 자답게 정보로 그것을 먹으려 하고 있었다.

'비싼 정보는 비싸게 받아야지. 제자의 흉수를 알려주겠다는 데 그깟 기루 몇 개쯤이야······.'

오 방주는 마치 방홍강의 배포를 재어보겠다는 듯한 표정으로 바라보고 있었다. 방홍강은 그의 눈빛이 마음에 들지 않았다. 하지만 그가 원하는 답을 내어주어야 한다는 것도 알고 있었다.

"좋소. 내 알아봐 드리리다. 그자는 어디 있소?"

"허허, 장강을 떠가고 있으니 장강 어딘가에 있겠지요. 사람을 풀어 그자의 행방이 확실해지면 알려 드리리다."

"좋소. 그놈의 위치만 확실히 알 수 있다면, 오 방주의 부탁을 들어 드리리다. 물론 오 방주가 먼저 꺼낸 제안이니, 중간에 무산되지 않을 것을 믿소."

"절대 그럴 리 없을 것이오. 장강에서 오가목부의 눈길을 피할 자는 없소."

"만약··· 나중에 그자의 행적을 놓치거나 한다 해도 방주를 원망하지 않겠소."

방홍강의 입가에 옅은 미소가 어렸다. 호의적으로 보이는 미소였지만, 오 방주는 그가 자신이 했던 것과 마찬가지로 자신이 내건 제안의 역제안을 하고 있다는 것을 알 수 있었다.

"그렇게 생각하신다니… 만약 내가 그자의 행방을 알려 드리지 못한다면, 채주에게 일 년간 호광성 수군의 이동 상황을 무상으로 알려 드리도록 하겠소."

오 방주와 방홍강이 마주 보며 웃고 있었다. 원래의 목적이었던 흑룡채의 안전보다 우선하는 계약이 성사되고 있었다.

오 방주는 방홍강이 나간 내실에 앉아 손위의 전낭을 열어보며 흐뭇해하고 있었다. 은자 천 냥이 아니라 만 냥이라 하더라도 손에 넣고 싶어했던 순수한 용연향이었다. 이 정도 크기에, 이 정도 순도라면 황실 진상품임에 틀림없었다. 오늘은 운이 좋은 날이었다.

"마오!"

전낭의 주머니를 닫은 오 방주가 내실 밖으로 소리쳤다. 그리고 잠시 후 그의 노예인 마오가 문을 열고 들어왔다.

"흑룡왕과 살귀를 태운 뗏목이 어디쯤 지나고 있을까?"

"…안휘로… 들어섰을 것입니다."

마오의 말은 어눌했다. 태족(傣族:따이 족)인 그가 한어를 배워야 했던 이유는 단지 그의 아비가 이족의 백이였기 때문이다. 아직도 홀로 있을 때나 동족과 있을 때는 자신들의 말인 덕홍(德宏) 방언을 쓰곤 했다. 오 방주는 고개를 끄덕이다 다시 물었다.

"수구(隋九)는 어디 있느냐?"

"사천 본가에……."

“아, 그렇지.”

수구는 자신이 총애하는 이족 혹이였다. 자신과 함께 오가목부의 무창지부를 이끄는 이로, 칼 솜씨와 함께 추적에 일가견이 있는 자였다. 오 방주는 하나둘 휘하의 인물들을 떠올리고 있었지만, 이내 인상을 찌푸리고 말았다.

'그냥 다른 지부에 소식을 청해도 되지만 일이 일인지라 한 놈을 딸려 보냈으면 했는데… 막상 보내려고 하니 마땅한 놈이 없군. 한족 놈들을 이런 중요한 일에 쓸 수는 없고… 그렇다고……'

생각에 잠겼던 오 방주의 시선이 마오에게 향했다. 왜소한 체구에 까무잡잡한 피부. 하지만 이 병약한 인상의 태족 청년이 실제로는 중원의 웬만한 강호인보다도 강한 체술의 달인이라는 것을 아는 사람은 오 방주뿐이었다.

'저 태족 놈들은 추적술이나 은잠술에 천부적인 재능이 있다. 하지만 고삐를 조금만 늦춰주면 달아날 궁리부터 하는 놈들이니……'

오 방주는 조금 오랫동안 고민했다. 결론은 이미 눈앞의 노예를 자신의 그늘에서 잠시 꺼내어놓는 것에 다다라 있었지만, 무언가 안심이 되지 않았기에 망설이고 있는 것이었다.

“마오, 지금부터 내가 하는 말 똑똑히 들어라.”

오 방주는 마오에게 조금 긴 명을 전했다. 혹시나 한어가 서툰 그가 자신의 명을 잘못 이해하면 큰일이기에, 몇 번의 확인을 하고 나서야 만족스럽게 고개를 끄덕였다.

“지금 당장 떠나거라. 그리고 만약 허튼 생각을 품었다가는 본가의 부모 형제가 네 죄를 대신 물어야 할 것이야.”

“…예.”

마오는 부모를 볼모로 한 협박에도 감정의 동요를 보이지 않고 있었다. 적어도 겉으로 보이는 모습으로만 보자면 그는 오 방주의 충실한 노예였다.

“가봐.”

오 방주의 명이 떨어지자 마오는 내실을 나섰다. 내실의 문을 닫고 몇 걸음을 옮기자 너른 내원에 다다를 수 있었다.

늦은 밤. 밝은 달빛이 그의 그림자를 내원으로 길게 그려 넣고 있었다.

‘흑룡왕 가패, 무창 살귀……’

마오는 자신에게 처음으로 내려진 울타리 밖 임무를 조심스럽게 되새기고 있었다. 하나 이내 그의 뇌리에서 그들의 이름은 사라져 갔고, 작은 미소가 떠오르며 그의 생각을 감추어주고 있었다. 중원으로 들어와 처음으로 혼자가 되는 순간이었다. 그가 그토록 바라던 자유의 순간을 미리 맛볼 수 있는 고마운 기회였기에, 마오의 심장은 명채구를 떠나기 전부터 설렘으로 두근거리고 있었다.

자유를 향한 갈망을 가슴 깊이 숨기고 있던 그가 무창을 빠져나가던 순간, 잠시 자유의 냄새를 맡는 것만으로도 감사해하던 바로 그 순간, 운명은 이미 그를 강호라는 새로운 세상으로 인도하고 있었다.

第十九章
어의 냉가

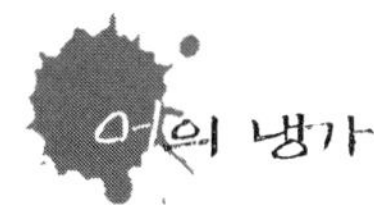

산은 생각보다 가파르지 않았다. 초여름 땡볕도 우거진 초목에 가려 제대로 들지 않는 곳이 많았다. 우거진 그늘이 많다는 것은 더위를 식히는 데에도 다행한 일이지만, 정신을 잃은 장정 하나를 업고 가는 데에는 그리 큰 도움이 되지 못했다. 산을 오르는 이들은 가패와 한 일행이었다. 일행이라 부르기는 뭣했지만 손 노인과 예향이 가패의 뒤를 따르고 있었다.

"헉헉… 아직… 멀었소? 헉헉……."

가패는 숨이 턱까지 찬 목소리로 등 뒤의 손 노인을 불렀다. 손 노인은 잠시 소매로 이마를 훔쳐 내곤 말했다.

"조금만 더 가면 되네. 저 중턱에서 오른쪽으로 꺾으면 잣나무 숲이 나올 거야. 그 숲 안에 그자의 모옥이 있네."

가패는 고개를 끄덕이곤 허리를 튕겨 위태하게 업혀 있던 한을 끌어 올렸다. 가패도 덩치로 따지면 남부럽지 않았지만, 팔 척 장신의 한을 업고 있으니 다리가 끌리지 않게 노력해야 할 지경이었다.

가패는 야음을 틈타 뗏목에서 내렸다. 다행히 산세와 이어진 곳과 가까운 포구에 다다를 때쯤 해가 지고 있었다. 안휘성으로 든 지 반나절 만에 짧은 물길 여정을 끝낸 것이다. 오가목부 사람들의 입을 막는 것은 쉬웠다. 그들도 최대한 책임을 피하고자 했던 것인지, 위협을 당해 하는 수 없이 뗏목에서 내려준 것으로 하자는 말에 감지덕지했다. 그리고 그들이 내린 곳에서 한나절은 더 가야 만날 안경(安慶)에서 내린 것으로 입을 맞췄다. 그것이 오가목부 사람들과의 마지막이었다.

이후의 일은 그리 큰 문제가 없었다. 혼절한 한을 어찌 옮길 것인지가 고민이었지만, 업는 것 말고는 방법이 없었으니 오래 고민할 필요는 없었다. 정작 문제는 손 노인과 함께 뗏목을 내린 예향이라는 여인이었다. 누구도 그녀가 자신들의 뒤를 따를 것이라고는 생각지 못했다.

'나만 두고 가려고? 몰인정한 사람들이네. 나중에 나 잡히면 다 불어버릴지도 몰라, 난 연약한 여인이니까.'

무슨 생각으로 따라나선 것인지는 몰랐지만, 어찌 되었든 그녀도 일행의 이후 행보를 들어버렸다. 만에 하나 관부에 붙들리기라도 한다면 나중에 좋은 얼굴로 다시 만나리란 보장이 없었다. 일단은 그녀도 함께 움직이기로 했다. 일단은.

밤을 새워 사람들의 눈을 피해 산을 찾았다. 방향은 북쪽. 그리 이름 난 산도 아니었고 지세도 높지 않았지만, 외견과는 달리 제법 골이 깊어 사람들의 눈을 피해 살기에는 그만인 곳이었다. 이미 해가 중천에 걸렸지만 다행히 산에 든 이후에 날이 밝아 사람들의 눈을 피할 수 있었다. 가패는 손 노인에게 길을 물은 후 비지땀을 한 바가지 정도 더 흘린 후에야 작은 초가 앞에 당도할 수 있었다.

"계신가?"

손 노인이 작은 초가의 마당으로 들어서며 사람을 찾았다. 초가는 세 칸으로 된 평범한 흙집이었다. 지은 지 제법 오래돼 보이는 듯 흙벽 곳곳에 균열이 가 있었지만, 그럭저럭 사람이 사는 온기가 느껴지는 곳이었다. 그리고 그 온기의 주인이 답했다.

"누구십니까?"

젊은 사내의 목소리. 방이 아닌 부엌의 문을 열고 나온 이는 목소리만큼이나 젊었다. 그 사내가 손 노인을 알아보곤 고개를 숙여 보였다.

"오랜만에 오셨군요."

"잘 지내셨는가?"

손 노인에게 대꾸하는 목소리가 살갑지 않았다. 오히려 귀찮다는 기색마저 느껴질 정도로 쌀쌀맞았다. 하나 손 노인은 그러한 느낌에도 아랑곳하지 않는 듯 그에게 인사를 건넸다.

"사람을 좀 봐줬으면 해서."

"환자를 받지 않은 지 이미 오 년입니다. 그리고 강호인이라면 앞으로도 손님으로는 받지 않을 생각이고요."

사내의 대답에 가패의 눈이 반짝 빛을 냈다. 처음 손 노인이 뛰어난 의원이 있다 했을 때는 손 노인과 비슷한 연배, 적어도 자신보다는 나이가 많을 거라 예상했었다. 다른 모든 것이 그러하지만, 의술 역시 단

기간에 대성할 수 있는 것이 아니기 때문이었다. 한데 의원으로 보이
는 사내는 아무리 많이 잡아줘도 서른을 넘겼다 보기 힘들었다. 그런
이가 사내보다 배도 더 살았을 손 노인의 청을 일언지하에 거절하고
있다. 눈앞에 강호인을 두고 강호인은 절대 받지 않는다는 배짱까지
튕기면서.

다급해진 것은 손 노인이었다. 자신이 호언장담하며 이들을 이 산중
까지 인도했다. 그가 쉽게 환자를 보지 않을 거라는 것은 짐작하고 있
었지만, 이렇게까지 강경하게 나올 줄은 예상치 못했다. 사람도 살려
야 했지만 노인네 체면 때문에라도 이렇게 돌아갈 수는 없었다. 손 노
인이 다급히 사내를 불렀다.

"이보게, 냉 어의……."

"손 옹!"

냉가라 불린 사내가 버럭 소리를 질렀다. 손 노인은 그 일갈에 깜짝
놀라 어깨를 움찔했지만 이내 고개를 숙여 보이며 사과했다.

"미안하이. 내가 실언을 했네."

"…돌아가십시오."

냉가 사내는 옷자락을 펄럭이며 뒤돌아섰다. 그리고 성큼 걸음을 옮
겨 부엌으로 향했다. 그의 뒤통수를 찌르는 살기가 아니었다면 쾅 소
리가 나게 부엌문을 닫아버렸을지도 모른다. 부엌문으로 손을 뻗던 냉
가 사내의 손이 멈춰 섰다. 그리고 천천히 고개를 돌려 살기의 주인을
찾았다.

"당신이오?"

"그래."

가패가 살기 가득한 눈으로 사내를 쏘아보고 있었다. 하나 냉가 사내의 표정에는 두려움이 없었다. 그저 네가 나를 불렀으니 말해 보라는 식이었다.

"네가 의원이건 아니건 상관없다. 네가 강호인과 어떤 은원이 있는지도 알고 싶지 않다."

"……."

"살고 싶으면… 이 친구를 진맥해라."

냉가 사내의 눈이 흥미롭다는 듯 가패를 바라보고 있었다. 그리고 그 눈에는 해볼 테면 해보라는 도발이 담겨 있었다.

"나는 의원이오. 그리고 강호인과 약간의 은원이 있는 것은 맞소. 하지만 꼭 그것 때문에 환자를 받지 않는다는 것은 아니오. 지금은 환자를 받고 싶지 않을 뿐이오. 저 환자를 진맥하라고 했소? 진맥할 필요도 없소. 숨소리가 고르지 못한 걸 보니 내부가 진탕되었고, 느껴지는 기맥을 보니 내상이 깊소. 하루 안에 약을 쓰지 않으면 기맥이 상할 것이고, 닷새 안에 약을 쓰지 않으면 원기가 손상될 것이오."

사내의 막힘없는 언변에 놀란 것은 가패였다. 사내와 자신의 거리는 이 장. 이 장의 거리를 격하고 숨소리를 듣고, 기맥을 느껴 환자의 상세를 진단할 수 있다는 의원의 이야기는 듣도 보도 못했다. 하지만 사내의 눈을 보니 거짓부렁이라 야단을 할 수도 없었다.

'…신의로군.'

의술에는 환자의 상세를 살피는 네 가지 방법이 있다. 첫째는 손으로 진맥하여 병을 찾는 촉진(觸診)이요, 둘째는 환자에게 병세를 물어 병을 짐작하는 문진(問診). 셋째는 귀로 듣고 냄새를 맡는 청진(聽診).

넷째는 눈으로 보는 것만으로 환자의 병명을 알아낼 수 있다는 시진(視診)이었다.

의학오경(醫學五經)의 하나이고 가장 오래된 의학서인 황제내경(黃帝內經)에 따르면, 만져서 환자의 상태를 파악하는 것은 교(巧:기교)라 했고, 대화로써 병명을 알아내는 것은 공(工)이라 했다. 청각과 후각으로 병을 알 수 있으면 성(聖)의 경지요, 눈으로 보고 병을 알면 신(神)의 경지에 도달했다라고 적혀 있다. 냉가 사내는 분명 이 장의 거리를 격하고 환자의 상세를 알아내었으니, 이미 자신의 의술이 결코 범상치 않음을 밝힌 것이다. 그런 명의가 진료를 거부하고 있었다.

"이보시게. 내 얼굴을 봐서 한 번만 상세를 보아주면 안 되겠는가? 이 덩치를 업고 산을 오른 정성을 봐서라도……."

"죄송합니다."

사내는 볼일 다 봤다는 듯한 표정으로 고개를 숙여 보이곤 다시 걸음을 옮겼다. 그때 그의 걸음을 다시 한 번 붙잡는 소리가 들렸다.

"한 시진쯤 후에 불이 날 거다. 땡볕에 숲이 바짝 말라 있으니 산 아래에서 불이 시작되면 여기까지 당도하는 데 반 시진이면 충분할 거다. 이런 초여름에 불이 나기 시작하면 걷잡을 수가 없지. 달아나려면 서둘러 짐을 챙겨야 할 거다."

냉가 사내의 표정이 차갑게 굳어버렸다. 그리고 그 차가운 눈빛으로 자신을 협박한 가패를 쏘아보고 있었다.

"그런 협박에 내가 굴할 것 같은가?"

"이번만… 굴해줬으면 좋겠소. …부탁하겠소."

냉가 사내의 차가운 표정 위로 잠깐이지만 놀랍다는 빛이 떠올랐다 사라졌다. 가패의 고개가 깊숙이 숙여져 있었다. 손 노인도 놀라 눈을 크게 떴다, 그의 이런 모습이 놀랍다는 듯.

"…미안하지만 들어줄 수 없소. 미안하오."

냉가 사내의 표정이 조금은 풀어져 있었다. 자신의 의지를 꺾을 순 없었지만, 가패의 부탁을 거절하는 마음도 편치는 않았던 것 같았다. 진심은 통했지만… 어쩔 수 없었다. 하지만 가패는 물러서지 않았다.

"당신이 가는 곳곳마다 흉한 일이 벌어질 거요. 밤새 우물이 메워져 있을 수도 있고, 먹는 밥에 독이 들어갈지도 모르오. 담벼락이 이유없이 무너질지도 모르고, 밤새 도둑이 들어 당신의 재화를 모두 강탈해 버릴지도 모르오. 그러니… 도와주시오."

냉가 사내의 얼굴에 다시금 노기가 떠오르려 했지만, 떠오르려던 것 만큼이나 빠르게 사라져 버렸다. 그리고 노기가 사라진 자리엔 더 큰 놀람이 떠올라 있었다. 가패의 무릎이 꿇려져 있었다.

"…부탁… 드리겠소."

등에 업고 있던 한의 무릎이 바닥에 닿아 있었지만 가패는 그를 힘 껏 끌어안은 채 무릎을 꿇었다. 손 노인이 놀라 두어 걸음 물러섰고, 예향도 놀라 입을 가렸다. 칼날 위에 사는 인생, 수백의 수적을 호령하던 흑룡채의 채주 가패가 무릎을 꿇었다. 그를 위해.

'무인에게 기맥이 상하는 것은 치명적이다. 원기가 상한다면 무공을 잃을 수도 있다. 그는 가야 할 길이 있지 않은가? 사나이가 대업을 도 모하기 위해 무릎을 꿇는 것은 수모가 아니다. 나는… 그를 대신해 무릎 꿇는 것이다.'

가패의 입술이 굳게 닫혀 있었다. 어찌 창피하지 않겠는가. 생면부지의 인물에게 구걸하듯 무릎을 꿇었다. 그것을 지켜보는 노인도 있었고 여인도 있었다. 얼굴이 화끈거려 당장에라도 일어서고 싶었지만 등에 업은 무게가 그를 짓누르고 있었다. 자신이 이렇게까지 그의 일에 집착하는 이유도 확신할 수 없었다. 단지 지금은 이렇게 해야 한다는 생각뿐이었다. 지금 무릎 꿇지 않으면… 크나큰 후회를 할 것만 같았다.

'그래… 차라리 그때 무릎을 꿇었더라면… 잠시 혈기를 누르고… 큰 뜻을 품었더라면……'

가패는 자신의 과거 속에서도 무릎을 꿇었어야 했던 시기가 있음을 기억했다. 그와 문주는 무릎 꿇지 않았고, 그러했기에 자신이 몸담았던 문파를 잃어야만 했다. 그것으로도 모자라 이름마저 버린 채 오 년을 숨어 살았다. 후회하지 않는다 말했었지만 후회하고 있었다. 그런 후회를 또 할 수는 없었다. 그래서 무릎을 꿇었다.

"후우……"

긴 한숨이 가패의 귓가로 들렸다. 그리고 답답하다는 듯한 목소리 하나가 그를 일으켜 세웠다.

"환자를 방에 눕히십시오."

냉가 사내는 한마디를 던져 두고는 걸음을 옮기고 있었다. 부엌으로 향했던 걸음이 약향 배인 부엌 옆 작은 방으로 향하고 있었다. 진심은 통하는 법이었다.

잠을 자는 것 같았다. 아무리 코끝에 귀를 가져가 보아도 숨소리가 고르지 못하다는 것을 느낄 수 없었다. 숨소리의 고르고 뒤틀림도 구분하지 못하는데, 기맥이 요동치는 것을 어찌 알아낼 수 있으랴. 예향은 가만히 쪼그려 앉아 한과 냉가라 불린 의원의 하는 양을 지켜보고 있었다. 가패는 물을 끓이라는 냉가의 말에 부엌에 가 있었고, 손 노인은 또 다른 잔일을 하기 위해 옆방에 가 있었다. 방에는 환자와 의원, 그리고 그들과 아무런 상관 없는 한 여인만이 있었다.

“이 사내와 가패라는 사내는 어떤 관계요?”

뜬금없는 냉가의 물음에 예향이 고개를 들었다. 하지만 자신이 해 줄 수 있는 대답이 있을 리 없었다. 냉가 사내는 예향의 도리질에 되려 이상하다는 듯 고개를 갸우뚱거리곤 다시 한을 바라보았다. 냉가 사내는 한의 옷을 모두 벗기곤 깨끗한 마포로 몸을 닦아내고 있었다. 한의 몸은 단단하기 이를 데 없는 건장함 그 자체였다. 근육을 감싼 피부의 당겨짐이 눈에 보일 정도였고, 전신을 두르고 있는 단단한 근육은 마치 갑주를 입혀놓은 것 같았다. 손 노인이 문을 열고 들어왔다.

“낯짝 두꺼운 계집일세. 사내가 벌거벗고 있는 방에 앉아서 뭣 하고 있누?”

“지랄, 그런 거 따지는 노인네가 뭘 믿고 몸 보시해 달라고 졸랐나?”

예향이 쏘아붙이자 손 노인의 얼굴이 잠시 붉어졌지만, 이내 상대하기도 싫다는 듯 고개를 돌려 버렸다.

“여기 있네.”

손 노인은 들고 들어온 물건을 냉가 사내에게 전했다. 사내는 자신의 옆에 내려놓으라는 눈짓만 보낼 뿐 한을 닦는 손길을 멈추지 않았다. 잠시 후 가패도 들어왔다. 사람들이 모두 들어오자 냉가 사내가 입을 열었다.

"보름은 정양을 해야 하고, 한 달은 요양을 해야 합니다."

탕약 등의 치료와 함께 몸을 이롭게 하는 음식으로 건강을 다스리는 것이 정양이고, 신체에 무리를 주지 않은 채 심신을 평안히 하는 것이 요양이다. 냉가 사내는 한 달을 이야기했다. 가패는 그 시간을 단축시키기 위해 이곳에 온 것이고.

"서둘러 줄 수 없겠나?"

"쫓기는 중이군요."

가패의 말에 냉가 사내는 그럴 줄 알았다는 듯 고개를 끄덕였다. 다급한 사정이 없었다면, 이 첩첩산중까지 손 노인이 이들을 이끌고 찾아왔을 리가 없었다.

"약은 신진대사를 강제로 활발하게 하여 병을 다스리는 겁니다. 약을 독하게 지으면 그만큼 치유가 빠를 수는 있지만, 몸이 견디지 못하면 안 하니만 못한 결과가 나옵니다. 강호에 속명단(續命丹)이라는 물건이 있지요?"

냉가 사내의 말에 가패는 고개를 끄덕였다. 속명단은 금창약과 함께 강호인에게는 필수라 할 수 있는 약이었다. 외상을 치료하는 것이 금창약이라면, 내상을 돌보는 약이 바로 속명단이었다. 누가 만드느냐에 따라 열 배, 스무 배로 값이 차이가 나지만, 어찌 되었든 지금 상황에 필요한 약이 바로 속명단이었다. 하지만 냉가 사내는 그런 생각을 비웃어 버렸다.

"속명단은 독입니다. 내상을 다스리는 약이라 알려져 있지만, 실은 사람의 내부를 강제로 혹사시키는 약입니다. 한 번 뛰어야 할 염통을 두 번 뛰게 하고, 한 번 돌아야 할 기운을 두 번, 세 번 돌게 만드는 약이지요. 당연히 일시지간 효험을 발휘해 도움이 되는 듯 보이지만, 그만큼 생을 깎아먹는다고 보면 됩니다. 약재가 독성을 지녀야만 독이 아닙니다.”

가패는 조금 놀랐다는 듯 눈을 크게 떴지만 손 노인은 이미 알고 있었다는 듯 고개를 끄덕이고 있었다. 강호인들 중 이 사실을 아는 이도 있고 모르는 이도 있다. 물론 모르는 이는 모르는 채로 사용하는 것이긴 했지만, 아는 이들도 알면서 사용하는 것이 속명단이었다. 생을 깎아먹으면 어떤가? 죽는 것보다야 백 배는 나은 선택. 당장 한 올의 진기가 아쉬울 만치 위급한 상황에서는 구명줄이나 다름없는 것이니, 속명단을 찾는 이가 끊이질 않는 것이었다.

“지금 이 사내에게는 약보다는 휴식이 필요합니다. 내상이 악화된 이유는 외상을 다스리지 못한 이유도 크지만… 체력이 달린 것이 가장 큰 이유입니다.”

가패는 고개를 끄덕였다. 체력이 달리지 않았다면 그것이 더 말이 안 된다. 아무리 천하장사라도 하루 밤낮 동안에 일백이나 되는 피륙을 베어내려면 젖 먹던 힘까지 쥐어짜 내야 했을 것을.

“침이나 뜸으로도 안 되겠는가?”

이야기를 듣던 손 노인이 아는 체를 했다. 하지만 냉가 사내의 비웃음은 짙어질 뿐이었다.

“병을 다스리는 데 있어 침이 으뜸이고 뜸이 그 다음이고 약이 제일 낮은 것이긴 합니다. 하나 휴식이 필요한 자에게 침을 놓는 것은 약을 쓰는 것과 다름이 없습니다. 기운을 북돋는 일은 침이나 뜸으로는 할 수 없는 일이지요."

"흠… 한 달이라……."

가패의 이마가 깊이 파였다. 시간이 촉박한 것은 아니었다. 당장 하루 이틀 늦어진다 하여 한의 원수가 어디로 달아나는 것은 아닐 테니. 하나 자신들에게는 꼬리가 달려 있다. 관부뿐 아니라 모용세가라는 강호의 문파도 자신들의 뒤를 쫓고 있다. 최대한 종적을 지우며 움직였지만 한 달을 보장하기에는 힘들었다.

"정말… 방법이 없겠는가?"

가패의 물음에 냉가 사내가 눈을 마주쳤다. 그리고 잠시 생각을 하다 입을 열었다.

"이 사내와는 어떤 관계이십니까?"

가패는 냉가 사내의 물음에 답하려 했다. 하지만 일순 답하지 못했다.

'나? 내가 이 친구와 무슨 관계지?'

잠시 정신이 멍해졌다. 한과는 무창에서 처음 만났다. 보기 좋은 모습으로 만난 것도 아니었다. 수하들을 벤 원수, 자신도 그의 손에 보기 좋게 나가떨어져 버렸다. 그럼 원수인가? 한데 이자는 자신의 목숨을 노렸던 여붕을 일검에 쳐 죽였다. 원수를 대신 갚아주었으니 은인인가? 본래 원수였던 이가 복수를 대신해 주었으니 은원은 상쇄된 것인가? 장안호와의 싸움에서 자신의 목숨을 구해주었으니 오히려 은인이 된 것인가? 처음부터 장안호는 자신을 뒤쫓은 것이 아니라 한을 쫓았던 것이니, 실상은 자신이 한을 도와주었던 것이 되는 것인가? 복잡했다. 어느 하나 쉽게 이해할 수가 없었다. 그리고 그 의문은 한 가지로 귀결되었다.

‘나는 왜 한과 함께하려 하는가?’

그것이었다. 한과 함께하려는 것은 가패의 뜻이었다. 왜? 왜 그와 함께하려는 것이었는지 그것이 문제였다. 어렴풋이 짐작이 되기도 했다. 그는 한의 모습에서 자신이 하지 못했던 일들에 대한 묘한 만족을 느끼고 있었다. 그리고 그가 하는 일이 완성되는 것을 바라고 있었다. 자신이 하지 못했던 것을 대신해…….

‘나는 검을 꺾었고, 그는 검을 들었다. 그 검이 꺾이는 걸 보고 싶지 않다.’

가패가 한을 바라보았다. 사람의 관계라는 것은 복잡하고 미묘한 것이었지만, 누군가에게는 쉽게 설명할 이름이 필요했다. 가패가 냉가 사내에게 말했다.

“친구요.”

냉가 사내가 웃었다. 그것이 전부가 아니라는 것은 느낄 수 있었지만, 친구라는 말보다 납득하기 쉬운 말도 없었다. 사내가 사내와 길을 가는 데 얼마나 많은 경우가 있겠는가? 피의 인연이거나 사문의 인연, 주종의 인연. 이 세 가지를 제외한다면 남이거나 친구일 수밖에 없었다. 의리나 동료애를 말할 수도 있겠지만, 두 사람의 모습은 그것보다는 조금 깊어 보였다. 친구. 나이가 제법 차이가 났지만 그럭저럭 어울리는 관계였다.

“방법이… 하나 있기는 합니다.”

“……?!”

냉가 사내가 비릿한 조소를 입가에 걸며 입을 열었다.

"소림의 대환단(大丸丹)이나 무당파의 자소단(紫宵丹) 같은 영단이 있으면 됩니다. 그러한 영단에는 인세에 보기 힘든 영약들이 포함되어 불가사의한 공능을 지니고 있다 하니, 소문이 맞다면 당장에라도 차도를 보일지 모르지요."

비꼬고 있다는 것이 역력한 말투. 가패는 그의 다소 무책임한 말에 비위가 상했지만, 상황이 상황이다 보니 꾹 눌러 참았다. 그의 말에 반응한 것은 손 노인이었다.

"냉 의원, 아직도 그 일을 잊지 않고 계시는가?"

"흥!"

손 노인의 안쓰러운 목소리에 냉가 사내는 콧바람을 내며 고개를 돌렸다. 손 노인은 그의 그러한 반응에 고개를 내저으며 문을 열고 나섰다. 잠시 한의 모습을 살피던 가패 역시 그의 뒤를 따라나섰다. 방 안에 앉아 누워 있는 사람만 바라본다고 해결될 일이 아니었기에.

손 노인은 초가 옆의 작은 숲에 가 있었다. 가패는 그의 곁에 다가가 털썩 주저앉았다.

"손 노인, 노인을 뒤쫓는 이는 누구요?"

"그리 도움도 못 되었는데 그 일까지 부탁할 수는 없지. 그냥 잊어버리게."

손 노인은 민망했는지 가패를 쳐다보지도 못했다. 한을 이리로 이끈 것은 자신이었다. 험한 산을 타고 사람들 눈을 피해 고생고생해 가며 찾은 곳이었건만, 저 고집 센 젊은 의원은 자신의 청을 일언지하에 거절해 버렸다. 그나마 환자의 상세를 보아준 것은 가패의 진심 어린 부탁 때문이었지, 자신이 한 일은 길잡이가 전부였다. 구명의 부탁을 하기에는 베푼 은혜가 너무 적었다. 하나 가패는 노인의 말을 듣지 못한 듯 자신의 말을 이어나갔다.

"추혼십이절은 어찌 알아보았소? 아니, 그보다 노인의 정체는 뭐요?"

가패의 시선이 손 노인을 찾았다. 평범한 모습. 그저 어디에서나 찾아볼 수 있는 평범한 노인이었다. 무공을 익힌 흔적이라곤 눈을 씻어도 찾을 수 없었고, 학식이 높아 보이지도 않는 그런 노인이었다. 한데 노인은 자신의 무공 내력을 간파했다. 벌써 오 년 전에 사라진 무공이었음에도. 도움을 받았지만 서로 믿음이 가벼운 처지에 확실한 것이 좋았다. 노인은 잠시 숨을 고르곤 입을 열었다.

"나는 그저 평범한 노인일 뿐이네. 자질이 못나 무공을 익히지도 못했고, 배움도 짧아 무리를 깨닫지도 못했지. 그저 강호에 대한 열망만 많은 그저 그런 청년이었어."

가패는 노인의 말에 고개를 끄덕였다. 천하에는 의외로 강호를 동경하는 이가 많았다. 하늘을 날고 바위를 쪼개는 신기가 평범한 사람들의 눈에는 하늘의 신장과도 같아 보였을 것이다. 하나 대개 그렇듯 강호라는 곳도 인연이 닿지 않은 이는 받아들이지 않는다. 그것을 무시하고 강호에 발을 담근다면, 대부분 서른을 넘기기 전에 요절하기 십상이다. 강호의 문파에서 자질이 없는 자는 칼받이 이외에는 쓸모가 없다. 홀로 무공을 갈고닦아 입신양명하는 이는 천에 하나, 만에 하나도 꼽기 힘들다. 강호에서 제 명을 다하는 자는 무도가 천명인 자들뿐이었다. 하나 그 맛을 본 사람들은 강호의 매력에서 쉽사리 빠져나오지 못한다. 사람들의 우러러보는 시선이나 두려움 가득한 모습들. 강한 힘, 그리고 그에 따라 생기는 부와 명예는 배우지 못하고 신분이 낮은 자들에게는 더없이 매혹적인 입신양명의 기회였다. 손 노인도 그런 수많은 청춘들 중 하나였다.

"나도 꿈에 젖어 있던 때가 있었지. 하지만 강호라는 세상에 내 자리는 없더군. 그래서 다른 길을 찾았지. 강호에는 검을 든 자만 허락하는 건 아니었네. 나는 강호의 이야기들을 귀담았네. 그리고 이곳저곳을 떠돌며 그들의 영웅담이나 큰 사건을 사람들에게 전했지."

"재담(才談)?"

가패는 흥미롭다는 듯 노인을 바라보았다. 손 노인은 가만히 고개를 저었다.

"마희단(馬戲團:광대)은 아닐세. 그저 이야기꾼이라 해두지. 천하를 다니며 고수라는 사람들을 찾았네. 나 같은 이가 어찌 면전에서 그런 사람들을 만나겠는가. 그저 멀찍이 떨어져 그들을 관찰했지. 운이 좋으면 노상 비무도 볼 수 있었고, 그게 아니더라도 하급무사들에게 술 몇 잔 사주면 이런 저런 이야기를 들을 수 있었지. 길 가다 노자가 떨어지면 객잔에서 이야기를 들려주고 밥을 얻어먹기도 했지."

"노인 같은 사람이 있다는 이야기는 처음 들었소."

"허허, 나 같은 이가 더 있다면 그게 더 이상하지. 마희단도 아니면서 이야기를 업으로 삼는 이라… 내가 생각해도 조금 웃기는군. 어찌 되었든 이것도 업이라면 업인지라 제법 많은 이야기를 알게 되었고, 몇몇 강호의 인물들과도 교분을 쌓을 수 있었지."

"죽을 고비도 여러 번 넘겼겠구려."

"이를 말인가."

정말 여러 번 죽을 뻔하였다. 비무를 참관하다 엄한 칼에 맞을 뻔도 했고, 다른 이의 무공을 염탐하려는 자에게 잡혀 치도곤을 당한 적도 있었다. 물론 제법 호한이라 불릴 만한 협객들과도 안면이 있었기에 이러저러한 사정으로 위기를 넘기기도 하였다. 그 세월이 수십 년이었다.

"자네의 무공을 어찌 알아봤냐고 물었지? 내가 모르는 무공이 천하에 있다면, 그건 정말 무서운 무공일 거야. 분명 비인부전의 구명절초일 테니."

손 노인의 얼굴엔 자부심이 가득했다. 그는 그 자신의 삶을 자랑스러워하는 듯했다. 최고라는 것. 다른 이들이 어찌 부르던 자기 자신은 스스로를 최고라 여기고 있었다.

"재미있구려."

"나도 그렇네. 설마 하니 동정수로채의 흑룡왕 가패가 하북 만승문의 전인일 줄은 꿈에도 몰랐으니. 하북 만승문은……."

손 노인은 말을 잇지 못했다. 멸문한 문파의 전인 앞에서 문파의 멸문 과정을 다시 설명해 주는 것은 차마 못할 짓이었으니.

"후후, 아주 폭삭 망했지. 기둥뿌리 하나 남기지 못했을 거요."

"혹시 자네가 하후 성을 쓰는 사람인가?"

가패는 아무런 말이 없었다. 손 노인은 스스로 답을 찾았다는 듯 고개를 끄덕이며 고개를 돌렸다. 그의 눈에 작은 초가가 보였다.

"저 친구는 어찌 된 사이인가? 그냥 친구라고 하기엔 무리가 있지 않은가?"

"그냥 친구요. 저 친구는 몰라도… 나는 그렇게 생각하기로 했소."

"나도 제법 많은 이를 만났다고 자부하지만, 저런 자가 강호에 있다는 말은 금시초문일세. 사 척 반의 장검을 쓰는 이라……. 혹시 광오문이나 대풍문의 전인인가?"

손 노인은 한의 검을 보고 떠오르는 이름들을 말했다. 하나 가패는 고개를 저었다.

"모르오. 하지만 저 친구가 그 문파들의 전인일 리는 없소."

"음?"

손 노인은 가패의 말에 고개를 갸웃거렸다. 모르면서도 아닐 것이다라고 한다면 이유가 있을 터였다. 가패는 자리에서 일어서며 말했다.

"만약… 저 친구가 그 문파들의 전인이라면, 그 문파들이 멸문할 이유가 없소. 소림, 무당 정도의 문파와 동귀어진했거나 후인들의 자질이 모자라 무공을 대성하지 못했다면 모를까……."

가패는 한이 펼친 무공을 기억하고 있었다. 만약 그의 상태가 온전했다면, 뗏목에서 내릴 일도 없었을 것이라 확신하고 있었다. 누가 뭐래도 그는 손속에 사정을 두고서도 자신을 꺾을 만한 고수였고, 하루 사이 일백의 수적을 베어낸 무창 살귀였으니까.

*　　　*　　　*

'여기는… 어딘가?'

어두움 사이로 작은 틈이 벌어졌다. 그 틈을 비집고 든 가는 빛줄기가 잠들었던 그의 정신을 따갑게 쪼고 있었다. 피하려 해도 피할 수 없

는 두드림. 흐릿하게나마 정신을 차린 한은 이내 빛줄기를 무시하고
자신을 돌아보았다. 중간중간 끊어진 기억들. 흐릿하면서도 시차가 분
명치 않은 기억들이 의식 위로 떠오르고 있었다. 수많은 영상을 지나
자신이 놓쳐 버렸던 기억에 의식을 집중했다. 강물 위로 사라지던 여
인의 이름은 모용상아. 그녀의 눈은 자신을 바라보며 무엇인가를 말하
고 있었다.

'보지 마, 그런 눈으로…….'

한은 그녀의 시선을 피하고만 싶었다. 몸은 지쳐 젖은 솜처럼 무거
웠지만, 그녀의 눈빛은 그보다 더한 무게로 자신을 짓누르고 있었다.
모용상아의 눈빛은… 그녀의 눈빛이었다. 한은 모용상아가 무엇을 말
하는지 알고 있었다. 그것을 알기에 기억 속 그녀의 시선과 마주하는
것조차 힘겨워 견딜 수가 없었다.

'빌어먹을…….'

한은 이를 악문 채 눈을 감아버렸다. 그녀의 기억이 사라지기를 바
라고 또 바랐다. 더 이상 그녀를 떠올린다면… 눈물이 흐를 것만 같았
기에.

한은 그녀의 시선을 떨치기 위해 의식을 집중했다. 그리고 한참을
몸부림친 후에야 깨어날 수 있었다.

"정신이 드시오?"

낯선 목소리. 한은 힘겹게 눈을 떠 목소리의 주인을 찾았다. 사내.
강퍅한 인상의 젊은 사내가 자신을 내려다보고 있었다.

"으으"

몸을 움직이려던 한의 입에서 신음 소리가 새어 나왔다. 낯선 상황

에 놀라 다급히 일어서려 했지만, 고통에 비명을 지르는 몸은 족쇄나
다름없었다.

"무리하지 마시오."

냉가 사내는 허락없이 한의 눈을 뒤짚어 보고는 입을 열었다.

"소저, 밖으로 나간 이들을 좀 불러와 주시겠소?"

예향은 아무 말 없이 밖으로 나갔다. 잠시 후 가패와 손 노인이 들어
왔다.

"정신을 차렸다고?"

가패가 자리에 앉으며 한을 바라보았다. 한은 반개한 눈으로 가패를
바라보고 있었다.

"내상도 문제지만 과도한 출혈 탓에 황달 기운이 심합니다."

"황달 정도는……."

손 노인이 무엇인가를 말하기 위해 입을 열었지만, 냉가 사내는 고
개를 저으며 그의 입을 막았다.

"황달을 우습게 보지 마십시오. 지금 황달이 이는 이유는 과도한 출
혈 때문, 심하면 간혈부족(肝血不足)으로 시력을 잃을 수도 있고, 혈허
생풍(血虛生風)하여 풍이 들 수도 있습니다. 게다가 지금은 내상마저
입은 상태. 황달은 전조일 뿐입니다. 기운이 원활히 흐르지 못하니 간
기울결(肝氣鬱結)이 올 수도 있습니다. 간울이라는 것은 기체혈어(氣滯
血瘀:기가 멈추어 피가 뭉침)나 기체담응(氣滯痰凝:기가 멈추어 담이 생김)
하는 병으로 도질 수도 있고, 최악의 경우 간화상염(肝火上炎)까지도
염려해야 합니다."

가패와 손 노인은 서로의 얼굴을 바라보며 무식(無識)을 확인하고

있었다. 냉가 사내는 예의 조소를 지으며 다시 입을 열었다.

"피의 흐름은 기가 주관합니다. 그러니 내상으로 기의 흐름이 고르지 못하게 되면 피 역시 마찬가지로 고르게 흐르지 못하지요. 피의 흐름이 원활치 못하면 간장의 진액도 멈추게 되어 담이 발생합니다. 또 기의 흐름이 멈춘 것이 더욱 심해지면, 멈추어 있는 기가 화(火)로 바뀌어 결국 간화상염이 나타나게 됩니다. 흔히 화병이라 부르는 것이지요. 자신도 모르게 쉽게 화를 내고, 끓는 화기를 주체하지 못해 점점 포악한 성격으로 변하는 것입니다."

"혹시……."

"아마 강호의 마인이나 살성이라 부르는 자들 대부분이 중증의 간화상염 환자들일 겁니다. 배를 갈라 확인해 보지는 못했지만, 노기와 살기를 주체하지 못한다면 화기가 뇌를 옥죄기 때문일 테지요."

가패는 혀를 내둘렀다. 마인, 살성의 탄생이 화병 때문일 거라는 주장에 어이가 없었지만, 지금은 그런 것을 따지는 것으로 시간을 보낼 때가 아니었다.

"위험한가?"

"충분한 휴식과 치료를 하지 않으면 위험합니다. 본래 병을 키우는 것은 병 자체가 아니라 사람의 안일함이니까요."

냉가 사내의 말에 가패는 다시 한을 바라보았다. 마음은 급한데 방법은 없었다. 가패가 다시 입을 열었다.

"최대한… 부탁하겠네. 사례는 충분히 하지."

가패는 그 말을 끝으로 자리에서 일어섰다. 밖으로 나온 가패는 생각에 잠겼다.

‘이곳을 찾아내는 데 얼마나 걸릴까… 열흘? 보름?’

쉽게 예측하기가 힘든 일이었다. 흔적을 남기지는 않았다. 하지만 자신들이 있는 이름 모를 산은 그리 높지도, 험하지도 않은 평범한 산이었다. 십여 리만 나가도 민가가 있었고, 다시 십여 리만 가면 장강과 만나는 그런 곳이었다. 조심한다고 했지만 어느 담, 어느 그늘 아래서 자신들을 본 이가 있을지 알 수 없었다. 마음을 놓기에는 적당한 곳이 아니었다.

‘일단 이곳의 지형부터 숙지해 놔야겠군. 언제, 어디서 그들이 나타날지 모르니.’

가패는 조용히 초가의 주변을 맴돌기 시작했다. 그가 어둠 속으로 사라진 후 다시 방문이 열리며 냉가 사내와 손 노인이 나왔다. 예향이란 여인도 그들의 뒤를 따랐다.

“일단 무얼 좀 먹어야지요?”

“그러고 보니 벌써 한 끼니를 놓쳐 버렸군.”

“오늘은 그렇다 치지만 남은 한 달 동안의 양식은 노야가 알아서 하십시오. 혼자 사는 곳이라 양식이 넉넉지 않습니다.”

“그건 걱정하지 말게. 아무렴 먹고 자는 것까지 부탁하겠는가.”

“방은 셋이고 사람은 다섯. 한 명은 환자에, 게다가 여인까지 있으니……”

냉가 사내의 눈이 손 노인과 예향에게 향했다.

“집 주인이 방 하나를 쓰고, 환자가 하나를 쓰고……”

“나는 한이랑 잘 거야.”

예향이 손 노인의 말을 끊으며 말했다. 그 말에 손 노인은 물론 냉가 사내마저 놀란 눈으로 예향을 바라보았다.

"아니, 뭐, 이런 창피함도 모르는 계집이 다 있누?"

"웃기서, 노인네. 그럼 나한테 방 하나 따로 내줄 거야? 아님, 그냥 마당에 멍석 깔고 잘까?"

예향이라는 여인의 말에 말문이 막혀 버린 두 사람이었다. 그리고 손 노인이 발끈하려던 찰나 예향이 이야기에 쐐기를 박았다.

"내 말이 틀려? 적어도 저기 누워 있는 한은 아랫도리 맘대로 놀릴 만한 상황은 아니라며? 그럼 내가 누구랑 자야 하는지 답 나온 거 아냐?"

예향은 생긋 웃어 보이기까지 하며 사내들을 앞질러 부엌으로 향했다. 부엌에서 들리는 예향의 목소리에는 흥이 실려 있었다.

"앞으로 음식은 내가 할게. 같이 지내려면 밥값은 해야겠지. 그리고 혹시나 하는 마음에 훔쳐보는 건 사양하겠어. 나도 병나 드러누워 있는 사내한테는 관심없으니까. 다 나은 다음이라면 모를까……."

냉가 사내와 손 노인은 서로 마주 보며 어이없어했지만, 잠시 후 부엌에서 들려오는 도마 치는 소리에 고개를 저으며 제 할 일을 찾아야 했다.

'좌단전은 무사하지만 우단전의 흐름은 엉망으로 뒤틀려 있다. 간에 무리가 갔다는 것이 이런 뜻인가?'

한은 내력의 흐름을 재어보며 스스로의 상세를 진단하고 있었다. 말이 좋아 진단이지, 그저 몸 안의 이상한 부분을 짚어보는 것이 전부였다.

　'좌단전의 내력을 모아 우단전의 흐름을 밀어낼 수는 없을까? 피가 모자라 기맥이 상하고 있다면, 강제로라도 기맥을 보호해야 하지 않을까?'

　한은 자신이 알고 있는 상식을 동원해 스스로 치유할 만한 방법을 찾고 있었다. 한데 한은 좌단전과 우단전이라 했다. 그럼 그의 몸에는 두 개의 단전이 있다는 말인가?

　'독맥의 기맥은 큰 무리가 없지만, 임맥의 기맥이 너무 많이 훼손되어 있구나. 좌단전과 우단전의 내력을 소통시킬 수만 있다면…….'

　한은 가만히 눈을 감은 채 기억을 거스르고 있었다. 한의 귓가로 그의 목소리가 생생히 들려오고 있었다.

　"내가 하는 말을 명심해 듣도록 해라. 사람의 기운은 임맥과 독맥이라는 큰 줄기를 타고 흐른다. 임맥의 시작은 회음(會陰), 즉 네 항문 아래 몸을 가르는 부분에 있는 곳이다. 임맥은 사람의 앞으로 이어져 배꼽과 가슴, 목을 지나 아랫입술 부근의 승장(承漿)이라는 곳에서 끝난다. 독맥은 회음과 인접한 장강(長强)이라는 혈을 시작으로 등뼈를 타고 올라 목덜미와 머리끝 백회(百會)를 지난 후 윗입술에 있는 수구(水溝)에서 마무리된다. 네가 글을 안다면 더 자세히 설명해 줄 것이나, 지금은 이 정도로만 알고 있으면 될 것이다."

　그의 목소리. 며칠 전 일어났던 일처럼 또렷이 기억나고 있었지만 벌써 삼 년 전의 일이었다.

"본래 강호의 무리는 임맥과 동맥을 가장 중요히 여기고, 독맥이 주관하는 여섯 개의 양경과 임맥이 주관하는 여섯 개의 음경을 그 다음으로 여긴다. 큰 줄기와 작은 줄기로 이것의 중요함을 가른 것이지. 하나 본 가의 무공은 중원의 무리를 따르지 않는다. 임맥과 독맥을 큰 줄기로 보지만, 큰 줄기에서 작은 줄기로 흐르는 이치에 역행하여 작은 줄기에서 큰 줄기로 흐르는 역리를 기본으로 한다. 하나 이것은 역행이 아닌 올바른 이치이니, 어찌 강이 바다로 흐르는 것을 역행이라 하겠느냐."

한은 글로 쓸 줄도 모르는 혈맥들의 이름을 떠올리고 있었다.

"너는 혀를 잃어 임맥과 독맥의 접함이 불가능하다. 이는 무공의 대성이 요원하다는 것을 뜻하는 것이나, 나는 그리 생각하지 않는다. 본래 무공이란 이미 상리를 벗어난 것. 어찌 손으로 바위를 부수는 괴력과 건마보다도 빠른 몸놀림을 정상이라 할 수 있겠느냐. 너는 신체의 제약이 있으나 본래 무공이란 것이 가장 적합한 것을 찾는 것에서 시작한다. 네가 한 팔이 없다면 단수검을 배우면 될 것이고, 두 팔이 없다면 각법을 배우면 될 것이다. 네가 혀가 없어 심법의 수련이 어렵다면 너에게 맞게 심법을 운용하면 되는 것이다. 하나 심법이라는 것은 그 수련의 깊음이 외공과는 달라 한 치의 실수만으로도 주화입마의 위험이 있으니 조심에 또 조심을 해야만 할 것이다. 다행히 본 가의 내공은 그 중심이 조화에 있어 위험을 감지하기 쉬워, 네가 스스로를 혹사시키지만 않는다면 큰 위험 없이 내력을 쌓을 수 있을 것이다. 게다가 이제는 그것마저 얻게 되었으니……."

한은 한숨을 지었다. 약관을 넘길 때까지도 글이란 것과 인연이 없었다. 글과 인연이 없으니 무공이란 것과 연이 닿을 턱이 없었다. 그는 글을 몰라도 되는 노비였고, 무공을 배우는 것조차 허락되지 않은 천한 이였으니까.

하나 한은 무공을 배워야 했다. 그녀의 복수를 위해서라면 무엇이든 할 수 있었으니, 무공이 아니라 그보다 더한 것을 하라고 해도 그는 해내고 말았을 것이다. 한은 절실하게 무공을 필요로 했고, 그것은 그도 마찬가지였다. 그의 가르침을 따라 무공이라는 것을 익혔다. 그리고 그가 말한 자신에게 적합한 무공의 결과가 좌우쌍단전이었다. 독맥으로 이어진 좌단전과 임맥으로 이어진 우단전. 가패를 경악게 했던 그 무공의 비밀은 바로 두 개의 단전이었다. 그리고…

'두 개의 기운을 서로 다른 경로로 보낼 수는 없을까? 두 개를 하나처럼 쓸 수만 있다면……'

한은 자리에 누운 채로 내공을 운기하기 시작했다. 우단전의 기운들은 뒤틀린 기맥을 뚫지 못해 연이어 되돌아오고 있었지만, 좌단전의 기운들은 그리 큰 막힘 없이 제 갈 길을 찾아 흐르고 있었다. 기운의 치우침은 금세 반응을 불러왔다. 한의 이마에는 땀방울이 맺히고 있었다. 그의 충고처럼 그가 익힌 내공심법은 그에게 위험을 경고하고 있었다.

'세맥의 뒤틀림이 예상보다 심하구나. 지금의 내력만으로는 두 단전의 힘이 합해진다 해도 어렵다.'

한은 더 이상의 운기를 포기하고는 주천을 마무리했다. 의원의 말이 맞았다. 지금 그에게 필요한 것은 치료와 휴식이었다.

‘방법을 찾아야 한다, 방법을……’

한은 기운을 갈무리하며 숨을 고르고 있었다. 잠시 동안의 운기였지만 그의 몸 곳곳에 땀방울이 배어 나와 있었다. 내력이 아무리 충만하다 한들 체력이 뒷받침되지 않는 상황에서는 무용지물이나 다름없었다.

한이 잠들던 방 옆에서는 사람들의 식사가 한창이었다. 냉가 사내도 여인이 해준 밥이 오랜만이었는지 냉소 한 자락 보이지 않으며 식사에 열중하고 있었다.

“내가 뭐라고 부르면 좋겠나?”

숟가락을 내려놓으며 건넨 가패의 말에 냉가 사내가 입 안에 있던 밥을 소리 나게 넘기곤 말했다.

“그냥 냉 의원이라 부르시오.”

“알았네. 그리고……”

가패는 고개를 끄덕여 보이곤 시선을 옮겼다. 그의 시선을 받은 예향이 무슨 일이냐는 듯 바라보고 있었다.

“이곳에서 한 달은 함께 지내야 하오. 게다가 한과 한 방을 쓰겠다고 했다 들었소. 나야 남녀유별 같은 거 따지는 사람이 아니니 뭔 짓을 하든 상관없지만, 그래도 몸이 성치 않은 친구와 붙여놓기에는 예향이라는 이름 두 자론 조금 모자란 것 같소.”

손 노인의 정체는 대충 전해 들었다. 그리고 자신과 함께 방을 쓸 것이니 그리 큰 걱정도 하지 않았다. 하지만 예향은 달랐다. 자고로 강호에서는 홀로 있는 노인과 여인과 아이를 조심하라고 했다. 한시도 경계를 늦추지 말라는 깊은 뜻이 담긴 말이었지만, 어찌 되었든 이 초가 안에서 가장 수상한 사람을 꼽으라면 당장 예향이라는 여인을 지목할 것이다. 그녀의 정체와 자신들을 따라나선 저의, 어느 것 하나 깔끔하지 못했으니.

예향은 방 안의 세 사내를 둘러보곤 한숨을 내쉬었다. 하기 싫은 말을 억지로 해야 할 때의 전형적인 반응이었다.

"대충 짐작하고 있겠지만, 난 기녀예요. 의창(宜昌) 매향루(妹珦樓)라는 곳에 있었죠."

손 노인과 가패 모두 그럴 줄 알았다는 듯 고개를 끄덕였다. 아마도 몸을 파는 홍루일 것이다. 가벼운 몸가짐이나 저속한 말투만 보아도 충분히 짐작하고 남았다. 그런 여인의 신세 타령이 이어졌다. 운이 좋아 어느 집 첩실로 들어갔는데, 그 집 안방마님이 자신을 죽도록 괴롭혔다는 뻔한 이야기. 그리고 영감이 오늘내일하자 그냥 있으면 정말 죽을 것 같아 야반도주했다는, 정말 어디 가도 쉽게 들을 수 있는 흔한 이야기였다.

"근데 그 영감이 제법 한가락 하는 양반이었거든. 매일 방귀깨나 뀐다는 관리들이 인사차 찾아왔을 정도니까. 그런 집안의 대부인이 얼마나 대단한 권세를 지녔는지 아마 모를 거예요. 나 같은 기루 출신의 새끼 첩 같은 건 직접 눈 깜짝할 필요도 없이 밑에 것들이 알아서 처리하는 그런 집안이었어요. 어떻게 해. 살려면 도망쳐야지. 얼마나 급했는지 패물도 몇 개 못 챙겨 나왔다니까? 그나마도 뗏목 삯으로 다 털리고 완전히 빈손이지만… 그래도 살려면 하는 수 없었어요. 호광에서는 그년 눈을 벗어날 수가 없었으니까."

딱한 처지의 여인이었다. 여인들의 시샘은 사내들이 이해할 만한 성질의 것이 아니다. 여인이 한을 품으면 오뉴월에 된서리를 맞을 수도 있다지만, 그 상대가 여인일 때는 한파에 얼어 죽을 수도 있었다.

"근데 기껏 잘 오다가 안휘 끝자락에서 내리게 됐잖아. 그년 눈길이면 여기도 안전치 못하다 싶어서 조금 더 숨어 지내려고 붙었어요. 가라면… 갈게요."

여인의 눈이 금세 붉어졌다. 세상 어떤 사내가 여인의 눈물 앞에서 매정할 수 있을까. 가패가 만류하기도 전에 손 노인이 나섰다.

"미안하다. 내 그런 사정이 있는 줄도 모르고, 그냥 기루에서 도망 나온 계집인 줄만 알았지. 내 다시는 집적거리지 않을 테니……."

"고마워, 노인네."

예향은 언제 그랬냐는 듯 활짝 웃었다. 그 모습이 가패마저도 아찔함을 느꼈을 정도로 요염했다. 손 노인이 헛기침을 하고는 남은 밥을 입으로 가져갔다. 가패는 눈을 돌려 냉 의원을 찾았다.

"저 친구 치료는 언제부터 할 생각인가?"

"음… 일단 내일부터는 시술에 들어가야지요. 오늘밤에 탕약을 좀 다려놓고……."

"우리가 할 일은 없는가?"

가패의 말에 냉 의원이 쉽게 답을 주었다.

"한 달 동안 먹을 양식만 알아서들 챙기십시오. 약값이야 나중에 셈을 하면 되지만, 당장 먹을 양식은 나 하나 먹기도 빠듯합니다."

한 달 동안 숨어 지내야 하는 것은 가패 일행뿐 아니라 냉 의원에게도 해당되는 말이었다. 원래는 간간이 마을에 내려가 양식을 구해 오기도 하지만, 도망자들을 치료하는 동안은 그것마저도 조심스러웠다.

“양식은 내가 알아서 해결할 테니……."

“친구 분은 염려하지 마십시오. 그보다는 가 형도 중간중간 치료를 받아야겠습니다. 쫓기는 자가 쫓는 자보다 준비하지 못하면 잡혀도 할 말 없지 않겠습니까."

냉 의원은 냉정하지만 자신감 어린 목소리로 가패의 뒷말을 잘랐다. 가패는 자신의 어깨를 내려다보며 피식 웃었다. 잊고 있었다, 자신도 작지 않은 상처를 입고 있었다는 사실을.

“약값이 얼마나 나올지 걱정되는군."

무명산(無名山) 초가에서의 첫날 밤은 그렇게 저물어가고 있었다. 그리고 그들이 잠자리에 들기 위해 자리에서 일어서던 그 시각, 용호와 장안호 일행을 태운 소선이 안휘성 안경현(安慶縣)의 포구에 접안을 시도하고 있었다. 무명산과 안경현은 말로 달리면 하룻길에 불과했다.

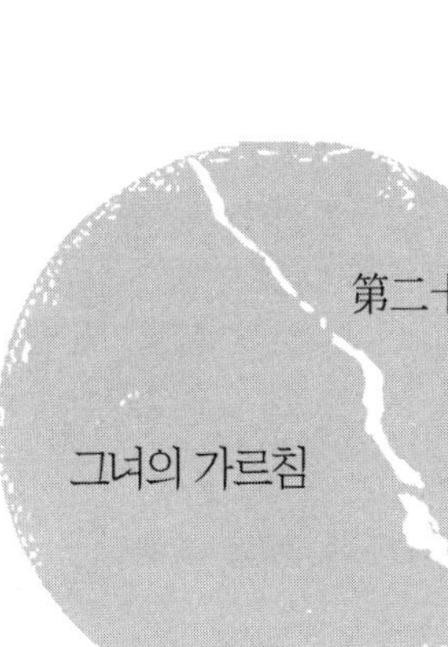

第二十章

그녀의 가르침

점소이의 투덜거림은 건네진 은자만큼의 친절함으로 바뀌어 있었다. 눈 깜짝할 사이 네 개의 방을 치우게 하였고, 잠자던 숙수를 깨워 간단한 야식을 만드는 성의마저 보이게 만들었다. 은자는 고래도 춤추게 한다더니, 아무래도 그 말이 맞는 것 같았다.

일행은 간단히 여장을 풀고는 일층으로 내려왔다. 장안호와 용호는 할 이야기가 있다며 먼저 객방에 올라갔기에 객잔의 일층에는 설기룡과 모용상아, 그리고 모용정, 모용준 형제만이 자리하고 있었다.

"그들은 어디로 갔을까요?"

설기룡이 소채를 집어 들던 손을 멈추며 입을 열었다. 그의 물음에 모용준이 답했다.

"일단은 나도 용 대인과 같은 생각이야. 아마 우리의 시야에서 벗어나기 무섭게 뗏목에서 내렸겠지. 그들도 달아날 길이 없는 장강 한복판에 계속 머물러 있을 만큼 어리석지는 않을 테니까.”

“그렇지. 그리고 아마 이곳 안경까지 다다르지도 않았을 거야. 사람들의 이목을 피해 그전에 내렸겠지. 그자의 외모가 어디 좀 눈에 띄는가? 모르긴 몰라도 인적이 드문 강기슭 어딘가에 내려 몸을 숨겼을 거야.”

모용 형제의 말에 설기룡은 고개를 끄덕였지만 궁금함이 풀어진 표정은 아니었다. 말이 쉬워 장강이지, 이 넓은 장강의 어디에서 그들의 흔적을 찾을 수 있단 말인가? 게다가 자신들은 반나절이라는 시간 차를 두고 나서야 그들을 뒤쫓을 수 있었다. 소나기는 거세었고 장강의 물살은 그보다 몇 배는 더 험했다. 작은 소선이 헤쳐 나가기엔 위험 부담이 너무나 컸기에, 일단은 뭍에 올라 장강이 잠잠해지기를 기다려야 했다. 다행히 반나절 만에 다시 배를 띄워 그들의 뒤를 쫓았지만, 아무리 느린 뗏목이라 해도 반나절의 거리는 쉬이 좁힐 수 있는 것이 아니었다. 한데 용호는 뗏목을 추적하지 않고 배를 안경으로 향하게 하였고, 수병들과 함께 배를 버리고 객잔을 찾은 것이다.

“난… 세가로 돌아가야겠어.”

모용상아의 한마디에 식탁 위의 움직임이 멈춰 버렸다. 모용상아는 그런 사람들의 시선에도 아랑곳하지 않은 채 젓가락을 내려놓으며 자리에서 일어서려 했다.

“자, 잠깐만! 상아야, 그렇게 즉흥적으로 생각해 해결될 일이 아니잖아!”

모용상아의 옆에 앉아 있던 모용정이 다급히 손을 뻗어 그녀를 다시 주저앉혔다. 하지만 팔목이 잡힌 모용상아는 날카로워진 목소리로 마주 소리쳤다.

"그럼 언제까지 그 사람을 쫓아야 하는 건데? 잡힐 때까지? 일 년이 건 이 년이건?"

"그거야……."

모용상아의 외침에 대답이 궁색해진 모용준이 슬그머니 잡았던 손을 놓았다.

"그자의 흔적을 놓쳤다고 추적이 실패한 것은 아니다. 아직 그자가 어디 있는지는 모르지만, 분명 하루 안의 거리에 있다. 또 호법님과 용대인의 눈치를 보니 그자에 대해 다른 복안이 있는 것도 같다. 그러니 잠시 흥분을 가라앉히고……."

"이젠 상관없어. 추적 따위는… 아무래도 상관없어……."

모용상아는 모용정의 말을 듣지도 않은 채 읊조리고 있었다. 모든 건 끝났다. 그와 다시 만났던 뗏목 위에서 모든 건 끝이 나버렸다. 그를 만나 어떻게든 방법을 찾고자 했었다. 하지만 그는 자신의 마음 따위는 아랑곳하지도 않은 채 죄를 시인해 버렸다. 죄를 가볍게라도 만들고자 애를 썼지만 그는 그것마저도 거부해 버렸다.

'그렇게 어려웠나요? 그자들이 어떤 죄를 지었는지… 그자들이 왜 죽어야 했는지를 말하는 것이 그렇게 힘들었나요?'

원망스러웠다. 추적은 고되었고 희망도 꺼져 가는 유등 빛처럼 아슬아슬하기만 했었다. 그래도 그를 만나면, 그의 사정을 알아낸다면 무언가 해결의 실마리를 찾을 수 있을 거라는 생각에 참고 또 참아왔다. 한데 그는 그 희망의 불씨를 너무도 간단히 꺼뜨려 버렸다. 바보같이…….

'가패란 남자의 말이 맞겠죠. 죽어야 했다면 죽어야 할 이유가 있었겠죠. 하지만 당신이 그 이유를 밝히지 않은 것이… 정작 당신이 죽을 이유가 된다는 것은 왜 모르는 건가요…….'

말 못하는 사내와 이야기하려 했던 것이 잘못이었을까? 아니면 자신의 착각이었던 것일까? 그는… 정말 살인에 미친 자일 뿐이었을까?

'그럴 리 없죠. 그런 사람이 몇백 리를 쫓아 원수를 찾고, 생면부지의 여인 때문에 강호 방파와 은원을 맺을 리 없죠. 혼자 살기도 힘든 상황에 양민을 구했을 리도 없고… 그렇게 슬픈 눈빛을 보여주었을 리가 없죠…….'

비바람 속에서 멀어지던 그 눈빛을 잊을 수가 없었다. 자신의 손길을 차갑게 뿌리쳤지만, 그것이 자신이 저지른 죄 앞에서 도망을 치기 위함은 아니었을 것이다. 그는 자신의 복수를 끝내야 했을 것이고, 그 복수가 끝나기 전에는 결코 잡힐 생각이 없는 것이다. 자신이 그의 길을 막았기에 그는 뿌리칠 수밖에 없었을 것이다. 그의 죄를 가볍게 하는 것이 그를 돕는 것이란 생각은 몰이해에서 비롯된 착각이었다. 그에게 중요한 것은 죄나 벌 따위가 아니었다. 그가 가진 복수라는 목표 앞에 자신은 장애물일 뿐이었다. 자신을 바라보던 그의 눈은 그래서 더욱 슬퍼 보였다.

'당신을 돕고 싶은데… 더는 방법이 없어요. 미안해요…….'

이제는 그에 대한 미련을 버려야 했다. 그가 그 길을 가려 한다면, 그것을 돕거나 막을 방법이 없다면, 더 이상 그의 뒤를 쫓아야 할 이유가 없었다. 어쩌면 다음번 만남에선 그의 주검을 보게 될지도 몰랐다.

상상조차 하기 싫은 모습, 당장 세가로 돌아가고만 싶었다.

"세가로 돌아가겠다고?"

다그치는 목소리가 있었다. 고함을 치는 것도 아니었고 신랄한 비판의 어조도 아니었지만, 모용상아는 그 나직한 목소리가 더욱 아프게 가슴을 찌르는 것 같았다.

"몰라… 지금은 그냥 돌아가고 싶을 뿐이야."

"그럼 그가 어찌 되든 상관없다는 뜻이냐?"

"뭐?!"

설기룡의 말에 모용상아가 발끈하며 되물었다. 하나 이내 눈을 내리깔며 그의 시선을 피했다.

'내가 왜 이러지…….'

모용상아는 자신의 행동을 후회했다. 자신이 발끈하여 소리친 상대는 설기룡. 모용세가의 대제자이고, 호북 무림의 촉망받는 후기지수이며, 자신과는…… 그런 그에게 이런 모습을 보이다니…….

"미안해, 오빠. 지금은 길게 이야기하고 싶지 않아. 좀 쉬어야겠어."

"잠깐만."

모용상아는 탁자를 짚은 손을 도로 내려놓았다. 설기룡은 그녀가 자리에 앉는 것을 확인한 후에야 입을 열었다.

"분명히 할 필요가 있겠구나. 네가 어떤 생각을 가지고 있는지는 우리 모두가 잘 알고 있다. 그를 만났던 나도 너와 비슷한 생각을 가지고 있었으니까. 아니, 비슷한 생각을 했다기보다는 네 생각을 존중했다고 보는 것이 옳겠구나. 하지만 너를 구해준 은혜만 기억하고 본 가의 무사를 해친 원한을 잊어선 곤란하다. 넌 그의 안위만을 생각하고 네가 짊어진 은원만을 생각하고 있다. 하나 너도 분명 모용세가의 사람이다. 아무리 너와 안면도 없었던 외당의 무사라 해도 엄연한 본 가의 사람들. 이렇게 훌쩍 본 가로 돌아가겠다는 말은 그들의 죽음을 외면하겠다는 것이냐?"

설기룡의 말은 한마디 한마디가 차가웠다. 그 차가움은 냉정함에 기인한 것이었기에, 모용상아는 쉽게 대꾸할 수가 없었다. 그의 말이 백 번 옳았으니까. 하지만,

"그런 식으로 말하지 말아줘. 오빠야말로 그가 나를 구해주었다는 사실을 너무 가볍게 생각하는 것은 아냐? 그는 나의 은인. 은혜를 갚지는 못할망정……."

은인의 목숨을 노리는 추적에 어찌 따라나서라는 것이냐고 소리치고 싶었다. 하지만 모용상아는 결국 눈물로 말끝을 흐리고 말았다. 자신의 호의를 거부당했다는 것도 현실이었고, 자신을 나무라고 있는 사람이 자신이 연모하는 사람이라는 것도 그녀의 말을 흐리게 한 이유였다.

"상아야……."

설기룡은 자신이 너무했나 싶었는지 조금 수그러든 목소리로 모용상아를 불렀다. 흐느끼는 모용상아의 어깨 위로 더는 심한 소리를 할 수가 없었던 모양이다.

"내 말이 너무 심했다면 용서해라. 하지만 너의 이런 모습을 가주님께서 보신다면 분명 크게 실망하실 것이다. 누가 뭐래도 너는 가주님의 유일한 혈육. 장차 모용세가를 이끌어가야 할 사람이 아니냐. 너의 은원을 가볍게 생각한 것은 아니지만, 그 은혜를 먼저 거부한 것은 바

로 그 사람이다. 네가 그를 동정하는 마음은 알겠지만… 이건 너의 일만이 아니라 모용세가의 일이다."

설기룡은 그녀의 어깨를 다독이며 달랬다. 모용상아는 가만히 고개를 설기룡의 가슴에 기댄 채 흐느낌을 멈추지 못하고 있었다. 그런 그녀의 모습에 설기룡은 내심 착잡한 심정을 가눌 수가 없었다.

'동정… 연민… 그것이 전부가 아님을……'

설기룡은 자신이 느끼는 이 감정이 질투라는 것을 알고 있다. 난생처음이라 해도 좋을 생소한 감정이었기에, 그 정체를 파악하는 데 제법 오랜 시간이 걸렸지만 이 주체할 수 없는 감정은 분명 질투심이었다.

'그 강한 무공으로 모자라는 것인가? 흑룡왕이라는 우군으로도 모자란 것인가? 그대가 걷는 혈로에 무엇이 더 모자라… 내 사랑마저 가져가려는 것인가?'

설기룡의 탄식은 품에 안겨 있는 모용상아조차 들을 수 없었다. 깊은 한숨은 깊은 골을 만들고 있었지만, 그 감정의 기복을 들켰다가는 정말로 품 안의 여인을 영영 놓치게 될 것만 같았다. 그것이 두려웠다.

'그는 너와 어울리지 않아. 내가… 너의 곁에 있겠다.'

설기룡은 자신의 생각이 모용상아를 위한 최선의 선택임을 확신하고 있었다. 모용상아는 이대로 세가로 돌아가서는 인 된다. 그녀의 곁에 자신의 자리가 온전한 상태로 만들어지려면, 그의 최후를 그녀의 눈으로 직접 확인해야 했다. 그녀의 곁에 자신이 서는 것. 그것이 그녀를 위한 최선이었다.

설기룡이 마음속으로 다짐을 하고 있을 즈음, 이층의 객방에선 장안호와 용호가 대화를 나누고 있었다.

"이후의 추적은 어찌할 것이오?"

"글쎄요. 놈의 흔적을 놓쳤으니, 당장은 뾰족한 방법이 없습니다."

무책임하다 싶을 만큼 쉽게 답한 용호였다.

장안호는 미간을 찌푸렸지만 자신이라 해서 달리 방법이 있는 것은 아니었기에 뭐라 할 수는 없었다. 하지만 용호라는 인물이 그리 호락 호락한 인물이 아니라는 것을 느끼기엔 요 며칠간의 동행만으로도 충분했다.

"일단 그자의 도주로를 유추해 내야 합니다."

용호는 작은 두루마리를 꺼내어 탁자 위에 펼쳤다. 불규칙하게 이어진 선들이 무창과 안경을 비롯한 장강의 수로를 작은 종이 위에 그려놓고 있었다.

"사실 그자가 뗏목에서 내릴 수 있을 만한 장소는 얼마 되지 않습니다. 저희와 조우한 곳이 바로 이곳. 그리고 이곳이 안경입니다. 두 곳은 물길로 해봐야 고작 이백여 리. 비가 오는 동안에는 강물이 범상치 않아 뗏목을 강 가까이 하지 못했을 테니, 비가 그친 시각에는 대략 이곳쯤에 다다랐을 겁니다."

용호는 선을 따라 손가락을 올리며 흉수의 도주 예상 지점을 짚어나가고 있었다. 그의 손끝을 따라 장안호의 시선이 함께 동진하고 있었다.

"한데 비가 그친 시각은 신시(申時)쯤 되었을 때이니, 이목을 피해 일몰 후의 이동을 예상해 보면 여기쯤 되겠군요."

장안호의 눈이 조금 놀랐다. 용호의 손가락이 가리키고 있는 곳은 안경이라 써 있는 글자와 불과 한 치 정도의 거리를 두고 있을 뿐이었다.

"그자는 우리와 하룻길 안에 있습니다. 그리 큰 오차는 없을 겁니다."

"하나 아무리 거리의 차이가 얼마 없다 하더라도, 그 지역의 넓음을 생각한다면 우리 다섯 사람으로는 어림도 없는 수색이 될 거요."

"그야 그렇지요. 하지만 아시다시피 그자들은 허튼 변장 따위로 숨겨질 위인들이 아닙니다. 흑룡왕이란 자야 그렇다 치더라도, 팔 척에 다다르는 그자는 어딜 가나 눈에 띄는 모습. 게다가 그들도 우리가 자신들을 뒤쫓는다는 사실을 알게 되었으니, 더욱 사람들과의 접촉을 피할 것입니다. 그럼 그들이 움직일 수 있는 방향은 더욱 좁아지겠지요."

"산이로군."

장안호는 알 만하다는 듯 고개를 끄덕였다. 변수가 많기는 하지만 그리 흠잡을 곳 없는 추론이었다.

"그럼 남은 문제는 그자가 내린 곳이 강남이냐, 강북이냐겠군."

"강북입니다."

용호의 이번 대답은 예상이 아닌 단정이었다. 장안호의 눈은 그 근거를 요구했다.

"이렇게 되었으니 제가 알고 있는 사실을 모두 말씀드리는 수밖에 도리가 없군요."

"그래야 할 거요, 그자를 잡으려면."

장안호의 퉁명스런 대답에 용호는 어깨를 으쓱해 보이곤 입을 열었다.

"그자가 쫓는 자가 모두 여덟 명이라는 사실은 이미 말씀드렸을 겁니다."

"초가장에서 분명 그렇게 말했었소."

"구양문의 여덟 문하 중 강남에 있던 자는 모두 죽었습니다. 다른 네 명은 모두 장강 이북에 있습니다."

"그 말은 그들의 위치를 이미 알고 있다는 말이오?"

"예, 어렵게 알아냈지요."

용호는 고개를 끄덕이고 있었다. 장안호는 어이가 없다는 듯 입을 열었다.

"혹시 그들에게 그자의 존재를 알리지 않았소? 아니, 그보다… 그렇다면 이렇게 그의 뒤를 쫓는 것보다, 차라리 먼저 그 문하들의 주변에 잠복해 있다가 그를 잡는 것이……."

"그게 그리 쉽지 않습니다."

"그게 무슨 뜻이오, 쉽지 않다니?"

용호는 잠시 무엇인가를 고민하는 듯 턱을 괴었다. 장안호는 그의 시간을 방해하지 않았다.

"구양문의 문하 중 구양문에게 서신을 남긴 이는 모두 셋입니다. 아쉽게도 그들 모두 흉수의 손에 변을 당했습니다. 저는 그 서신을 흉수도 확인했을 것이라 생각하고 있습니다."

"그럼 그자가 구양문의 서신을 보고 그들의 위치를 알아내어 찾아 없앴다? 그렇다면 무창의 초가주는 어찌 된 것이오?"

"정추강의 서신에 초왕기를 언급한 내용이 있었습니다. 하나 자세한 위치를 기재한 것은 아니었기에 저도 부랴부랴 무창으로 달려와 그자의 흔적을 찾은 것이지요. 하지만 또 한 번의 살인은 막지 못했지요. 저는 초왕기를 모르고 그는 초왕기를 알고 있었으니까요.”

용호의 말에 장안호는 그제야 어찌 돌아가는 영문인지 알 것 같다는 표정이었다.

“하면 다른 이들이 강북에 있다는 것은…….”

“자세한 위치의 언급은 없었지만, 분명 서신에는 강남에 사는 네 사람은 자주 얼굴을 보는데, 강북에 있는 이들은 어떨지 모르겠다는 대목이 있었습니다.”

“난감하게 되었군.”

장안호는 아쉽다는 듯 입맛을 다셨다. 그러다 문득 생각난 듯 용호를 바라보며 말했다.

“내가 더 알아야 할 것이 있다면 지금 이야기해 주시오. 누군가의 손바닥 위에서 놀림당하는 기분은 더 이상 느끼고 싶지 않소.”

“그리 느끼셨다면 죄송합니다. 하나 함부로 발설할 만한 이야기들이 아니었습니다. 어찌 되었든 장 대협께서도 강호에 적을 두신 분. 제가 쫓고 있는 자가 무엇을 노리는지 아시니 제 입장을 이해해 주시리라 생각합니다.”

장안호는 용호의 말에 조금 수그러든 목소리로 말했다.

“그대는 정녕 그자가 구천무예를 노리고 있다 생각하는 거요?”

“지금까지는 그렇게 생각하고 있었습니다.”

“지금까지는?”

용호는 자신을 바라보는 장안호의 시선을 피하며 입을 열었다.

“이건 정녕 아무런 사심 없이 묻는 말이니 노여워하지 마십시오.”

“물어보시오.”

장안호는 저 속내 보이지 않던 이가 무엇을 묻고자 저리 뜸을 들이는지 알 수가 없었다. 하나 이어진 용호의 물음에는 절로 얼굴이 굳어지고 있었다.

“뗏목 위에서의 그 승부. 다시 그 자리에 설 수 있다면 필승을 장담할 수 있으십니까?”

“무슨 뜻이오?”

“그자는 부상을 당한 몸입니다. 무창에서 사로잡았던 수적들의 증언이 사실이라면, 그 자리에 그렇게 서 있었던 것이 기적일 정도지요. 게다가 불과 이틀의 시간 동안 일백에 달하는 수적들을 베어냈습니다.”

“지금… 나를 욕보이려 하는 것인가?”

장안호의 눈에 보기 드문 노기가 피어오르고 있었다. 용호의 말을 뒤집어보면 자신은 큰 부상을 입고 체력마저 현저히 떨어진 상대와 검을 섞은 것이다. 게다가 그런 자를 상대로 꺼내었던, 일수일섬이라 불리던 창의검마저 실패를 보았다. 아무리 사실이 그렇다 하더라도 웃어넘길 수만은 없는 일. 이대로 둔다면 뗏목에서 거두어야 했던 일수일섬의 이초가 용호에게 뿌려진다 해도 이상하지 않을 것 같았다. 하나…

“그런 상태에서도 그 정도의 위세를 보여준 자입니다. 강호에서도 그 정도의 고수는 그리 흔치 않다 알고 있습니다.”

“하고 싶은 말이 무엇인가?”

장안호는 용호의 말에서 무엇인가 이상한 느낌을 받았지만, 노기로 인해 그 말의 속뜻을 쉽게 알아차리지 못하고 있었다.

"흑룡채를 단신으로 괴멸시켰고, 부상을 당한 몸으로 모용세가의 호법이자 강호의 노고수로 칭송받는 장 대협의 검을 막을 수 있는 자."

"……?!"

장안호의 눈에서 노기가 가셨다. 이제야 알 것 같았다, 용호가 하고자 싶었던 말이 무엇이었는지를.

"그자가 익힌 무공이 어떤 것인지는 모르지만… 저는 구천무예일 거라는 쪽에 걸고 싶군요."

장안호는 고개를 저어 그의 말을 부정해 버리고 싶었다. 하지만 그의 무인으로서의 본능은 그것을 부정할 수 없음을 알려주고 있었다. 인정하고 싶지는 않았지만, 그자가 온전한 상태였다면…….

*　　　*　　　*

단잠을 깨우면 짜증이 난다. 몸을 비틀 때마다 욱신거리는 몸이라면 말할 것도 없고, 내상을 입은 몸으로 일주천을 시도하다 기진맥진했다면 짜증을 넘어 화가 나는 것이 정상이다. 하지만 단잠을 깨운 이유가 여인이 옷을 갈아입으며 낸 소음이라면, 거물거리는 시선에 옅은 달빛에 은은한 빛으로 물든 여인의 나신이 등을 보이고 앉아 있다면…….

한은 미세한 기척에 눈을 떴다. 그리고 자신이 지금 헛것을 보고 있는 것인지를 잠시 고민한 후, 여인이 눈치챌까 겁이 난다는 듯 부랴부랴 눈을 감아버렸다. 혀라도 있었다면 목구멍에 고인 침을 어찌 막아보기라도 하겠으랴만, 신체의 제약은 그런 기본적인 예의조차 지킬 수 없게 만들고 있었다.

꿀꺽.

조용한 방 안에 들린 사내의 침 넘어가는 소리, 윗옷 소매에 손을 넣던 여인의 동작이 한순간 정지해 버리고 말았다.

한은 이 황망한 사태에 놀라 어찌해야 할 줄을 몰랐다. 사람의 피륙을 가를 때도 눈 하나 깜짝하지 않았던 그였건만, 여인의 나신 앞에서는 입에 고이는 침과 이마에 흐르는 땀조차 어찌지 못하는 사내일 뿐이었다.

"안 자고 있었네? 아니면 내가 깨운 건가?"

잠시 옷 입는 동작을 멈췄던 예향이 고개만 살짝 돌려 등 뒤에 누워 있는 한을 바라보았다. 반쯤 내리깐 눈. 반짝이는 눈에는 무엇인가에 대한 열망이 담겨 있었다. 눈을 감고 자는 시늉을 하는 한의 모습에 예향의 입술이 살짝 말려 올라갔다. 그리고 아주 천천히 윗옷의 소매 속으로 손을 밀어 넣었다. 그 동작이 너무나 완만해, 눈을 감고 있던 한에게는 더없이 길게만 느껴지고 있었다.

"괜찮아. 본다고 다는 것도 아니고, 억지로 그러고 있을 필요 없어."

윗옷을 걸친 예향이 천천히 자리에서 일어섰다. 그리고는 윗옷만을 걸친 채 무릎도 굽히지 않고 허리를 구부려 바닥에 있던 고의를 집어 들었다.

"사내들만 있던 뗏목이라 옷도 제대로 못 갈아입었어. 한 일주일은 옷 하나로 견딘 것 같아. 입고 있던 고의는 그냥 버려야 했다니까."

예향은 천천히 고의의 끈을 묶고 있었다. 한의 심장은 그 작은 소음에 놀라 두근거리고 있었다. 예향의 가늘고 긴 손이 치마를 집어 들었다. 허리를 구부린 몸짓 사이로 그녀의 시선이 한에게 향했다. 한의 눈은 질끈 감겨 있었다.

"어머? 안 보고 있었던 거야?"

예향은 정말 놀랍다는 듯한 표정으로 한을 바라보고 있었다. 그리고 고의를 입을 때보다는 조금 빠른 손놀림으로 치마끈을 묶었다. 그리고는 신기하다는 눈빛으로 한을 바라보며 자리에 앉았다.

"혹시… 동정?"

달빛이 조금만 더 밝았다면 붉게 달아오른 한의 얼굴이 드러날 뻔했다. 예향의 말마따나 그는 아직 여자 경험이 없었다.

"정말 의외네? 당신 정도의 남자가 아직 여자 경험이 없다니. 이렇게 잘생기고 몸도 건장한데……."

예향의 손끝이 한의 뺨에 살짝 가 닿았다. 한의 고개가 빠르게 떨어졌지만 예향의 눈은 재미있는 장난감을 쥔 어린아이의 그것처럼 보였다.

"호호, 정말인가 보네?"

예향은 뭐가 그리 재미있는지 입을 가리며 작게 웃었다.

한은 그녀가 왜 자신의 방에 와 있는지를 묻고 싶었다. 도대체 이 여자가 왜 자신이 누워 있는 방에서 옷을 갈아입고 있었는지 궁금했다. 궁금한 것은 둘째치고 볼일을 다 봤으면 이제 그만 나가주기를 바랐다. 하지만 예향의 볼일은 이제부터였다.

"나 한동안 당신 옆에서 잘 거야. 이 집에도 사내들만 있는 건 마찬가지지만, 지금의 당신은 손가락 하나 까딱하지 못할 환자니까."

예향의 말에 한은 눈을 뜨고 말았다.

'누가… 누구와 잔다고?'

한의 눈은 이렇게 말하고 있었다. 예향은 그가 무엇을 놀라 하는지 알 수 있었다. 그리고 그가 놀라워한다는 것을 더욱 놀라워하고 있었다.

"왜? 싫어? 여자 경험이 없어서 그런가? 아니면… 내가 닳고 닳은 년이라……."

놀라워하던 예향의 표정이 조금씩 어두워지더니, 이내 울음을 터뜨릴 것 같은 표정으로 변해 버렸다. 한은 그녀의 그런 모습에 놀라 어쩔 줄을 모르고 있었다. 한의 도리질에 마음이 풀렸는지 예향은 소매 끝으로 눈가를 찍으며 한에게 말했다.

"미안해. 나도 모르게 그만… 싫다면 나갈게. 나도 아무 사내랑 눕고 싶지는 않으니, 부엌이나 뭐… 어디든 잘 곳을 찾으면……."

한의 고개가 다시금 도리질 쳤다. 당황함에서는 많이 벗어났는지 고 갯짓에 여유가 생기고 있었다. 예향은 그의 허락에 활짝 웃음을 지었다.

"그럼 나 여기서 자도 되는 거지? 이상한 짓은 하지 않을게. 나중에 당신이 원한다면 또 모르지만……."

눈물을 글썽이던 표정은 어딜 가고 예향의 눈가엔 또다시 묘한 색기가 흐르고 있었다. 한은 그런 예향의 모습에 아찔함을 느꼈지만 처음만큼 당황해하지는 않았다.

"그런데 당신 이름이 한이라지? 나이는 몇이야? 아참, 말을 못하지. 스물은 넘었나? 그래? 그럼 스물다섯은? 뭐? 스물다섯도 안 넘었어? 그럼, 스물넷? 스물셋? 스물셋?!"

예향은 처음으로 놀랐다는 듯한 표정을 지으며 한을 바라보았다. 한의 나이는 스물셋. 팔 척의 장신과 길게 내린 머리카락이 그의 나이를 교묘히 숨겨 버린 셈이었다. 그리고 그의 강한 무공 역시.

"나는 스물여덟. 홍루 기녀로는 환갑진갑 다 지난 나이지. 다행히 스물여섯에 영감한테 팔려가 한 이 년 잘살았는데……."

예향의 신세 한탄이 흐르고 있었다. 식사를 하며 했던 이야기들. 영감이 세도가였고, 그 본처가 질투가 심해 자신을 죽이려 했다는 이야기. 한은 그녀의 이야기를 말없이 듣고만 있었다.

"떼를 쓰기는 했지만, 실은 갈 곳이 없었어. 어딜 가면 굶어 죽기야 할까 싶었는데… 생각해 보니 다시 홍루로 가는 길밖엔 방법이 없더라고."

한은 그녀의 이야기에 얼마나 놀랐는지 몸을 일으켜 세우려다 잇소리를 내며 다시 드러눕고 말았다. 예향이 놀라 부축해 주었지만, 한의 눈에는 이해할 수 없다는 빛이 역력했다.

"왜? 홍루로 돌아간다는 말이 이상해서? 사내들에겐 그렇게 생각되기도 하겠다. 몸 팔고 웃음 파는 짓이 뭐가 좋아 돌아가려 하냐고. 근데… 배운 게 도둑질이라고, 창기 짓 하던 년들은 그 버릇 못 버려. 사내놈들 배 위에서 헐떡이는 게 좋아서가 아니라, 그거 아니면 길이 없어. 아마 이해 못힐 거야."

이해할 수 없었다. 아무리 생각해도 조금도 이해할 수가 없었다. 한은 고개를 저었다. 그러지 말라고. 그래선 안 된다고. 예향의 힘없는 웃음이 그를 달랬다.

"그럼 니가 나 먹여 살려줄래? 호호, 농담이야. 그런 눈으로 보지 마."

한은 그녀의 웃음이 공허하다고 느껴졌다. 그래서는 안 된다, 그래서는…….

'그녀는 여자를 돈으로 사는 자를 경멸했다. 그의… 남편 같은 자를…….'

한은 그녀의 목소리를 떠올렸다. 그리고 그녀의 가르침을 떠올렸다.

"여자를 함부로 대하는 자는 약자에게 함부로 하는 자야. 여자를 돈으로 사는 자는 모든 일을 돈으로 해결할 수 있다고 생각하지. 몸을 파는 여자가 나쁘다고는 생각하지 않아. 그런 여인을 찾는 사내가 나쁜 거지. 사내는 자신이 책임질 수 있는 일을 해야 해. 여인을 돈으로 산다는 건, 책임을 돈으로 대신하겠다는 거야. 그런 사내는 사내도 아니지."

그때는 그녀의 탄식을 듣고 있어야만 했다. 당장에 달려가 그녀를 힘들게 하던 그를 잡아오고 싶었지만, 그때는 아무 말 없이 듣고 있을 수밖에 없었다. 그녀의 그런 말들이 그에게 내려진 가르침이었다. 그녀의 말은 그의 진리였다.

"그만 자. 아픈 사람 붙들고 내가 뭐 하는 짓이람?"

예향은 한의 이마를 한 번 쓰다듬어 주고는 미소 지었다. 머리를 어루만지는 손길에 색기는 없었다.

"처음부터 네가 마음에 들었어. 나 같은 년은 사내를 보면 알지. 너는 여자를 함부로 대할 사람이 아냐. 그게 마음에 들었어."

예향은 가만히 한을 바라보다가 그의 옆에 누웠다. 팔을 뻗으면 닿을 거리였지만, 예향은 등을 돌린 채였다. 한은 그녀의 어깨가 좁다고 느껴졌다. 그의 입에서 작은 한숨이 새어 나왔지만 그것이 그가 할 수 있는 전부였다. 한은 가만히 눈을 감고 잠을 청했다. 그런 그의 귓가로 그녀의 피곤한 듯한 목소리가 들렸다.

"나중에⋯ 생각나면 말해. 누나가 잘 해줄게. 원래 첫경험이 가장 중요한 거거든. 누나 같은 전문가한테⋯⋯."

예향의 목소리가 잠에 취한 듯 점점 작아지고 있었다. 한은 입에 고인 침이 넘어가지 못하게 고개를 돌려야 했다. 쉽게 잠이 올 것 같지 않은 밤이었다.

*　　　*　　　*

며칠 전의 요동은 다 내숭이었는지, 장강의 물살은 첫날밤 새색시마냥 잠잠하기만 했다. 넓게 퍼져 있던 갈대밭이 강과 뭍의 경계를 모호하게 만들고 있었다. 그런 갈대밭의 한편이 가볍게 진저리를 쳤다.

'남자 둘, 여자 하나.'

갈대들을 헤치며 나온 것은 사람이었다. 강을 따라 걸어온 듯 사내의 바지 끝은 온통 흙투성이였지만, 사내는 더러워진 바지 끝에는 관심조차 주지 않은 채 희미한 달빛 아래에서 무엇인가를 유심히 찾고 있었다.

'비 온 뒤의 발자국, 거의 지워지지 않았다. 음⋯ 이건 너무 깊다. 누구 업었다.'

지나치면 보지 못했을 작은 흔적. 마오의 눈은 몇 개의 부러진 갈대를 쫓아 이곳까지 찾아온 것이었다. 그리고 그 끝에는 깊게 남겨진 발자국이 있었다. 마오는 목부의 수부들에게 전해 들은 말과 자신이 찾은 흔적이 일치함을 깨달았다. 사내 셋과 여자 하나. 마오의 고개가 흔적이 가리키는 방향을 따라 움직였다.

‘우측 길, 마을. 좌측 길, 산.’

흔적을 따라 걸음을 옮기니 작은 길과 만날 수 있었다. 마오는 잠시의 망설임도 없이 좌측의 길로 방향을 잡았다. 사내가 사내를 업었다. 흔적이 남겨질 시각, 땅은 비에 젖어 있었다. 볕에 굳어버린 흔적은 바람에도 쉽게 지워지지 않는다. 다시 한 번 소나기가 내렸다면 잘게 바수어졌을 흔적이었지만, 자신은 늦지 않게 도착했다. 운이 좋았다.

‘너무 빠르다.’

마오는 흔적을 따라 걸음을 옮기면서도 못내 아쉬워하고 있었다. 흔적을 찾는 일이 너무 쉽게 이루어지고 있었다. 이대로라면 며칠 지나지 않아 그들의 뒷덜미를 잡을 수 있을 것 같았다. 오 방주는 괴팍한 사람이다. 여간해서는 사람을 신뢰하지 않는다. 노예 따위에게는 신뢰라는 말 자체가 필요없다 생각하는 사람이다. 어쩌면 그에게 이번 임무는 기회였다.

‘바보 같은 생각. 도망쳐도 마오는 갈 곳 없다.’

마오는 자기 머리를 살짝 쥐어박으며 걸음을 옮겼다. 중원은 마오같은 이족들이 마음껏 활보하기엔 너무나 위험한 곳이다. 그저 주인이 주는 밥을 먹고, 주인이 시키는 일이나 하는 것이 훨씬 안전했다.

‘저긴가?’

또 하나의 갈림길. 흔적을 찾을 필요도 없었다. 한쪽은 산을 돌아가는 길, 다른 한쪽은 산을 오르는 길. 마오는 깊게 숨을 들이마셨다.

‘시작이다.’

마오의 눈이 어둠 속에서 빛나고 있었다. 찾아야 할 자들이 산에 있다면 이미 찾은 것이나 다름없다. 독충과 독초가 우글거리던 사천의 오지를 제 집 안방마냥 맨발로 뛰어다니던 자신이었다. 이런 작은 산에서의 추적은 흥도 나지 않는다.

‘그들을 찾는다. 오 방주에게 알린다. 그럼… 끝난다.’

마오는 가볍게 숨을 들이마시곤 산을 향해 걸음을 옮겼다. 타고난 추적자인 태족에게 이번 일은 너무나 싱거운 일이었다. 그저 산이 알려주는 방향으로 나아가기만 하면 되는 너무나 쉬운 일. 그들을 찾아 행방을 알리는 것으로 모든 것은 끝난다. 그것이 그의 임무였고, 다른 생각은 없었다. 원래는 그랬다.

*　　　　*　　　　*

잠에서 깬 한이 고개를 돌렸다. 문틈으로 들어오는 빛은 달빛이 아닌 여명이었다. 한의 시선이 예향이 누워 있던 자리로 옮겨갔다. 깨끗하게 치워진 자리. 한은 다시 고개를 돌려 천장을 바라보았다. 여러 생각이 그의 머리 속을 떠다녔지만 어느 것 하나 마음에 들지 않았다.

‘지금의 고통을 기억해라, 네가 자초한 일이니.’

복수를 끝내고 재빨리 무창을 떠났어야 했다. 구염채의 여붕이란 자와 조우했을 때도 검을 섞지 말고 달아났어야 했다. 그전에 흑룡채의 수적들을 베지 말았어야 했다. 그전에… 모용상아를 구하지 말았어야 했다.

‘그래도……’

한의 시선이 잠시 자신의 봇짐으로 향했다. 몸이 나으면 가장 먼저 보듬어주어야 할 그녀가 봇짐 속에 잠들어 있었다. 한숨이 절로 나왔다.

‘떠올리지 말자. 어차피 이렇게 된 일. 몸을 회복하는 것에만 집중하자. 그런 다음… 떠나는 거다.’

가패의 얼굴이 떠올랐지만 이내 머리를 흔들어 그의 모습을 지웠다. 고마운 사람. 그녀를 제외하곤 이런 감정을 느껴본 이가 드물었다. 있다면 자신에게 무공을 가르쳐 준 그 사람 정도? 가패에게는 고마운 마음과 함께 미안한 마음도 들었다. 어찌 되었든 그의 수하들을 베어냄으로써 그의 인생을 엉망으로 만든 장본인이 바로 자신이었으니까.

‘나중에… 기회가 되면 은혜에 보답해야겠지. 나에게 기회라는 것이 남아 있을지는 모르지만……’

가패와의 인연도 더 깊어지기 전에 떨쳐 내야 했다. 자신이 가는 길에 동행은 필요없었다. 서로를 위해 그것은 삼가야 했다. 누군가에게 죽음을 내리는 길. 나의 원한을 풀어내는 일에 너의 자리는 없다.

‘내가 못난 탓. 이번엔 운이 좋았던 거다.’

위험했다. 가패가 아니었다면 그대로 장강의 물고기 밥이 될 뻔했으니까. 무창에서의 일은 그에게 그의 복수가 쉽지 않은 일임을 상기시켜 주었다. 마치 앞으로의 복수가 순탄하지 않을 것이라는 암시처럼.

물론 이제까지 원수들을 베어내며 위험했던 적은 없었다. 그들의 검도 매서웠지만 자신의 검이 더욱 빨랐다. 그의 가르침 그대로였다. 먼저 베는 자가 이긴다. 초왕기, 아니, 무진충(舞振充)은 어리석었다. 숨어 사는 주제에 여자를 가까이했다. 가명이라곤 하지만 장원까지 지었다. 이릉운이란 가명으로 파양호에서 선주 노릇을 하던 늑영산(勒永山)만큼이나 어리석었다. 죽을 때까지 숨어 살아도 시원치 않을 자들이 버젓이 얼굴을 내밀고 부귀를 탐했다. 고맙게도 스스로 자신들의 위치를 알려준 셈이었다. 거기에까지 생각이 미치자 잠시 잊고 있던 사실이 떠올랐다.

'그를 잊고 있었군.'

그를 처음 만난 것은 강서(江西) 파양(波陽)이었다. 자신에게 무공을 전수해 주었던 그가 마지막으로 가르쳐 준 것이 바로 그의 존재였다. 복수의 조력자. 그는 천하로 흩어져 있는 원수들의 행방을 알려주었다. 사실 그라고 지칭하는 것도 맞지 않았다. 처음에는 청년, 두 번째는 노인. 세 번째는 길 가다 마주친 마부였고, 무창에서 만났을 때는 술에 취한 취객이었다. 자신이 그를 알아볼 수 있는 방법은 없었다. 그가 정한 곳으로 가면 그가 찾아왔다. 그리고 어김없이 원수의 위치를 전해주었다, 다음 약속 장소와 함께.

'다음 약속 장소는 태호……'

무창의 황룡객잔에서 초왕기의 존재를 가르쳐 준 그는 분명 그를 제기린 후 태호로 오라 했었다. 그리고 그날을 떠올리자 또다시 그녀의 모습이 떠오르고 있었다.

'그가 가고 난 후 바로 일어서려 했지. 그때 네가 들어온 거야.'

모용상아, 천방지축으로 날뛰던 여인. 멋모르고 휘두른 검에 사내들이 달려들자 어찌할 바 모르고 당황하던 모습. 한은 그녀를 모른 척할 수가 없었다. 객잔에 있던 수십의 수적이 그녀에게 음심을 드러내고

있었다. 살려둘 이유가 없었다. 무창의 악연은 그렇게 시작된 것이었
다.

'이제는 다시 볼 일이 없기를 바란다. 너는 너의 길이 있고 나는 나
의 길이 있으니…….'

한은 그녀의 기억을 애써 털어냈다. 더 이상 그녀를 떠올리다간 강
변에서의 호기심 가득한 눈빛과 뗏목에서의 마지막 모습마저 기억해
낼 것만 같았다. 한은 그녀의 기억을 털어내기 위해 다시 한 번 몸 안
의 내력을 운용했다. 하룻밤 사이에 달라진 것은 없었다. 얽힌 혈도로
내력을 보내는 일은 고통을 수반하는 일이었다. 내상 치료에는 그리
큰 도움이 안 되는 일이었지만, 무언가를 잊기에는 효과적인 방법이었
다. 땀이 비 오듯 흐르고 있었지만, 그의 몸부림은 그 후로도 제법 오
랫동안 이어지고 있었다.

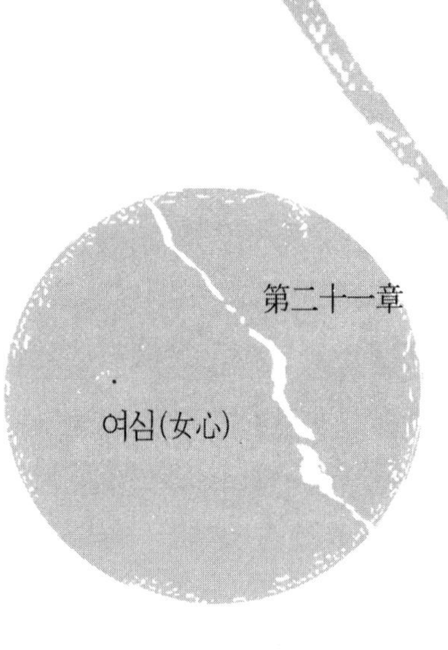

第二十一章

여심(女心)

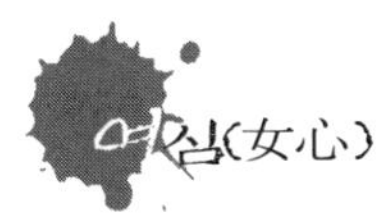

예향은 부엌에 가 있었다. 그곳에는 조금 핼쑥해진 모습의 냉 의원과 가패가 앉아 있었다.

"밤새 달인 거야?"

예향의 말에도 가패는 이렇다 할 반응이 없었다. 그의 눈은 화로 위의 탕약에 고정되어 있었다. 옆에 앉은 냉 의원은 작은 부채로 화로의 불기운을 돋우고 있었다.

"냄새 고약하네. 그런데 노인네는 왜 안 보여?"

"먹을거리를 찾아본다고 산으로 갔소."

예향이 가패의 옆으로 와 앉으며 말했다.

"그런 건 좀 젊은 사람이 해야 하지 않나? 그… 장유유서(長幼有序)라고 하던가?"

예향의 짓궂은 물음에 그제야 가패의 고개가 그녀에게 향했다.

"원래는 내가 가려고 했는데, 손 노인이 혼자 생활한 지 오래된 자기가 더 나을 거라 해서 그러라 했소."

"뭐, 누가 뭐라 했나?"

예향이 투덜거리며 입술을 조금 내밀었다. 그때 부엌문을 열고 손 노인이 들어왔다. 손에는 토끼 두 마리가 산 채로 잡혀 있었다.

"재주 좋네?"

"그놈의 헛바닥 참."

손 노인은 예향의 말에 잡아온 토끼를 건네며 투덜거렸다. 예향은 토끼를 받아 들고는 어쩌라는 것인지 묻는 듯 손 노인을 바라보았다.

"요리해 봐라. 어제 네가 네 입으로 식사는 책임진다고 하지 않았던?"

"이거 살아 있잖아?"

예향은 질겁한 표정으로 토끼를 들었다. 머리가 엮인 두 마리 토끼가 예향을 바라보며 버둥거리고 있었다. 그때 가패의 큼직한 손이 예향의 손에서 토끼를 잡아챘다.

"손질해 오지."

가패는 부엌에 있던 소도를 들고는 밖으로 나갔다. 부엌을 나간 가패는 초가의 뒤편으로 향하고 있었다. 적당한 자리를 찾았는지, 걸음을 멈춘 가패가 두 마리 토끼 머리를 차례로 꺾어버렸다. 토끼들의 버둥거림은 잠잠해졌다. 허리춤에서 소도를 꺼내던 가패의 시선이 문득 초가 뒤의 숲으로 향했다. 무언가를 찾는 듯한 눈빛. 목이 부러진 토끼

두 마리를 들고는 성큼 걸음을 옮긴 가패였다. 잡목이 우거진 숲으로 들어간 가패가 고개를 갸웃거리며 사방을 살폈다.

'내가 잘못 본 건가? 무언가가 있었던 것 같은데……'

가패는 가만히 무릎을 꿇고는 지면을 살폈다. 하나 이내 손을 털고는 자리에서 일어나 토끼를 잡았던 곳으로 되돌아가고 있었다.

'무언가가 있었던 흔적은 없다. 신경이 예민해져 헛것을 본 모양이군.'

가패는 작은 바위 위에 걸터앉아 소도를 꺼내 토끼의 목을 쳐냈고, 익숙한 놀림으로 토끼의 가죽을 벗겨냈다. 토끼는 삽시간에 뻘건 생살을 드러낸 채 가패의 손에 들려 있었다. 가패는 손질된 토끼와 가죽을 들고 다시 부엌으로 향했다. 그의 모습이 완전히 사라지자 가패의 발자국이 남아 있던 잡목 숲에서 들릴 듯 말 듯한 부스럭거림이 일어났다.

'저자, 예민하다. 들킬 뻔했다.'

마오는 조심스레 나무에서 내려와 몸을 낮췄다. 그리고 조용히 뒷걸음질쳐 초가를 돌았다. 마오가 몸을 일으킨 곳은 초가가 한눈에 내려다보이는 작은 언덕에서였다. 마오는 그들의 위치를 쉽게 찾아낼 수 있었다. 산비람을 타고 흐르던 탕약의 쓴 냄새. 호릿하게 남은 탕약 내의 잔재가 마오의 후각에 걸려든 것은, 그가 산에 오르고 얼마 지나지 않아서였다. 그 냄새의 진원지는 목표의 흔적이 이어진 방향과 거의 일치하고 있었다. 한숨이 나올 지경이었다.

'너무… 빠르다.'

빨라도 너무 빨랐다. 언제 다시 올지 모르는 외부로의 임무. 구속에서 벗어난 마오는 내심 그들이 영리하게 움직여 주길 바랐다. 한데 이들의 움직임은 그의 바람을 완전히 무시해 버렸다. 도대체가 도주의 기본이 안 되어 있었다. 관도를 버리고 산을 찾은 것은 기본이라 할 수도 없는 것이었다. 산으로 이어진 흔적이 너무나 눈에 띄어 도저히 못 찾으려야 못 찾을 수가 없었다. 산으로 이어진 흔적을 따르니 이제는 냄새로 유인까지 하고 있다.

태족의 기준으로 보자면 이들은 잡히길 바라는 자들 같았다. 물론 마오는 자신과 같은 태족이 얼마나 유능한 사냥꾼인지 모른다. 바닥에 남겨진 흔적은 어지간한 안력으로는 확인할 수도 없는 것이었고, 그 발자국의 움직임을 유추해 방향을 짐작하는 것은 중원의 아주 이름난 추적자들이나 가능한 일이라는 것을 모르고 있었다.

그의 후각을 자극한 탕약의 냄새는 산에 사는 산짐승들에게나 이질적인 것이었지, 어지간한 사람들은 주변에 널린 송진 향과 거의 구별이 불가능하다는 것을 깨닫지 못하고 있었다. 그가 유능한 것이었지 그들이 멍청한 것은 아니었다.

'다른 추적자도 있는데…….'

마오는 뗏목에서 그들의 이야기도 들었다. 관원과 강호의 사람들. 마오는 그들도 조만간 이곳을 찾아올 것이라 생각하고 있었다. 그들도 추적자들이니 자신만큼 빨리 이들을 찾을 수 있을 것이라 판단한 것이었다. 얼토당토않은 생각이었지만, 마오의 마음은 조급해지고 있었다.

'조금 더 시간 써도 되는데…….'

마오는 안타깝게 생각하고 있었다. 너무 빨리 찾은 것도 억울한데 다른 추적자들까지 있다. 임무가 끝나면 자신은 다시 오 방주의 곁으로 돌아가야 한다. 오 방주의 그림자. 지겹다 느껴질 정도로 나른한 일상이 그를 기다리고 있을 뿐이었다. 마오의 이마가 좁혀졌다.

'시간 많다. 내가 조금 더 써도 된다.'

그들의 행방을 찾으라고 시킨 이는 오 방주지만, 그들의 행방을 원하는 이는 구염채의 방 채주다. 흑룡채의 토벌은 최소한 한 달이 걸리고, 방 채주는 그 일이 끝나기 전까진 쉽게 움직이지 못할 것이다. 적어도 한 달 정도는 자신의 임무가 지속되어도 된다는 뜻이었다.

'조금… 더 쓴다.'

마오의 입가에 만족스러운 표정이 지어지고 있었다. 누구의 명령도, 누구의 지시도 받을 필요 없는 생활. 마오는 이 짧은 자유를 조금 더 즐기기로 했다. 혹시나 오 방주가 이 사실을 알게 되는 날에는 치도곤이 내려지겠지만, 그의 등 뒤로 펼쳐진 숲이 그런 사실을 망각케 했다. 이 지독하게 푸른 숲은 고향을 떠난 태족에게 있어 거부할 수 없는 유혹처럼 다가오고 있었다. 마오와 한 일행의 보이지 않는 밀회는 이렇듯 엉뚱한 이유로 시작되고 있었다.

*　　　　*　　　　*

"회신이 왔군."

조반을 먹고도 움직이지 않은 이유가 있었다. 객잔으로 찾아온 이는 포쾌였다. 점소이의 부라리던 눈빛은 용호가 나타나자 눈 녹듯 사라져 버렸다. 사십은 되어 보이던 포쾌가 공손히 서신 한 장을 용호에게 전했다. 용호는 당연하다는 듯 서신을 받아 들고는 펼쳐 읽어 내려갔다.

"이곳의 일 처리는 정말 마음에 드는군. 내일은 되어야 소식을 받을 수 있을 거라 생각했는데."

용호의 혼잣말에 포쾌가 황송하다는 듯한 표정으로 고개를 숙였다. 하나 그것을 이상히 여겨야 할 장안호와 다른 일행은 객방에 없었다.

"혹시 이곳이 어딘지 알겠는가?"

용호가 건넨 서찰을 받아 든 포쾌가 서신을 읽어 내려가다 고개를 끄덕였다.

"예. 이곳이라면 양가촌으로 이어진 강변을 말하는 것일 겝니다. 말로 달리면 한 시진 정도 걸리는 곳입지요."

용호는 만족스러운 웃음을 지으며 고개를 끄덕였다. 그들은 예상보다도 훨씬 가까운 곳에 있었다.

"혹시 이곳까지 안내해 줄 만한 사람이 있는가? 관속이 아니더라도 상관없네."

"최대한 편의를 보아드리라는 명을 받았습니다."

사십대의 포쾌는 고개를 숙여 보이며 자신이 용호가 찾던 이라는 것을 말해 주었다. 용호는 그의 대답에 만족스러워하며 입을 열었다.

"자네 이름이 무언가?"

"조포(趙鋪)라고 합니다. 안경현의 관속이고 품계는 없습니다."

"좋아, 조포. 반 시진 안에 평복으로 갈아입고 이곳으로 오게. 그리고 내 일행이 있어 그런데 말 여섯 필만 빌림세."

"준비해 놓겠습니다. 다른 분부가 없으시면 이만……."

"아, 한 가지만 더."

조포는 용호의 말에 고개를 들었다. 용호는 조포를 바라보며 입을 열었다.

"앞으로 다른 사람들 앞에서 나를 대할 때는 큰 예를 취하지 말게."

"그 말씀은……."

"내 신분을 알리고 싶지 않아 그러니 적당한 선에서 대우하란 말일세. 그리고 이 말은 현령에게도 전해 실수가 없도록 하고. 어제 현령에게는 당부해 놓았지만, 노파심에 다시 한 번 다짐을 받으려 하는 것일세."

"분부대로 하겠습니다."

조포는 용호의 말이 무슨 뜻인지 쉽게 알아들을 수 있었다. 용호는 그의 대답에 고개를 끄덕이곤 나가보라는 손짓을 했다. 조포가 나간 후 용호는 사람들을 찾았다. 장안호와 그 일행은 일층에 모여 있었다.

"일이 잘 풀렸습니다. 그들의 마지막 행방을 알아냈습니다."

"그럼, 아까 위층으로 올라가던 포쾌가……."

"예, 어제 이곳 관아에 들러 몇 가지 부탁을 했었습니다."

장안호는 어제 배에서 내려 객잔에 들기 전 용호가 잠시 자리를 비웠던 것을 기억히고 있었다. 예상대로 안경 관아에 들른 모양이었다.

"한데 그들의 행방을 알아냈다는 건 무슨 뜻이오?"

"아마 놓친 뗏목을 조사하라 이른 것이겠지요."

모용정이 당연한 일이라는 듯 고개를 끄덕이며 말했다. 용호 역시 그리 대단치 않은 일이라는 듯 마주 고개를 끄덕였다.

"어제 관아에 부탁을 해 파발을 띄워달라 청했습니다. 뗏목이 이곳

안경을 거치지 않았으니, 다음 포구에서라도 그들을 억류해 정보를 캐내어야 한다 생각했습니다. 다행히 동릉(銅陵)에서 늦지 않게 그들을 따라잡은 모양입니다."

말은 쉬웠지만 실로 절묘한 상황이었다. 안경에서 파발이 출발한 것은 해가 떨어지고 나서도 한참 후인 술시경. 밤을 새워 말을 달린 덕에 늦지 않게 동릉 관아에 당도할 수 있었고, 동릉 관아의 협조 역시 순조로워 어렵지 않게 뗏목을 억류할 수 있었다. 그들을 억류하고 심문하기까지의 과정 역시 일사천리로 이루어졌다. 물론 이토록이나 빠르게 사실을 알아내려면 오가목부의 수부들이 얼마나 혹독한 고초를 겪어야 했을지 짐작할 수 있었지만, 결국 그들은 입을 열었고 이렇게 서신으로 그것이 되돌아온 것이었다. 용호는 추측만으로 움직일 만큼 허술한 사람이 아니었다.

"어제 미리 이야기했더라면 그리 다급해하지 않았을 것 아니오?"

"저도 이리 빨리 회신을 받게 될 줄은 몰랐습니다. 동릉에서 그들을 잡을 수 있을 거라는 확신도 없었고요. 나중에 다시 확인하더라도 오늘은 길을 떠날 참이었습니다."

용호의 말에는 빈틈이 없었다. 하나 그를 바라보던 모용준의 감정은 감탄보다는 의혹이 짙었다.

'너무 빨라. 마치 잘 짜여진 각본대로 움직이는 느낌이야. 무창에서도 그랬지만, 안경과 동릉의 관아 역시 용 대인의 부탁에 협조 이상의 움직임을 보여주었다. 정체를 숨기고 있다는 것은 알겠는데… 어느 정도인지를 예측할 수가 없구나.'

모용준의 시선을 느낀 것인지 용호가 고개를 돌려 그를 바라보았다.

모용준은 그와 눈이 마주치자 기다렸다는 듯 물었다.

"그들을 내려준 곳이 어디라고 합니까?"

"이곳에서 말로 한 시진 거리라고 하오. 조금 있으면 길을 안내해줄 사람이 올 것이오."

용호의 말에 사람들은 고개를 끄덕였다. 모용준은 그의 말에 수긍하는 듯 고개를 끄덕였다. 용호는 적당한 거리를 둔 채 자신의 정체를 모호하게 만들고 있었다. 자신이 정체를 숨기고 있다는 것을 은연중 암시하기까지 했다. 신분이 확실치 않은 이와 함께한다는 것만큼 꺼림칙한 것도 없었지만, 그가 보여주는 예상 밖의 수완에 다그쳐 물어보지도 못했다.

지역을 초월한 관부의 협조. 모용준은 그것이 얼마만큼의 권력을 필요로 하는 것인지를 셈하기 어려웠다. 물론 딱히 어렵게 대할 이유도 없었지만, 쉽게 생각할 문제만도 아니었다. 그리고 중요한 것은 지금은 그것을 따질 때가 아니라는 점이었다.

추적은 모두의 공통된 목표였으니, 추적이 끝날 때까지는 이러한 관계가 흔들려서는 곤란했다. 그런 면에서 보자면 용호는 분명 든든한 우군이었다. 지금도 예상 밖의 결과를 자신들에게 내놓았다. 마지막 위치만으로 그들의 흔적을 찾을 수 있을지는 미지수였지만, 정확한 위치를 알아냈다는 것만으로도 추적의 실마리는 어느 정도 풀린 셈이었다. 다음 문제는 그곳에서 풀어야 했다. 용호의 정체를 밝혀내는 것도 그 다음 문제였고.

"우리도 준비를 해야겠군. 노숙을 해야 할지도 모르니 건량과 침구를 구해놓게."

장안호의 말에 모용정과 설기룡이 객잔 밖으로 나갔다. 안경은 제법 규모가 있는 현이니 필요한 물건을 사는 데 그리 시간을 빼앗기지는 않을 것이다.

무리에서 한발 물러서 있던 모용상아는 결국 그들의 틈을 빠져나와 객잔의 창가로 향했다.

'벌써 여름이구나.'

세가를 떠나올 때만 하더라도 해가 저리 높지 않았건만, 이제는 두 눈의 찡그림만으로는 마주 볼 엄두도 못 낼 만큼 높은 곳에서 강렬한 빛을 뿌리고 있었다.

'그도 이 태양을 바라보고 있을까?'

모용상아는 두 눈을 감은 채 얼굴 가득 태양의 기운을 받아들이고 있었다. 이제는 굳이 두 눈을 감지 않아도 그의 모습을 떠올릴 수 있다. 검은 옷을 입은 사내만 지나쳐도 고개가 돌아가고, 키가 그녀의 머리 두 개만큼 큰 사람만 봐도 달려가고픈 충동이 인다. 한동안은 그럴 때마다 화들짝 놀라 주위를 살피곤 했다. 혹여 누가 보진 않았을까, 누가 자기 마음을 들여다보지는 않았을까.

정작 그와 지낸 시간은 촌각일 뿐이건만, 하루 종일 떠올리라 해도 그럴 수 있을 만큼 많은 모습들이 그녀의 머리 속을 헝클어놓기 일쑤였다. 이러면 안 되지, 이건 아니지 싶은데도 그녀의 머리는 흔들림에도 아랑곳하지 않으며 그의 모습을 떠올리고 있었다.

'난… 죄를 짓고 있는 것일까?'

그를 떠올리면 어느새 나타난 설기룡이 마음의 다른 편에 서서 자신을 바라보고 있었다. 그의 눈은 언제나 슬퍼 보였다. 평소에는 보이지 않던 안타까움 가득한 눈빛. 아마도 자신의 철없는 생각을 꾸짖기 위해 그의 진심이 자신의 마음속으로 들어온 것일 거다. 그의 눈을 마주할 때마다 모용상아의 키는 작아진다. 그의 눈빛이 거두어지지 않는다면 작아지고 작아지기를 거듭하다 한 알의 모래알보다도 작아질지 모른다. 하지만 그의 눈빛은 그녀가 사라지기 전에 거두어진다. 하나 고개 돌린 그의 뒷모습은 작아지던 그녀의 마음 위에 커다란 바위처럼 내려앉는다. 모용상아는 그 무게를 이기지 못해 숨조차 쉴 수 없다. 미안하다고 말하고 싶지만, 숨이 들지 못한 그녀의 목에선 아무런 소리도 나오지 않는다.

'그는 이런 고통을 안고 산다는 거지?

모용상아는 가슴이 옥죄어오는 그 순간에서조차 그를 떠올리고 있다. 화들짝 놀라 도리질하는 것마저 잊어버린다. 그녀의 갑갑했던 가슴에 고통이 인다. 그것이 설기룡의 무게로 인한 것인지, 그에 대한 생각 때문인지조차 알 수 없다. 그저 고통스러울 뿐이다. 그를 떠올릴 때마다 반복되는 고통. 모용상아는 자신도 모르게 그것에 익숙해지고 있는 중이었다.

'떠났어야 했어. 그냥… 떠났어야 했어.'

눈을 뜬 모용상아는 고통에서 벗어나고 싶었다. 그를 찾아 떠나는 길 위에선 그를 생각하지 않을 자신이 없었다.

하지만 설기룡의 만류가 아니었더라도 정말 자신이 떠났을지에 대해서는 그녀 자신도 확신할 수 없었다. 이제 눈을 감아 그의 모습을 떠올리는 일에 익숙해져 버렸기에…….

＊　　　　＊　　　　＊

　산중의 생활은 무료하다. 산짐승을 잡아 얼마간의 식량을 마련하고, 초가의 주위를 살펴 도주로를 예상해 놓고 나니 마땅히 할 일이 없었다. 가패는 간간이 초가의 뒤편으로 가 몸을 푸는 것이 하루 중 가장 큰일이었고, 손 노인은 냉 의원과 이야기를 나누거나 예향에게 핀잔 주는 일로 하루의 대부분을 소일했다.

　일행 중 그나마 분주히 움직이는 사람은 냉 의원과 예향이었다. 냉 의원이야 집주인이니 그렇다 쳐도, 예향은 한시도 가만히 앉아 있는 걸 볼 수가 없었다. 가패가 도를 휘두르는 모습을 바라보고 있는가 하면, 손 노인의 농에 투닥거리기도 하고, 한이 누운 방에 들어가 깔깔거리다 나오기도 했다. 산중 생활에 가장 빨리 적응한 사람은 바로 예향이었다.

　"이봐요, 의원 나리. 이 산중엔 뭣 하러 들어왔소?"

　말린 약초를 작두로 썰던 냉 의원이 손을 멈추곤 고개를 돌렸다. 그의 옆에는 예향이 쪼그리고 앉아 그를 바라보고 있었다.

　"알 것 없소."

　"의원이면 사람들 많은 곳에 가 대접받으며 살아야지."

　"대접받기 위해 의술을 배우지 않았소."

　"그럼 산에서 혼자 살려고 배웠나?"

　두어 번 아귀를 맞춘 작두가 다시 멈췄다.

"의원이면 아픈 사람을 고쳐야지. 이런 첩첩산중에 환자가 있을 리 없고, 우리같이 이상한 사람들이 때 되면 찾아올 리도 없으니 이상해하는 것 아니오?"

"…할 일이 있어 산에 든 것이오. 그 일어 끝날 때까진 환자를 받지 않을 생각이었소."

냉 의원은 더 이상 말하고 싶지 않다는 듯, 전보다 더 세차게 작두질을 했다. 예향은 입을 삐죽 내밀어 보이곤 자리에서 일어났다. 그리곤 이내 한이 누워 있는 방으로 걸음을 옮겼다. 작두를 접은 냉 의원이 잘라진 감초를 들어 혀끝으로 가져갔다.

'나도 아픈 사람을 고치기 위해 이곳에 있는 거라오.'

냉 의원의 입에서 작은 한숨이 새어 나왔다.

"어의(御醫)?"

가패의 목소리가 조금 컸는지 손 노인은 손을 들어 그의 입을 가리는 시늉을 했다. 가패 역시 입을 다물고는 고개를 돌려 듣는 이가 없는지를 확인하고 나서야 손 노인에게 되물었다.

"냉 의원이 어전어의였단 말이오?"

"그렇다네. 저 친구가 조금 동안이긴 하네만, 그래도 서른 중반에 어전어의라면 그 실력이 얼마나 대단하겠는가."

손 노인의 말에 가패는 새삼 놀라워하고 있었다. 그가 뛰어난 의원이라는 것은 짐작하고 있었지만, 설마 황궁의 어전어의였다니…….

"한데 그런 이가 어찌 이런 첩첩산중에?"

"알고 보면 저 친구도 사연이 기구하지. 이건 비밀을 지켜줘야 하네.

저 친구가 자기 얘기 한 걸 알면 당장 내쫓을지도 몰라.”

“들어나 봅시다.”

잠시 목을 가다듬은 손 노인이 기억을 되살리며 이야기를 시작했다.

“냉 의원의 본명은 냉와운(冷臥雲)으로, 말했다시피 황궁의 어전어의였네. 그것도 실력을 인정받아 전례가 없을 만큼 출세가도를 달리던. 그러니까 벌써 오 년 전이 되겠군. 어느 날 냉 의원에게 환자를 돌보라는 명이 내려졌다네. 한데… 그 환자의 병이 그로서도 처음 보는 것이었다는 거야. 젊은 나이에 어의로 승승장구하던 그에게는 큰 장애물이 나타난 셈이었지. 하나 다른 어의들이 모두 고개를 저은 환자였기에 냉 의원은 당차게 그 환자를 치료하겠노라 나선 것이지. 그리고 백방으로 알아보고 의서를 탐독한 끝에… 그것이 병이 아닌 중독이라는 걸 알아내었다네.”

“알 만하군.”

가패는 그리 놀라지도 않았다. 황실에서의 권모술수는 범인의 상상을 불허하는 것이었다. 그중 가장 흔한 것이 독살. 황실에서 누가 죽었다는 소문이 나기만 하면 항상 따라다니는 것이 반대파의 독살설이었다.

“한데 얼마나 대단한 독인지 냉 의원과 그의 의가가 전력으로 치료를 했음에도 차도를 보이지 않았네. 환자는 시름시름 앓아가고 차도는 보이지 않고. 황실에서 그에게 거는 기대가 큰 만큼 부담도 컸겠지. 그런데 어디서 들었는지 강호에 독에 관한 천하제일이라 불리는 이들이 있다는 이야기를 듣게 된 거야.”

“…당문.”

가패의 말에 손 노인이 고개를 끄덕였다. 강호에 천하제일이란 이름을 가질 수 있는 몇 안 되는 이들이 바로 사천의 당문이었다.

"혹시 소문이 날까 두려웠는지 수행원 몇만 대동하고 직접 찾아갔던 모양이야. 거기서부터 일이 꼬인 거지."

"일이 꼬이다니?"

"당문에서 도움을 거절한 모양이야. 나도 자세한 이유는 몰라. 다만… 그가 당문에서 큰 봉변을 당했고, 그날 이후 그가 강호인들을 경멸하기 시작했다는 것뿐."

"황실의 어의가 직접 찾아갔음에도 거절했다… 혹시?"

"냉 의원도 그렇게 생각을 하는 것 같더군."

가패는 고개를 끄덕였다. 당문에서 황실의 요청을 거절할 이유는 많지 않다. 굳이 추측하자면,

"그 독이 당문의 독이었군."

"함부로 단정하긴 어렵지만… 어쨌든, 결국 환자를 구하지 못했고, 냉 의원은 그 책임을 물어 파면당했네. 그리고 이곳으로 낙향했지. 그것이 내가 알고 있는 그의 이야기의 전부일세."

가패는 고개를 돌려 초가를 바라보았다. 강호에서 만들어진 독. 그는 그 독을 해독하지 못했고, 그로 인해 그의 인생도 급전직하하게 된 것이었다. 물론 이 이야기를 냉 의원이 들었다면, 자신이 환자를 구하려던 것이 단순히 출세를 위한 것이 아니었고, 당문에서 당한 치욕이 그들의 상상 이상이었다는 것을 역설했을지 모른다. 그리고 그는 이 이야기를 빠뜨리지 않았을 것이다.

'공주는… 그 아이는 고작 열한 살이었단 말이다.'

당문은 자신들의 독이 황녀인 열한 살 난 여자 아이의 목숨을 빼앗
는 데 사용될 것인지 몰랐을 수도 있다. 가문의 비전이기에 해독전을
줄 수 없다는 말도 수긍할 수 있었다. 의가의 비전이 어떤 의미인지는
의원인 자신이 가장 잘 알고 있었으니까. 하지만,

'그럼 나와 함께 가주시오. 비전을 알려줄 수 없다면, 직접 가서 공
주를 구해주시오. 비밀은 철저히 보장해 드리겠소. 누구도 당신들의
비전을 염탐치 못하게 하겠소. 그러니……'

'우리는 강호의 문파. 황실과 연루되는 것을 원치 않소.'

'하면 그 독이 무슨 독인지만이라도 가르쳐 주시오.'

'그 말은 무슨 독인지만 알면 얼마든지 해독할 수 있다는 뜻이오?
좋소. 독을 내어 드리지. 대신 독은 그대의 몸에 하독하겠소. 그대도
의원이니 직접 증상을 느끼면 그것이 어떤 독인지 알 수 있을 것이오.
어떻소. 독을 내어 드리리까, 고명하신 어의 나으리?'

냉 의원은 그들의 조소를 받으며 당문을 떠나야 했다. 애초에 그들
은 자신의 청을 받아들일 마음이 없었다는 것을 깨달았다. 독을 내어
준 주인에게 해독을 부탁하다니, 자신이 멍청했던 것이다. 그날 이후
오 년이 지났다. 그는 스스로 어의 직에서 물러나 해독 방법을 찾고 있
었다. 손 노인은 잘못 알고 있었다. 냉 의원의 집념과 황실의 의술은
결국 독의 진행을 막는 데에는 성공했다. 공주는 아직 살아 있었다.

'하지만 진행을 막는 것으로는 몇 해를 더 장담할 수 있을지 모른다.
그 아이는 지금도 고통 속에 몸부림치고 있을 것이다. 그 아이를 구할
사람은 나뿐이다……'

냉 의원의 은거는 독술과 의술의 싸움이었다. 그와 당문과의 싸움이
었다.

*　　　　*　　　　*

일곱 필의 말이 관도를 달리고 있었다. 바싹 마른 땅에서 이는 먼지
가 말과 사람을 휘감고 있었지만, 달리던 말들은 멈출 맘이 없는 듯 보
였다. 마상의 사람들은 저마다 작은 천으로 입을 가린 채 고삐를 잡고
있었다. 초여름의 관도 위는 뜨겁게 달구어져 있었고, 말들의 거친 숨
소리만큼이나 마상의 사람들도 지친 듯 보였다. 사람들은 잠시 쉬어
가길 바라고 있었고, 그 마음이 통했는지 선두를 달리던 사람이 손을
들며 말고삐를 잡아챘다.
　"워워! 이곳에서 잠시 쉬도록 하지요."
　선두의 남자가 말들을 이끌고 관도 옆에 있는 작은 숲으로 향했다.
숲이라고 하기엔 비좁아 보였지만, 땀과 먼지에 범벅이 된 사람들이 앉
아 쉬기에는 더없이 충분했다.
　"휴, 엉덩이가 얼얼해. 앉아도 감각이 없어."
　얼굴을 가리던 천을 잡아 내리자마자 찡그린 인상의 모용정이 투덜
거렸다. 그의 투덜거림에 대꾸할 기운도 없었는지, 사람들은 그늘 아
래에서 땀을 말리는 데에만 열중하고 있었다.
　"아무래도 속은 것 같습니다."
　조포의 말에도 사람들은 대답이 없었다. 지쳐서라기보다는 할 말이
없어서였다.

"그 흔적이 가짜라면 놈들을 잡기가 더욱 쉽지 않을 겁니다. 그 정도로 교묘히 이목을 가릴 정도라면, 앞으로는 보이는 흔적 모두를 의심해야 할 테니까요."

모용준의 말에 사람들은 쓴 입맛을 다셨다. 처음 흔적을 발견한 것은 그들이 뗏목에서 내렸다던 바로 그 장소였다. 누가 보아도 그들의 것이 분명한 발자국들. 인적없는 외딴 갈대숲에 남겨진 발자국은 의심의 여지조차 남겨두질 않았었다. 그들의 흔적은 강변 위의 소로로 이어져 있었고, 나름대로 혼선을 빚게 하려 했던 듯 중구난방으로 가짜 흔적들이 만들어져 있었다. 조표는 그런 면에서 제법 쓸 만한 추적자였다. 노련한 눈썰미로 흔적들을 재어가며 진짜 흔적을 발견해 냈다. 다른 사람들도 그의 추리에 동의했었고.

그가 찾아낸 흔적 역시 가짜였다는 것을 깨닫고 되돌아오는 데에 꼬박 이틀이 필요했다. 모두가 속은 것이었다.

"놈들을 너무 얕본 것 같습니다."

용호의 말에도 사람들은 입 안에 든 꿀을 삼키지 않았다. 모용준이 고개를 돌렸다. 수풀 넘어 장강이 흐릿하게 보이는 듯했다.

'결국 다시 돌아왔군.'

웃음이 나왔다. 멋지게 속은 것이었다. 노인, 여인, 부상당한 사내. 정상이라 할 사람은 단 한 사람뿐인 도망자들에게 일곱 명의 추적자가 완전히 속아 넘어간 것이었다.

"이틀을 허비했으니 그들이 어디까지 달아났을지 짐작하기 힘들군요."

모용준의 말에 조포가 입을 열었다.

"그리 멀리 가지는 못했을 겁니다."

"그건 무슨 뜻인가요?"

얼마나 오랜만에 입을 연 것인지 잠시 사람들의 이목이 전부 그녀에게 쏠렸을 정도였다. 그녀는 추적하는 내내 아무 말이 없었다.

"저 가짜 흔적이 정말 저들이 남긴 것이라면, 결국 두 패로 나뉘었다는 이야깁니다. 한쪽은 가짜 흔적을 만들고, 다른 한쪽은 반대 방향으로 달아나고. 보통 가짜 흔적을 만드는 쪽이 정상이고, 그 반대로 달아나는 쪽은 추적당하기 쉬운 자들인 것이 보통이죠."

"그래도 벌어진 시간이 이틀이오. 쉽게 잡기는 그른 것 같소."

모용정의 말에 조포는 고개를 저었다.

"아직 모르는 일입니다. 저희가 속아 쫓았던 방향은 너른 평야. 그 반대 방향은……."

"산이지."

용호가 조포의 말을 가로챘다. 하지만 조포는 조금도 불쾌한 기색이 없었고, 다른 이들도 거기까지는 신경이 미치지 못했다.

"산이라… 무공도 모르는 노인과 여자, 부상자가 이동하기에는 무리가 있겠군."

"흔적을 남긴 것이 가패라고 가정한다면 그렇게 되겠지요. 그렇지 않다고 하더라도 부상을 입은 그자가 산으로 갔다고 보는 것이 타당할 겁니다. 달아나기도 힘들지만, 숨기에 적합한 곳도 산이니까요."

사람들의 시선이 멀리 보이는 작은 산으로 향했다.

"저곳에는 작은 촌락도 있습니다. 일단 저곳으로 가서 수소문을 해 보고 다음 일도 생각해 보도록 하죠. 산으로 들자면 얼마간의 양식도 구해야 할 테니."

조포의 말에 다들 고개를 끄덕였다. 하지만 당장 자리를 박차고 일어서는 사람은 없었다. 이틀간의 강행군에 모두들 지쳐 있었다.

그들이 산으로 들기 전 잠시 쉬고 있을 그 시각, 마오는 용호 일행이 바라보던 산등성을 유유히 걷고 있었다.

'바람 좋다. 나무 좋다. 고향과 냄새 달라도, 느낌은 좋다.'

마오는 산등성에 있던 바위 위에 올라 눈을 감았다. 깎아지른 듯하진 않았지만, 발 한 번 잘못 디디면 제법 오래 구르고 나서야 멈출 수 있을 듯한 산등성. 산 아래 마을이 손톱만큼 작아 보였다. 그가 서 있는 곳에서 초가까지는 제법 거리가 있었지만, 어차피 언제든 그들을 뒤쫓을 자신이 있는 마오였기에 이리 먼 곳까지 나와 나돌고 있었던 것이다. 그들의 시선에 잡히는 곳에선 이런 여유를 부릴 수도 없었고.

'음?'

가만히 눈을 뜬 마오의 시선이 한곳에 향했다. 하마터면 못 보고 지나칠 뻔했다. 마을로 이어진 길을 따라 무언가가 움직이고 있었다. 그것이 무엇인지는 알아볼 수 없었다. 하지만 그들이 피워내는 먼지구름은 수백 장 떨어진 산등성에서도 어렴풋이 알아볼 수가 있었다.

'말들이다. 그들이다.'

마오의 이맛살이 살짝 찌푸려져 있었다. 고생고생해 가며 가짜 흔적을 남겨놓았건만, 저들은 고작 이틀 만에 되돌아와 버린 것이다. 장안호 일행이 찾아낸 가짜 흔적의 주인공은 바로 마오였다. 마오는 그들이 찾아올 것이라는 것을 예상하고, 본래의 흔적을 지우고 가짜 흔적을

남겨놓았다. 하지만 하루를 고생한 대가로 하루의 자유밖에는 얻을 수
없었다.

'여기까진가?

아쉬움이 밀려왔다. 고작 하루라고는 하지만 그에게는 너무나 달콤
한 하루였다. 산과 산 사이를 미친 듯이 뛰어다녀도 누구도 제지하지
않았다. 땅을 구르든 나무 열매를 따 먹든 뭐라 간섭하는 이 하나 없었
다. 철저한 고독. 그에겐 이런 고독이야말로 행복의 완성처럼 느껴지
고 있었다. 하나 이제는 끝이었다. 그들이 저들에게 잡히고 나면, 임무
조차 완수할 수 없게 된다. 도망자들의 위치를 저들보다 빨리 오 방주
에게 알려야 했다. 그것은 마오에게 자신이 아닌 다른 추적자들에게
도망자들이 잡히면 안 된다는 뜻으로 받아들여지고 있었다.

'정말 끝?

마오의 눈이 먼지구름을 바라보고 있었다. 어느 순간 찡그렸던 이마
가 천천히 펴지고 있었고, 입가에는 장난기 가득한 미소가 어리고 있었
다.

'아니!'

마오는 산등성을 내려와 어디론가 달려가고 있었다. 재미난 생각이
떠올랐다. 오 빙주와 함께 있을 때는 가슴 깊숙이 묻어두어야만 했던
본성이 깨어나고 있었다. 그는 유쾌한 태족 청년이었다.

第二十二章

죽음은 그들에게 내리는 나의 자비

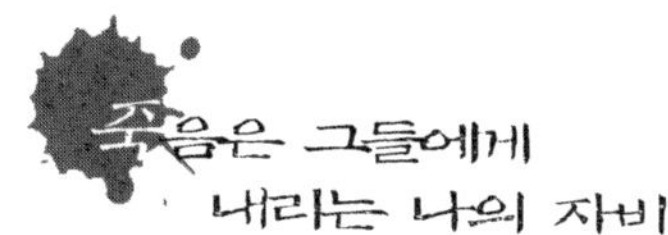

“**보**면 볼수록 난해하기만 하구나. 천하에 산재한 독이 이리 많다는 것을 사람들이 알게 된다면, 과연 지금처럼 마음 편히 살 수 있을까?”

냉 의원은 보고 있던 서책을 덮으며 피곤한 눈을 어루만져 주었다. 이미 산에 든 지 오 년이나 지났건만 의술과 독술의 싸움은 끝이 보이지 않았다. 황실에서 지원받은 의서는 이미 모두 섭렵했고, 자신의 의가에서 찾아 보내주던 희귀한 의서 역시 끊긴 지 오래다. 자신을 잊은 것이 아니라 더 이상 보내줄 의서가 없을 것이다. 독과 관련된 글귀가 한 줄만 담겨 있어도 냉 의원의 초가로 책이 보내졌다. 그런 왕래가 끊긴 것도 일 년은 더 되었지 싶다. 이제는 정말 혼자만의 싸움이 되어 있었다.

‘오늘은 다시 한 번 귀령산을 시험해 봐야겠다. 두 달간 준비를 했으니 이번에도 하늘의 보살핌을 기대해 봐야지. 귀령산만 해독해 낸다면…….’

냉 의원은 열한 번째의 도전을 준비하고 있었다. 그리고 소매 속에서 자기병 하나를 꺼내었다. 손톱 반만한 크기의 검은 단환. 냉 의원은 입속으로 단환을 넘기며 숨을 가다듬었다.

‘어쩌면 저들이 나를 찾아온 것이 복인지도 모르겠구나.’

자리에서 일어난 냉 의원은 한이 누워 있는 방으로 향했다. 문을 열자 누워 있던 한이 고개를 돌려 그를 바라보고 있는 것이 보였다.

“몸은 좀 어떻소?”

냉 의원의 물음에 한은 고개를 끄덕여 보였다. 한은 얇고 하얀 환자용 단고(短衣)를 입고 있었다. 냉 의원이 앞섶을 풀어 헤치자 어깨의 상처가 드러났다. 어깨와 복부, 그리고 전신에 난 상처들을 유심히 살핀 후에야 냉 의원은 손을 들어 한의 몸 곳곳을 손끝으로 눌렀다.

“타고난 체력이 가히 상상을 초월할 정도구려. 자상은 이미 아물어 새살이 돋고 있으니, 이대로 닷새 정도만 지난다면 운신에 무리가 없을 것이오. 눈가의 황달 기운도 거의 가라앉았고… 문제는 내상인데, 이것도 생각보다 치료가 빠르다 할 수 있소.”

냉 의원의 말은 거기까지였다. 그저 내상의 경과가 많이 호전되었다는 것 이외에는 아무런 언급이 없었다. 한은 그것을 이상히 여기지 않았다. 자신이 생각해도 기맥의 흐름이 많이 좋아지고 있었으니, 냉 의원이란 자가 쓰는 탕약이 참으로 신통하구나 할 뿐이었다. 하나 냉 의원의 마음속에는 다른 생각이 자리잡고 있었다.

'임맥과 독맥의 완전한 분리. 상리를 어긋난 기맥의 운용이 오히려 내상의 치료에 큰 도움이 되고 있다. 육부를 달래 오장을 튼튼히 하는 것이 내상을 돌보는 기본이거늘, 이자는 내력으로 내상을 달래는 모습을 보이고 있다. 그냥 두어도 시간은 오래 걸릴지언정, 기맥이 상하는 최악의 경우까지는 이르지 않았을 터. 나의 의술과 상생하여 그 호전됨이 눈에 띄게 빨리 이루어지고 있구나.'

냉 의원조차 처음에는 한의 특이한 기맥 운용을 간파해 내지 못했었다. 의술의 상리를 벗어난 기의 흐름. 임맥과 독맥은 하나의 기류를 가지건만, 이자는 그 두 맥을 나누어 쓰다시피 하고 있었다. 그 결과가 바로 그가 짐작치 못했던 두 개의 단전이었으니, 참으로 놀라운 일이 아닐 수 없었다.

'내경 소문(素問) 편의 오장별론(五臟別論)에 보면, 오장(五臟)이란 정기(精氣)를 저장하며 이것을 체외(體外)로 배설(排泄)시키지 않게 한다. 고로 만(滿)하긴 하여도 실(實)한 것이 못 된다 하였고, 육부(六腑)란 물질(物質)을 이동(移動)하고 소화(消化)시키지만 저장(貯藏)하지 않는다. 고로 실(實)하긴 헤도 만(滿)한 것이 못 된다고 기록되어 있나. 이 사내는 신체의 건강함이 범인의 상상을 능가하고 있고, 오장육부 역시 기이할 정도로 발달해 있다. 오장육부의 표리 관계에 두 개의 단전이라는 호재가 작용하고 있으니, 약을 쓰면 온전히 약이 통하고 침을 쓰면 온전히 침이 통하는 상태. 완치에 한 달을 예상하였으나 내 예상이 틀린다 해도 하등 이상할 것이 없다.'

의술과 무리는 아우르는 공부가 많아 따로 떼어 생각할 수가 없었다. 하나 그 두 이치는 때로 달리는 궤가 달라 전혀 예상치 못한 상황에 혼란함을 겪을 수도 있었다. 지금의 냉 의원이 그런 상황이었다.

'분명 두 개의 단전을 이루고자 하면 곱절 이상의 노력이 필요할 것이 자명한 일. 이 사내의 기이한 형태는 혀가 없음에서 비롯된 것인가? 아니면 그러한 제약을 뛰어넘은 노력의 결과인 것인가? 그보다 저런 기이한 기맥 운용에도 신체의 이상이 없다는 것이 더욱 놀랍구나.'

냉 의원의 생각을 알지 못한 한은 빠른 상세 회복의 공을 냉 의원의 덕으로 돌리고 있었다. 몇 차례 시도로 자신의 노력만으로는 내상의 치료가 불가능하다 판단하던 차에, 그가 쓴 처방 이후 몸이 눈에 띄게 호전되고 있었다. 결론은 냉 의원의 처방으로 내부 장기의 부담이 덜어졌고, 내부가 호전돼 혈류가 맑고 기운차게 되니, 떨어졌던 체력이 예상보다 빨리 회복될 수 있었다. 체력이 어느 정도 받침이 되자 자연 내기가 활성화되었고 그 덕에 내상 치유도 덩달아 크게 나아지고 있었으니, 어찌 보면 서로가 서로에게 공을 돌리는 형국이었다. 하나 창백한 인상의 냉 의원이나 무뚝뚝한 표정의 한 모두 그러한 것을 입 밖으로 낼 성격은 아니었다.

"내일부터는 시침에 들어갈 것이오. 약으로 원기를 보양하고 침으로 엉킨 기맥을 풀어주면 시술은 끝나오."

한은 냉 의원의 말에 고개를 끄덕일 뿐이었다. 자신도 이렇게까지 빨리 회복되리라고는 짐작치 못했다. 약과 자체 치유만으로 이 정도의 회복을 하였으니, 침술까지 병행한다면 당장이라도 움직일 수 있을 것 같았다. 서둘러 이곳을 떠나야 한다 생각하던 한에게는 고마운 일이었다. 그런 생각을 이어가던 한의 귀에 냉 의원의 목소리가 들렸다.

"당신은 무엇 때문에 살생을 하시오?"

한이 고개를 돌렸지만 냉 의원은 그를 바라보고 있지 않았다. 뜬금없는 물음과 어떤 대답이 나오든 상관없다는 듯한 태도에 한은 가만히 인상을 찌푸렸다. 하나 냉 의원은 그의 대답을 바란 것이 아니었다.

"내가 본 강호인들은 모두가 제멋대로들이오. 내 집에 찾아와 싫다는 일을 억지로 떠맡기질 않나, 사람을 죽이는 독을 팔아놓고서도 자신과는 상관없는 일이라고 당당히 말하질 않나. 사람이 죽어가니 해독을 내놓으라 해도 자신들에게 독을 얻어간 이와의 약조 때문이라는 이유로 거부해 버리고, 황실의 노여움이 두렵지 않느냐는 말에도 눈썹 하나 까닥하지 않고, 도리어 그 독을 해독치 못한 나를 조롱하기까지 하니……."

냉 의원의 한숨은 길었다. 물론 그 한숨의 의미를 한은 이해하지 못했지만, 그가 얼마나 상심했는지는 느낄 수 있었다.

"도대체 강호인들은 왜 그런 것이오? 도대체 두려운 것도 없고, 죄책감도 없고. 다른 사람에 대한 배려 따위도 없고, 죽고 죽이는 것에도 아무런 감정도 느끼지 못하는 것 같으니… 나는 도대체 강호라 불리는 곳에 사는 자들의 생각을 이해할 수가 없소. 아니, 그 행태를 용서할 수가 없소."

먼 곳을 바라보던 냉 의원의 시선이 현실로 돌아왔다. 그리고 강한 적의마저 드러낸 채 한을 쏘아보며 말했다.

"당신도 그런 사람이오? 다른 이의 생명을 빼앗는 것이 당신의 숙명이라 여기는 그런 사람이오? 살고 죽음에 의미도 없고, 이기고 지는 것만이 모든 가치에 우선하다 믿는 그런 사람이오?"

한은 냉 의원의 눈을 마주 바라보고 있었다. 하지만 고개를 움직여

부정하지도, 긍정하지도 않았다. 그렇게 간단히 답하기엔 너무 많은 것을 고민하게 만드는 물음이었다.

"후… 쉬시오."

냉 의원은 마지막 한마디를 툭 던져 놓고는 자리에서 일어나 방에서 나왔다. 자신도 왜 그런 말을 하게 되었는지 모른다. 홀로 보낸 시간이 길어 외로움을 느끼고 있었던 것일까? 그래서 오랜 시간 마음속에만 담아왔던 응어리를 조금이나마 꺼내어놓고 싶었던 것일까? 그래서 그런 대상으로 그를 택한 것일까? 아무 말도 하지 못하는 그를?

'후우… 너는 아직도 두려움을 떨치지 못하고 있구나. 너는 답을 듣기 위해 묻는 것이 아니다. 너는 이미 그 모든 물음의 답을 알고 있지 않느냐? 너는 그것을 피하는 것뿐이다. 알고 있지만… 그것을 확인할 자신이 없는 것이다. 그래서 네 대화 상대로 말 못하는 그를 택한 것이다. 이 불쌍한 패배자여. 아니다. 나의 싸움은 아직 끝난 것이 아니다. 아직 기회는 남아 있다. 나의 싸움은… 아직 끝난 게 아니야.'

냉 의원은 고개를 저으며 걸음을 재촉했다. 방으로 들던 냉 의원의 입에서 밭은기침 소리가 터져 나왔지만 홀로 도를 휘두르는 가패도, 낮잠을 자는 손 노인도, 국을 끓이는 예향도, 심지어 조금 전 그와 대화를 나누었던 한마저도 그 소리를 듣지 못했다. 심장을 옥죄어오는 고통이 만들어낸 미약한 신음 소리를……

냉 의원이 입가를 훔치며 방문을 닫던 그 순간, 한은 그가 남겨놓은 물음들을 곱씹고 있었다.

'죄책감? 배려? 승리?

한은 그가 남긴 말들을 되뇌이며 자신을 돌아보고 있었다. 그가 지칭한 용서 못할 행태의 강호인에 자신도 포함되는 것일까?

'내 손으로 사람을 죽였다. 그것이 잘못된 것인가? 나는 가고자 했고 그들은 막고자 했다. 죽고자 하는 이를 죽인 것이 죄인가? 나는 그들을 죽이기 위해 살아가고 있다. 그들은 그녀를 해쳤다. 그녀의 남편이 그녀를 죽였고, 그의 동문이란 자들이 그녀를 탐했다. 죽어야 할 다른 이유가 필요한 것인가? 죽어야 할 자들을 죽이는 것이 죄인가?'

한은 냉 의원이 남겨놓은 질문을 생각하고 있었다. 죽음? 그것에 의미가 있는가?

'그녀의 마지막을 보았는가? 그 슬픈 눈을 보았는가? 그것을 보지 못했다면 함부로 지껄이지 마라. 죽음은… 그들에게 내리는 나의 자비다. 죽음보다 더한 고통이 있고, 죽는 것보다 못한 삶을 살게 할 수 있었다면… 나는 주저없이 그 길을 택했을 것이다.'

한의 주먹은 굳게 쥐어져 있었다. 그의 몸에 이는 살기는 기세의 살기가 아니었다. 죽이고자 하는 마음의 파동. 그 파동에 공명한 그의 거검이 유부의 귀성처럼 흐느끼고 있었다.

'죄책감은 인간의 감정, 이기고 지는 것은 인간들의 사치. 복수가 끝날 때까시… 나는 인간이 아니다.'

살기 자욱한 방 안. 한은 그 모든 살기의 진원이었으며, 끝나지 않은 살겁의 주인이었다. 그들이 어딘가에서 숨 쉬고 있을 이 순간이 그에게는 고통이었다. 그는 원수들의 시신을 밟고 선 자신의 모습을 보고 있었다. 그들의 심장에 칼을 꽂는 것이 그가 삶을 이어가는 이유였다. 그 이후는… 생각해 보지 않았다. 생각할 필요도 없었다. 문득 그녀가 보고 싶었다.

＊　　　＊　　　＊

"복수가 끝나면 그는 어떻게 할까?"

"그거야 그만이 알고 있겠지."

모용준은 오랜만에 앉은 식탁에 감사해하고 있었다. 그런 뿌듯한 감정이 모용상아의 물음에도 여유를 가지고 대답할 수 있게 만들어주었다.

"복수라는 것을 꼭 해야만 하는 걸까? 모든 원한은… 꼭 피로만 갚아야 하는 걸까?"

"꼭 그런 것은 아니지. 법에 억울함을 호소할 수도 있고 또……."

모용준은 고개를 갸우뚱거리며 여러 가지 방법들을 떠올려 보고 있었다. 그들이 앉아 있는 곳은 한 작은 부락의 초가 마루였다.

양가촌이라 불리는 마을. 마을 사람들은 순박했고, 일행이 내민 은자보다 더한 정성이 담긴 따뜻한 식사를 대접했다. 이틀간 건량으로 허기를 채워야 했던 일행에게 그것은 어느 고급 객점의 음식보다도 훌륭한 진수성찬이었다. 다만 마을이 작다 보니 촌장의 집 큰방에 모두 들어가기에는 무리가 있어, 모용상아와 모용준은 따로 자리를 잡아 식사를 해야 했다. 보이지 않는 간격이 생겨난 모용상아가 그런 자리를 불편해하고 있었고, 모용준이 그런 사촌 동생을 위로하기 위해 함께 방을 나온 것이었다.

"그 사람의 복수는 누굴 위한 걸까?"

"글쎄… 그것도 그만이 알겠지. 부모의 원수를 갚는 걸 수도 있고, 사문의 복수일 수도 있고, 또 사랑하는……."

모용준은 말을 이어가다 황급히 말꼬리를 감췄다. 하지만 모용상아는 그런 모용준의 모습에 피식 웃으며 말했다.

"괜찮아. 그러지 않아도 돼."

"그런데… 너 정말 그 사람을 마음에 두고 있는 것이냐?"

모용준은 기왕 내친걸음이라 생각한 것인지 예전부터 궁금히 여기던 것을 물어왔다. 그녀가 그에게 집착하는 이유. 동정과 연민만으로 해석하기엔 부족한 구석이 너무나 많았다.

"몰라. 그리고 사내가 그런 걸 물어온다고 답해줄 여자가 어디 있어?"

"내가 사내냐? 사촌이지."

모용상아의 조금 퍼진 얼굴에 모용준은 다행이다 싶은 마음에 웃으며 농을 던졌다. 하지만 모용상아의 얼굴은 금세 어두워졌다.

"좋아하는 마음이라면 가슴이 설레고 기뻐야 할 텐데, 그 사람을 생각하면 가슴이 아파. 그보다 더한 마음이라면 얼굴만 떠올려도 얼굴이 빨개지고, 생각만으로도 가슴이 두 근 반, 세 근 반 요동친다던데… 그 사람을 생각하면 그냥 아프고 괴로울 뿐이야."

모용준은 모용상아의 힘없는 대답에 괜한 것을 물었다 생각하고 있었다. 하지만 마음 한편으로는 그녀의 진심을 알게 되어 다행이라는 생각도 들었다.

'너… 진심이구나.'

모용준은 한숨을 숨기기 위해 남아 있던 음식을 들어 입 안을 채웠다. 나이 서른을 넘기고도 아직 여인과 이렇다 할 교분조차 나누지 못할 만큼 쑥맥인 그였지만, 모용상아의 대답 속에서 어렵지 않게 그녀의 진심을 훔쳐볼 수가 있었다. 한편으로는 부럽기도 했지만, 그보다는 걱정이 앞섰다.

"너… 기룡이는 어찌 생각하는 거냐?"

모용준의 말에 모용상아는 고개를 돌렸다. 대답을 회피하는 것이라 생각했지만, 잠시 후 허공에 시선을 두고 있던 모용상아가 말했다.

"오빠는 좋은 사람이야. 좋아해, 아주 많이. 아마 내가 누군가와 혼례를 올려야 한다면, 그 상대는 용 오빠였으면 해."

"그렇지?"

모용준의 안색이 밝아지며 모용상아에게 되물었다. 하지만,

"그래서 조금 조심스러워졌어. 지금의 이런 마음으로 용 오빠와 가까이하는 건… 그래선 안 될 것 같아. 너무… 미안하니까."

"상아야……."

모용준은 그녀의 말에 뭐라 답도 하지 못한 채 누가 보고 있진 않은지 확인하듯 두리번거렸다. 다행히 주변에는 아무도 없었다.

"그런 마음… 내색하지는 말아라. 기룡이는 너를 무척이나 아끼고 있어. 네가 그런 마음을 표현한다면… 많이 힘들어할 거다."

"알아. 조금씩 마음을 정리하려고 해. 적어도… 그렇게 보이려고 노력 중이야. 용 오빠 말이 맞아. 나는 모용세가의 장녀지. 그리고 그는……."

모용상아는 말끝을 흐렸다. 모용준도 굳이 그녀의 뒷말을 듣고자 하지 않았다. 그저 누가 듣지는 않았을까 염려하는 마음만 가득했다.

　‘당신과 나 사이는 너무 멀군요. 내 마음이 이렇게 변해가고 있다는
걸 당신에게 말해 주고 싶은데… 그런 말이 가 닿을 수조차 없을 만큼
멀군요.’

　모용상아의 눈이 무명산을 바라보고 있었다. 저 짙푸른 산 어딘가에
있을 것이다. 그를 찾아 산을 올라야 하지만, 그를 찾지 못했으면 좋겠
다고 생각하고 있었다. 이대로 다시 만난다면… 무너지지 않을 자신이
없었다.

　‘그랬었느냐? 그 정도였느냐?’

　장안호의 눈빛이 흐려졌다. 방 안에서 식사를 하던 사람들 중 모용
상아의 작은 목소리를 들을 수 있는 사람은 장안호뿐이었다. 굳이 그
러려고 했던 것은 아닌데, 노인네의 호기심이 지청술을 펼치게 만들었
다. 그리고 듣지 않는 것이 좋았을 말을 듣고야 말았다.

　‘마음의 변화에 이유는 없겠지. 네가 그를 좋아하게 되었다면… 그
이유가 아니라 그런 네 마음을 이해해야 하겠지.’

　장안호가 들고 있던 물 대접에 작은 파동이 일고 있었다.

　‘하지만 나는 너의 숙부. 내게 친딸이 있었다 한들 너만큼 위했을까
의심해도 좋을 만큼 너를 사랑한단다. 이 숙부의 마음은 너를 위함이
다.’

　장안호의 눈빛이 점차 차게 굳어가고 있었다. 입으로 물잔을 가져가
그 시선을 가리지 않았다면, 마주 앉아 있던 설기룡이 의아해하며 연유
를 물었을 것이다. 그의 눈에서 옅은 살기가 흘러나오고 있었다.

　‘그를 살리는 것이 너의 마음을 위함이라면… 그를 죽이는 것이 너

의 인생을 위함임을 알아주었으면 한다.'

장안호의 다짐은 점점 더 굳어져 가고 있었다. 이미 무인으로서의 호승심만으로도 그를 전력으로 대하려는 마음이 충분했던 상태다. 그런 와중에 알게 된 질녀의 진심. 그것으로 인해 장안호가 담아두고 있던 호승심의 결과는 승패가 아닌 생사의 가름으로 이어지고 있었다. 물론 그런 장안호의 변화를 눈치챈 사람은 아무도 없었다. 다만 장안호와는 조금 다른 빛으로 용호의 눈빛이 변해가고 있었다.

'그렇단 말이지, 네 마음이 그렇단 말이지……'

용호의 입가에 뜻 모를 미소가 지어지고 있었다. 하지만 그의 변화를 눈치챈 이가 없었기에, 그가 무슨 생각을 하고 있는지 역시 궁금해할 수가 없었다. 그의 곁에 앉아 있는 장안호조차 그가 모용상아의 목소리를 들었다는 사실을 알아차리지 못했으니까.

＊　　　＊　　　＊

"어머? 나와도 되는 거야?"

예향의 놀란 목소리에 한의 고개가 돌아갔다. 한은 하얀 단고를 어깨에 걸치고는 방을 걸어 나오고 있었다.

"괜한 무리 하지 마. 어제까지 누워만 있던 사람이……."

한은 가만히 고개를 내저으며 괜찮다 말하고 있었다. 갑갑한 방에 누워 있는 것에 좀이 쑤셔 견딜 수가 없었다. 냉 의원은 절대 안정을 취해야 한다고 했지만, 방으로 스며드는 산의 푸른 내음이 결국 그의 방문을 열고야 말았다.

‘차구나.’

초가를 스친 산바람이 한의 단고를 한 번 나풀거리곤 수줍게 달아났
다. 펄럭이는 단고 사이로 한의 단단한 상체가 잠시 보였다 사라졌다.

“하긴 갑갑하기도 했겠다. 이리 와 앉아. 기왕 나온 거 볕이나 좀 쬐
이고 들어가.”

예향은 허리에 두르고 있던 겉치마를 끌러 큰 나무 둥치 위에 깔았
다. 장작을 팬 자리가 치마에 가려 그럭저럭 쓸 만한 의자가 되었다.
한은 그녀의 모습을 잠시 바라보다 걸음을 옮겨 자리에 앉았다. 그의
앞에 예향이 다가와 쪼그려 앉았다.

“몸은 많이 나아진 거야?”

한의 고개가 가볍게 끄덕여졌지만 그런 대답만으론 영 못 미더웠는
지 예향의 눈이 반쯤 작아졌다.

“어제까지 고개도 못 들던 사람 말을 믿어야 하나?”

한은 그녀의 표정에 살짝 미소를 짓고 말았다. 지난 사흘간 움직이
지 않은 것은 그것이 스스로의 상세를 치료하는 데 꼭 필요한 시간이
라 느껴서였다. 어차피 밖으로 보이던 외상이 운신의 지장을 주진 못
했다. 그가 일어나 밖으로 나온 것은 내상과 탈진이 어느 정도 진정되
어 굳이 누워 있을 필요가 없다 판단했기 때문이다.

‘어차피 내상보다는 기맥의 안정이 우선이었다. 기맥이 제자리를 찾
았으니 내상은……’

한은 냉 의원의 침술에 한동안 입을 다물지 못했다. 그의 몸에 침 하
나가 꽂힐 때마다 살을 찢는 고통이 밀려왔다. 전날 자신에게 보였던
적의를 침에 실은 것일까 의심도 했지만, 이내 그가 느낀 고통이 침이

살을 뚫는 고통이 아닌 기맥이 제자리를 찾음으로 일어난 것이었음을 깨달을 수 있었다. 냉 의원의 침술은 황실의 어의라는 직함에 걸맞는 것이었다.

'의술의 으뜸이 침이라더니…….'

한은 냉 의원의 시술 한 번으로 기맥의 자리가 온전해졌음을 느낄 수 있었다. 남은 것은 자신의 몫. 기맥이 자리를 찾았으니 다시금 단전에 힘을 주어야만 했다. 그의 우단전에서 뻗어 나온 내공이 조금씩 무감해지던 기맥들을 질풍같이 휘몰아쳤다. 없던 것을 새로 뚫는 것도 아니고, 엉킨 것을 푼 것뿐이니 흐름에 거침이 있을 리 없었다. 이제 내상은 시간만으로도 해결이 가능했다. 한의 상념이 끊긴 것은 그때였다. 이상한 느낌에 고개를 들어보니 예향의 놀란 눈이 자신을 보고 있었다.

"웃… 었어?"

한은 예향이 무슨 말을 하는지 알 수 없었다. 하지만 이내 그의 입술 꼬리가 제자리를 찾았다. 자신도 모르게 지어진 미소가 예향의 좁아졌던 눈을 두 배나 커지게 만들었던 것이다.

"웃는 모습도 보기 좋네."

뭐가 좋은지 그를 바라보던 예향이 배시시 웃었다. 한은 그녀의 웃음에 당황해하며 고개를 돌리고 말았다.

"물 좀 줄까? 입술이 다 말랐어."

예향은 고개를 돌린 한을 잠시 바라보다 부엌으로 들어갔다 나왔다. 그리고 차가운 물 사발을 한에게 건넸다. 한은 그녀가 내민 사발을 건네받아 입으로 가져갔다. 그리고 하늘을 향해 고개를 들었다.

"고개 드는 모양이 일품이네. 술도 잘하겠는데?"

한은 자신의 몸이 아직 정상이 아님을 깨달았다. 그렇지 않다면야 코앞에서 하는 사람의 말을 잘못 들을 리가 없지 않은가? 혀가 없어 말은 못해도 듣는 귀는 멀쩡했는데…

"산을 내려가면 술 한잔해야겠다. 술 할 줄 알지?"

잘못 들은 것이 아니었다. 예향은 범인과 다른 자신의 모습을 보고도 이상해하거나 놀라지 않았다.

'이 여자도 정상은 아니군.'

한의 속내를 아는지 모르는지, 예향은 한이 마신 물 대접을 받아 들고 다시 부엌으로 향하고 있었다. 풍만한 엉덩이를 좌우로 실룩대며 걷는 모습에 한은 황급히 고개를 돌려 버렸다. 왜 전날 밤 첫 상대가 되어주겠다던 예향의 말이 떠오른 것일까? 한은 자신의 그런 생각을 한심하다 여기고 있었지만, 그녀의 목소리는 좀처럼 머리에서 지워지지 않고 있었다. 혈기 왕성한 이십대에게 찾아온 첫 번째 유혹은 진득한 아교처럼 달라붙어 한의 귓가에서 떨어지지 않고 있었다.

'나태한 생활 때문이다. 그런 것을 떠올릴 여유가 있다니… 한심한……'

한은 자리에서 일어나 방으로 향했다. 그리고 방 한구석에 놓여 있는 자신의 검을 들고 초가 앞마당으로 걸어 나왔다. 강렬한 햇볕이 한의 손에 뽑혀 나온 거검을 천천히 달구고 있었다.

한은 검을 들어올려 검극과 시선을 맞췄다. 그리고 천천히, 너무나 완만하게 검을 들었다 내려치는 행동을 반복했다.

허공을 완만히 가르는 검의 움직임이 열 번을 넘고 스무 번이 넘고 있었지만, 부엌 문가에 선 예향은 숨소리도 내지 못했다. 방문 틈으로 그 모습을 바라보던 손 노인도 감히 방문을 열지 못했고, 잠시 산을 둘러보고 내려오던 가패도 초가 울타리 밖 한 나무 뒤에서 그 모습을 바라보고만 있었다. 그의 움직임이 너무나도 느려 주변으로 흩날리던 잎사귀들이 움직이던 검의 위아래로 몇 장이나 스쳤는지 셀 수 없을 정도였다. 예향은 그 모습에 넋이 나간 사람처럼 눈을 떼지 못하고 있었다.

'예쁘다……'

예향의 눈에 비친 그와 그의 검은 형용키 힘든 아름다움으로 다가오고 있었다. 검은 무복 대신 걸친 새하얀 단고와 하의. 그의 몸을 어루만지듯 흩날린 바람에 하얀 단고가 나풀거리고, 양광을 반사시키던 그의 검이 기녀의 야릇한 춤사위만큼이나 조심스럽게 날아들던 바람을 비켜서게 만들고 있었다. 그의 움직임이 모든 시간을 주관하고 있었다. 그의 검을 따라 시간의 흐름이 점차 느려지고 있었고, 그의 모습을 바라보던 사람들의 사고 역시 함께 느려지고 있었다. 그들의 눈에는 오직 그만이 존재하는 듯 보였다. 이 몽롱함 속에서 가장 먼저 정신을 차린 것은 가패였다. 그는 아름다움보다 강함에 근본을 둔 이였기에 아름다움 속에 숨겨진 흉포함을 느낄 수 있었다.

'막을 수 없다. 막으면… 부러지고 만다.'

가패는 검을 보고 있지 않았다. 그는 검이 지나간 자리를 보고 있었다. 언제부터인지는 알 수 없지만, 검의 동선 안을 파고드는 것들이 사라져 있었다. 그의 옷자락을 장난스레 들어올리던 바람도 검의 움직임을 거스르지 못했다. 검의 주변으로 날아들던 나뭇잎들이 검의 움직임을 넘지 못한 채 그의 좌우로 떨어져 내려 있는 것을 볼 수 있었다. 검은 주변의 움직임을 구속하고 있었다.

'나와 싸울 때는 점을 쳐냈고, 장안호와의 격전에선 선을 그어냈다. 이제는 벽을 만들어내고 있는 것인가?

무창에서 찔린 자신의 어깨는 점이었고, 뗏목 위에서 자신의 배를 가르려던 장안호의 검은 선을 그어 막아냈다. 이제는 주위의 모든 것을 차단하려는 듯 무형의 벽을 세우고 있었다. 너무나 느린 검. 어린아이라도 그 틈을 파고들 수 있을 것 같아 보였지만, 그와 마주 서 있던 가패는 자신이 없었다.

그의 상세가 위중하다는 것도 잊어버렸다. 당장 달려가 말렸어야 했지만, 가패는 그러지 못했다. 저런 움직임을 볼 수 있다는 것은 무인으로서 행운이라 말할 수 있었다. 그는 이 행운을 놓치고 싶지 않았다.

'검의 동선에 한 치의 흔들림도 없다. 움직임의 완급도 변함이 없고, 검극의 흔들림조차 보이질 않는다. 움직임의 맥은… 검극이다!

가패는 움직임의 맥을 어렴풋이 느낄 수 있었디. 검이 지나간 자리는 검극이 지나간 자리. 허공을 가르는 검극의 운행이 검의 움직임을 이끌고 있었다. 한의 정신은 검극에 집중되어 있었다.

'검은 작다. 무한히 작다. 하나 내 모든 힘은 저 한 점을 채우기에도 부족하다. 검은 점을 장악하는 병기다. 점을 이어 선을 만들고 선을 이어 면을 만든다. 모든 싸움은 점을 찾고, 점을 장악하고, 점을 파괴하는 것에서 시작한다. 베어낸다는 생각은 버려야 한다. 점(占)이 선(先)이고, 선(線)은 그 후(後)다.'

한의 무공은 선점의 무리를 가지고 있었다. 찌르고자 하는 곳을 찌를 수 있는 무공. 한의 움직임은 그런 허공의 점을 차지하는 움직임이었다. 완만히 움직이던 검의 검극은 동선 안의 무수히 많은 점들을 차례로 점하고 있었다. 만약 누군가가 그가 정해놓은 선을 넘어서려 한다면, 한은 그보다 빨리 가장 빠른 점을 찾아 찌르게 될 것이다. 그의 무공은 그 한 점을 차지하는 무공이었고, 싸움의 승패를 장악하는 무공이었다. 가패는 그렇게 느끼고 있었다.

'천하의 무리는 움직임을 기본으로 한다. 몸의 움직임을 중요시하는 하류의 무공에서부터 내력의 움직임을 중요하게 여기는 무공, 마음의 부동을 최고의 덕목으로 치는 무공까지 모든 무공이 움직임이란 것에 기초하고 있다. 나의 추혼십이절은 빠름을 최고의 덕목으로 친다. 환도는 보통의 움직임보다 몇 배나 빠른 움직임을 필요로 하니까. 하지만 결국 빠름이란 인간의 몫. 제아무리 개세의 신공이라 하더라도 배우는 자의 자질이 미천하다면 그 성과도 미미할 수밖에 없다. 그것이 신공이라 불리는 대부분의 무공이 내공심법인 까닭이다. 내력으로 이룰 수 있는 빠름은 분명한 한계가 있다. 하나 저자는 그러한 상리를 벗어나 있다. 빠름은 가벼움을 담보로 하는 것. 팔 척이 넘는 키와 덩치는 쾌와는 어울리지 않는다. 하지만 이제 조금 알 것도 같구나. 움직임이 아닌 선점을 수련하는 무공. 정으로 동을 제압한다는 말은 바로 한의 검을 두고 한 말일 것이다.'

가패는 한의 움직임을 그렇게 이해했고 그리 잘못된 판단도 아니었다. 다만 한이 보이던 움직임이 동(動)이 아닌 정(靜) 위주인 것임은 틀림이 없었지만, 그것이 쾌검을 가능케 한 것은 아니었다. 정의 무리는 한이 배운 무리의 하나일 뿐이었다. 가패의 눈이 한의 움직임을 좇고

있었다. 그의 검극이 잠시 흐트러지자 주변을 기웃거리던 나뭇잎 하나
가 그의 검벽 안으로 날아들었다. 아무 일 없다는 듯 스쳐 날아간 나뭇
잎을 끝으로 한은 검을 거두고 있었다. 그의 움직임은 도합 서른여섯
번이었다.

그의 검극이 바닥으로 향하자 머리를 부엌 가에 기대고 서 있던 예
향이 화들짝 놀라며 정신을 차렸다. 문고리를 잡고 있던 손 노인도 터
져 나오려는 기침을 참으며 슬쩍 문고리를 잡아당겼다. 멈추었던 시간
이 다시금 제 갈길로 흘러가기 시작했다.

"많이 좋아졌나 보군."

머쓱한 표정으로 나무 뒤에서 걸어 나온 가패가 한에게 다가가며 입
을 열었다. 한의 하얀 단고 위에 보슬비가 내려앉아 있었다. 이마에 흐
르던 땀을 훔친 한이 검을 검집에 갈무리하자 급히 다가온 예향이 다
시 한 번 물 대접을 건넸다.

"어… 목마를까 봐."

예향의 표정이 조금 전과는 사뭇 달라져 있었다. 설마 그럴 리가 있
을까 싶었지만 가패는 그녀가 수줍어하고 있다 느꼈다. 한은 다시 한
번 예향이 건넨 물로 목을 축인 후 자리에 앉았다. 많이 좋아졌다고는
하지만 아직 온전한 상태까지 회복되려면 시일이 걸릴 것 같았다. 고
작 사십 번도 안 되는 움직임에 몸이 흠뻑 젖어버리다니.

"이를 어째. 옷이 다 젖어버렸네? 여름이라 그냥 두면 냄새 날 텐데,
다른 옷이 있을까 모르겠다. 일단 옷 벗어놓고 방에 가 쉬어. 내가 빨
아놓을게."

예향의 말에 한은 자신도 모르게 흠칫 놀라고 있었다. 그녀의 한마

디 한마디가 모두 어색했다. 옷을 빨아준다는 말을 생소하게 느끼는
것이 누구의 잘못인지는 알 수 없었지만, 한은 그녀의 그런 성의가 부
담스러웠다. 하나 언제까지 우두커니 있을 수만도 없었다. 한은 단고
를 벗어 예향에게 건넸다. 예향은 단고와 물 대접을 받아 들고는 총총
걸음으로 사라졌다.

"재미있는 여자군."

가패에게 예향은 재미있는 여자일 뿐이었다. 사내로서 여인에게 보
내는 평범한 관심 정도야 있었지만, 지금 한에게 하는 모습을 보니 그
관심도 미리 끊어두는 것이 좋을 것 같았다.

"어련히 알아서 하겠지만 무리하지 않는 게 좋아. 조금이라도 낌새
가 이상하다면 지체없이 떠나야 하니까."

한은 가패의 노파심 어린 말에 고개를 끄덕여 주었다. 그들이 추적
을 포기할 리 없었다. 용 대인이라 불렸던 관원은 자신을 석 달이나 쫓
았다고 했고, 자신을 노려보던 장안호의 눈빛도 추적이 쉽게 끝나지 않
을 것임을 말해 주고 있었다.

'네 숙부라고 했지?'

모용상아는 장안호를 가리켜 숙부라고 했다. 그녀의 숙부가 자신을
뒤쫓는다. 숙부가 뒤쫓고 있으니… 질녀가 또다시 함께 나타난다 해도
이상하지 않을 것이다.

'너도 내 뒤를 쫓고 있으니… 너도 추적자인 셈인가?'

한은 방으로 걸음을 옮기며 생각에 잠겼다. 그녀는 자신에게 호의를
가지고 있다. 이해하기 힘들 만큼 열성적으로 자신의 편에 서서 죄를
변론하려 하였다. 왜 일까? 무창에서 곤경에 빠진 그녀를 구해주었기

때문에? 여인의 심리까지야 알 방도가 없으니, 모용상아가 그 일을 얼마 만큼이나 고마워하고 있는지 역시 알 수가 없었다. 그것이 달아나는 자신의 뒤를 쫓아다니며 해명해야 할 만큼 큰 은혜였는지를 가늠할 수도 없었다.

방문을 닫고 자리에 앉고 나서도 그 생각은 끊이질 않고 있었다. 머리 속의 욕정을 다스리기 위해 검을 휘둘렀는데, 이제는 모용상아의 생각을 털기 위해 검을 들어야 할까 고민해야 할 정도였다.

그때 고맙게도 방문이 열리며 그의 잡생각을 멈춰줄 사람이 들어왔다. 냉 의원이었다.

"더워도 옷은 입고 있으시오. 환부로 냉기가 스미면 나을 병도 도지는 법이오."

한의 벌거벗은 상체를 바라본 냉 의원이 말했다. 그리고 들고 온 탕약을 내밀며 한에게 당부했다.

"중요한 일이 있어 하루 이틀 정도 이곳을 비울 것이오. 탕약은 손 옹께 부탁을 해놨시만 혹시 몰라 이야기해 놓는 깃이오. 차도를 보아가며 약 배합을 바꾸려 했는데, 어제 시침 후에 보니 조심이 지나쳤던 것 같소. 이 약은 약재를 진하게 내린 것이오. 원기를 북돋아주고 혈류를 맑게 해주는 약이니 조금 쓰더라도 참고 먹도록 하시오."

한은 냉 의원의 당부가 무안할 정도로 쉽게 약을 삼켰다. 오히려 그 모습을 보고 있던 냉 의원의 미간이 조금 찌푸려졌을 뿐이다. 냉 의원은 잠시 한을 바라본 후 방을 나섰다. 무언가 할 말이 있는 듯 보였지만 냉막한 표정 사이로 잠시 스친 기색을 알아채기란 쉽지 않은 일이었다. 방을 나선 냉 의원의 등 뒤로 손 노인의 목소리가 들렸다.

“이보시게, 냉 의원.”

“말씀하시지요.”

“어디로 가는지만이라도 말해 주면 안 되겠는가? 혹시 자네가 급하게 필요할지도 모르니 말이야.”

냉 의원은 가만히 고개를 저었다.

“아마 일이 벌어진 걸 알아도 내려오지 못할 것입니다. 말없이 떠나서도 탓하지 않겠습니다. 치료비는 나중에 인연이 닿으면 받도록 하지요.”

뒷말을 허락하지 않겠다는 주인의 의지 서린 답변을 듣고도 또다시 묻는 것은 객의 예의가 아니었다. 그런 면에서 손 노인은 예의를 차릴 줄 알았다.

“험… 하는 수 없지. 그럼 살펴 다녀오시게.”

냉 의원은 가만히 고개를 숙여 보이곤 자신의 방으로 들어갔다. 그리고 간단한 행장을 꾸리고 나와 초가를 나섰다. 그의 뒷모습을 바라보던 손 노인이 고개를 흔들며 뒤돌아섰다. 노인네 걱정이야 어디 갈까만 어제오늘 영 찜찜한 기분을 떨칠 수가 없는 손 노인이었다. 그리고 그런 노인네의 걱정만큼 추적의 손길은 가까워지고 있었다.

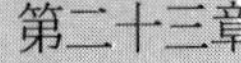

第二十三章

금수도 은혜는 잊지 않는 법이다

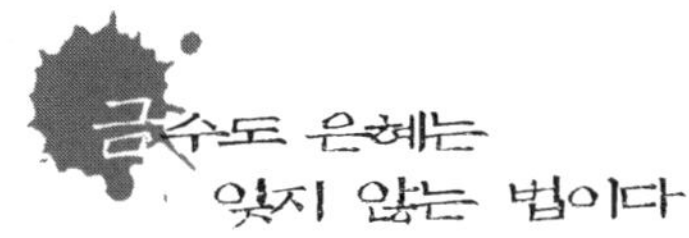

냉 의원은 협곡 깊숙한 곳에 있는 작은 동굴에 들어가 있었다. 내부를 그리 크게 손본 것 같지는 않았지만, 동굴의 정경과 어울리지 않는 기물도 여럿 눈에 띄었다. 동굴을 밝히고 있던 유등도 그렇고, 크고 작은 여러 개의 궤도 그렇고.

"이번이 열다섯 번째 시술이고, 오 년간 찾아낸 독의 성분은 네 개. 남은 하나의 독물만 알아낸다면… 당문 조망수향(朝忘睡香)의 해독제를 만들 수 있다."

냉 의원은 가만히 정좌하고 앉아 몸 안에 상태를 천천히 내관했다. 폐와 심장 부근에 만들어진 작은 암류가 느껴지고 있었다.

'조망수향. 만성독이고 비전이 없이는 해독이 불가능한 독으로 알려진 극독. 활문시조(活門視朝) 단비하(段悲河)의 독왕유고(毒王遺稿)에 따르면 천하의 모든 독은 신경독(神經毒), 혈액독(血液毒), 장기독(臟器毒), 효소독(酵素毒), 부시독(腐屍毒)의 범주를 벗어나지 못한다. 독을 얻는 방법에 따라 동물독(動物毒), 식물독(植物毒), 광물독(鑛物毒), 혼합독(混合毒)으로 나누는데, 과거에는 독성이 강한 절독이 주류를 이루었으나 근래에 와서는 독성을 극대화시키거나 독의 정체를 숨기기 위해 혼합독을 주로 만들고 있다. 조망수향 역시 당문의 비전으로, 은과 같은 독성의 반응체에 반응하지 않고, 향이나 분진 같은 방법으로 하독한다. 장기간에 걸친 호흡으로 피시술자의 몸에 독성을 축적시키는 만성독. 반년 정도의 시간이 걸리지만, 독살 후 증거가 남지 않기에 조정 대신들의 정적 제거에 주로 사용된다고 했다.'

냉 의원은 자신의 해독술에 가장 지대한 영향을 끼친 독왕유고를 기억해 내고 있었다. 이미 활문의 이름은 강호에서 사라지고 없었지만, 다행히도 냉 의원의 본가 장서고에 독왕유고의 상편이 남아 있었다. 그것이 어떤 경로로 전해졌는지는 알 수 없었지만, 냉 의원에게는 하늘이 내린 희망과 같았다. 당문의 무가지보(無價之寶)라 일컬어지는 독왕유고였으니, 냉 의원이 가진 반쪽의 독왕유고는 조망수향의 해독에 유일한 희망이나 마찬가지였다.

'내가 직접 복용하여 확인한 결과 조망수향은 혼합독이고, 동물독 두 가지, 식물독 두 가지, 그리고 정체를 알 수 없는 한 가지의 독물이 섞여 있다. 증상은 천식과 빈혈이고, 폐를 상하게 하며 심장의 혈류를 점차 굳게 만드는 잔인한 것이다. 다행히 늦지 않게 독물의 정체를 알아내어 공주 마마의 병세가 더 이상 악화되는 것은 막았지만, 몸 안에 남은 독기를 제거하려면 나머지 하나의 독물이 무엇인지를 반드시 알

아내야만 한다.'

늦지는 않았다. 온갖 영약으로 근근이 명을 이어가던 공주에게 그것은 새로운 삶의 희망이었다. 하루 반 시진도 채 앉아 있을 수 없고, 몸은 말라 피골이 상접한 모습이었지만, 살 수 있다는 희망은 그녀의 모진 삶을 오 년간이나 이어오고 있었다. 이제 남은 한 가지의 독물만 찾아내 완전한 해독만 얻는다면, 공주는 오래지 않아 예전의 건강했던 모습을 다시 찾을 수 있을 것이다.

거기까지 생각이 미치자 냉 의원의 눈빛이 차갑게 굳어져 가고 있었다. 공주를 그 지경으로 만든 자들. 그리고 그들에게 독을 팔아넘긴 당문. 황상의 배려로 더 이상 공주에게 위험한 시도는 일지 못하고 있었지만, 그 정체불명의 살인자들은 그들의 일을 방해한 자신을 용서하지 않을 것이다.

더욱이 당문은 자신의 손에 독왕유고 상편이 있다는 것을 모른다. 만약 그것을 알았다면 어떤 식으로든 그것을 회수하기 위해 독수를 뻗칠지 모른다. 그가 오 년간이나 첩첩산중에 숨어 살아야 했던 이유였다. 하나 그는 결코 포기하지 않았다. 공주만 되살릴 수 있다면, 공주를 해하려한 독이 당문의 독이라는 것만 증명할 수 있다면……

'오늘은 두 가지 약재를 시험해 봐야겠다. 오늘 시술로 독의 종류만이라도 알아낼 수 있다면… 해독제의 완성을 삼 년은 단축시킬 수 있다.'

냉 의원은 한쪽에 놓여 있는 궤를 열고는 손톱만한 뜸 하나를 집어 들었다. 그리고 가늘게 만 종이로 유등의 불을 옮겨 뜸을 지폈다. 하얀 연기가 가늘게 피어오르기 시작했다.

'공주 마마, 조금만 더 기다려 주오소서. 소신… 반드시 해약을 찾아 마마의 곁으로 돌아가겠나이다. 천지신명이시여, 부디 자비를 베푸시어 제 선택이 틀리지 않았음을……'

뜸 위에서 피어난 새하얀 연기가 조금씩 동굴 안을 휘감아 돌았다. 그리고 이내 유등의 불꽃을 건너 냉 의원의 콧속으로 천천히 빨려 들어가기 시작했다. 새하얀 죽음이 냉 의원의 어깨 위로 내려앉고 있었지만, 그는 손을 펴 쥐고 있던 단환을 입으로 가져가지 않았다. 그의 폐를 통해 들어간 죽음의 연기가 폐 벽에 붙어 굳어가고 있었지만, 냉 의원은 조금 더 자신의 몸이 죽어가도록 방치하고 있었다. 죽음의 고통이 밀려오고 나서야 해약의 효능을 확인할 수 있었기 때문이다. 그는 그렇게 죽어가고 있었고, 그렇게 삶의 희망을 찾아가고 있었다.

그런 죽음의 의식이 거행되는 가운데서도 산을 오르는 이들의 발길은 멈추지 않고 있었다.

*　　　　*　　　　*

"힘들지 않냐?"
"아니, 괜찮아."
모용준의 말에 모용상아는 엷게 미소 지으며 고개를 저었다. 벌써 산을 오른 지 두 시진째. 사람의 흔적은커녕 짐승이 오간 흔적도 발견할 수가 없었다. 숲을 헤매고 있는 사람은 세 사람이었다. 모용준과 모용상아, 그리고 저 앞에서 무언가를 찾는 듯 두리번거리는 설기룡. 세 사람은 모용정과 용호의 결정을 따라 나뉘어진 세 패 중 하나였다.

"아무리 작은 산이라 해도 일곱 명으로 뒤집기엔 턱없이 넓습니다. 가짜 흔적을 남긴 자가 있으니, 필경 다른 쪽은 도주에 온 전력을 쏟았을 것입니다. 그러니 아마 산에서 그들과 조우할 일은 없을 것입니다. 일단 그들의 흔적을 찾는 것이 우선입니다. 그러니 인원을 나누어야 합니다. 시간이 없기로는 우리도 마찬가지이니……."

모용정의 목소리에는 확신이 있었다. 그들과 만나지 않을 것이라는 것에 대한 확신인지, 더 늦으면 그들을 잡을 수 없을 거라는 것에 대한 확신인지는 알 수 없었다.

"나와 조 포교가 한 조를 맡겠습니다. 중심을 따라 움직이는 것은 장 대협과 모용 공자가 맡아주시고, 저와 반대쪽으로 가는 것은 나머지 분들이 하시면 됩니다. 마음 같아서는 각자 움직이자 말하고 싶지만, 초행하는 산에 어떤 위험이 있을지 몰라 세 패로만 나누겠습니다. 흔적을 발견하면 지체없이 신호를 보내기로 합시다."

용호의 말에 반대하는 이는 없었다. 세 패로 나누는 기준은 무공을 가진 자 위주로 지어졌기에 장안호, 설기룡, 조포가 갈라지게 되었다. 무공만으로 따진다면야 모용상아가 조포보다 나았지만, 그는 제법 유능한 추적자였고 관원이라는 신분도 무시할 수 없었기에 용호와 한 패를 짓기로 한 것이었다. 세 패로 나누어 산을 오르고 있었으나 아직 이렇다 할 흔적은 발견할 수가 없었다.

"그냥 내 말대로 하자니까. 이런 첩첩산중에서 무슨 흔적을 찾겠다고. 차라리 산을 넘어 관도로 가는 편이 나았어."

"준 오빠 말도 일리가 있지만, 정 오빠 말도 틀리진 않잖아. 무작정 관도로 들었다가 아무런 단서도 찾지 못하면 그땐 정말 방법이 없으니. 산 너머 관도와 만나려면 너른 평야를 나흘이나 걸어야 하고… 관도와 만나도 관도를 타고 합비로 갈지, 아니면 관도를 넘어 대별산맥(大別山脈)으로 갈지도 알 수 없고……."

마을 촌장이라는 노인이 들려준 말은 자신들이 찾는 이들이 너무나 많은 도주로를 가지게 되었다는 것을 알려주었다. 그들을 잡을 생각이라면, 이틀이면 넘을 수 있는 이 작은 산에서 흔적을 찾아야 했다.

"그런데 그 사람들 흔적을 어찌 찾지? 이런 첩첩산중에서……."

"나도 숙부랑 조 포교란 사람이 하는 이야기를 들은 건데, 산에서 사람이 지나다니는 길은 정해져 있대. 볕이 들어야 하고, 통행이 가능해야 하며… 또……."

모용상아는 잠시 엿들었던 이야기들을 모영준에게 전하고 있었다. 인적이 닿지 않은 산은 이미 그 자체로 완벽하다. 사람의 발길이 닿았다면 분명한 흔적이 남게 된다. 그것의 정체는 이질감이었다. 흐트러진 낙엽만으로 사람이 지난 자리를 어찌 알 수 있느냐고 하지만, 낙엽이 아닌 길 위를 보고 있으면 알 수 있다. 균형이 깨어진 것이 보인다고 했다. 사람은 본능적으로 어두운 곳을 피한다고도 했고, 빠른 도주를 원하는 자들이라면 결코 어두움을 택하지 않는다고 했다. 너른 공지가 있다면 유심히 살피라고도 했다. 사람이 쉬어 갈 수 있는 곳은 그리 많지 않다. 산이 주는 두려움에 질려 시야가 확보되지 않으면 자리에 앉지 못한다고 했다. 물이 있는 곳과 산 아래의 전경이 확인되는 곳이면 절대 지나치지 말라고 했다. 흔적은 작으나 그 흔적이 남을 만한 곳은 많지 않다고 했다. 조 포교의 추적은 그런 것이었다.

"듣고 보니 일리가 있네. 사람은 심성은 의외로 연약하니까."

"산이 험해. 다친 몸으로 넘기엔……."

모용상아의 시선은 저 숲 너머의 어딘가에 향해 있었다. 모용준은 모용상아의 말에 작게 한숨을 내쉬며 설기룡을 바라보았다. 산길을 따라 오르다 숲으로 접어들었다. 설기룡은 숲이 알려주지 않는 길을 찾느라 온몸의 신경이 예민해져 있었다. 그래서 그것을 발견할 수 있었는지도 모른다.

"잠시 와보십시오!"

설기룡의 목소리가 숲으로 퍼졌다. 대화를 나누며 천천히 걷던 모용준과 모용상아가 다급히 달려왔다.

"이거… 불을 피운 흔적 아냐?"

모용준이 무릎을 꿇으며 검게 그을린 바닥을 헤집고 있었다. 작은 나뭇가지로 파헤쳐진 자리에서 타다 남은 잔가지 조각이 흩어지고 있었다.

"찾았… 네."

모용상아의 혼잣말이 왜 그렇게 크게 들렸는지 모른다. 설기룡은 애써 그녀의 목소리를 무시하며 주변의 흔적이라 불릴 만한 것을 찾고 있었다.

"여기 좀 보십시오."

모용준은 허리를 펴고 일어나 설기룡이 가리킨 곳을 바라보았다. 얼핏 봐서는 알아볼 수가 없었다. 하지만 시선을 조금 멀리 두고 보니 숲의 조화가 깨어진 것을 알아차릴 수 있었다. 불규칙한 낙엽 위로 이어진 규칙적인 변화. 이동의 흔적이었다.

"사람들을 불러야겠다."

모용준이 허리를 펴며 뒤돌아섰다. 하나 세 걸음도 다 떼지 못하고 멈춰 서야 했다. 나무들 사이로 장안호와 모용정이 다가오고 있었던 것이다.

"호법님?!"

"이곳에서 뭐 하고 있는 겐가?"

"그들의 흔적을 찾았기에……."

"그래?"

장안호는 모용준의 말에 바닥을 살폈다. 불을 피운 흔적이 잘게 파헤쳐져 있었다. 모용준이 함께 온 모용정에게 물었다.

"우리가 여기 있는 걸 어찌 알고 온 거야?"

"몰랐지. 흔적을 따라왔는데 네가 보이더라고."

"흔적? 그럼 그쪽에도?"

장안호와 모용정이 발견한 것은 부러진 나뭇가지였다. 숲에서 나뭇가지가 부러진 것이 어찌 흔적이 될 수 있을까마는, 우거진 나무 덤불에 사람 하나 지나갈 만한 구멍이 뚫리며 떨어진 나뭇가지라면 이야기

가 달라진다. 그들이 오르던 길은 나무 덤불이 우거져 있었다. 장안호
와 모용정은 그 나무 덤불이 가리키는 곳을 따라 걸음을 옮긴 것이었
다.

"그럼 그들이 이곳을 지나갔다는 뜻인가?"

"움직임의 방향을 생각한다면 그렇게 생각할 수 있겠지요. 저희가
찾아낸 곳에서 이곳으로 움직임이 이어져 있다면… 산을 넘지 않고 돌
아갈 심산이겠군요."

모용정은 낙엽 위로 이어진 흔적을 따라 시선을 옮기며 단정했다.
그런 모용정의 귀에 동생의 목소리가 들렸다.

"그런데… 너무 쉽지 않나?"

"음? 뭐가?"

"이 흔적 말이야. 너무 쉽게 찾아낸 것 같아서. 만약 이것도 가짜라
면…….'

모용준의 말에 모용정이 잠시 생각에 잠겼다. 하나 이내 고개를 저
으며 동생의 기정을 무시했다.

"그들에게 그 정도로 여유가 있을까? 뗏목에서 내린 이들은 모두
넷. 그들 중 하나, 혹은 둘이 남은 부상자를 도주시키기 위해 관도 위
에 하룻길이나 걸리는 가짜 흔적을 만들어야 했어. 그런데 산을 넘으
며 또다시 가짜 흔적을 만든다? 시간을 소모하면서? 그들은 그럴 이유
가 없어."

"어쨌든 산을 넘는다는 것에는 틀림이 없으니까?"

모용준의 말에 모용정이 고개를 끄덕였다. 그의 말이 옳았다. 그들
의 흔적은 산을 돌고 있었다, 조금 편해 보이는 길로 완만하게. 하지만

분명히 아래가 아닌 위로 향하고 있었다. 중앙으로 이어진 길은 경사도 제법 심해, 부상자와 함께 넘기엔 여러모로 불편함이 많아 보였다. 힘들게 넘느니 조금 돌아가는 편이 더욱 빠를 수도 있었다. 아니, 그들은 그렇게 판단했을 것이다, 분명히.

"용 대인을 불러야겠습니다."

"아, 그러지 않는 게 나을 것 같아."

설기룡의 말에 모용정이 손을 흔들었다.

"나도 장담은 했지만, 그래도 만에 하나를 생각하자. 우리가 찾은 흔적이 가짜라는 가정을 지우지 말자는 거지. 적어도 나와 장 호법님이 찾은 흔적은 산 아래에서 이어진 흔적이었어. 그리고 그 흔적은 이곳으로 이어졌고."

"이 흔적이 가짜라면, 용 대인이 가는 쪽으로 그들이 움직였을 수도 있다?"

"그렇지. 그러니 우리는 흔적을 따르고, 용 대인은 또 다른 흔적을 찾는 거야. 산을 넘는 거나 돌아가는 거나 시간상으로는 별 차이가 없을 거야. 조금 서둘러 움직인다면 우리가 빠를 수도 있지."

모용정의 말에 반대하는 사람은 없었다. 한 사람을 빼곤.

"나는 원래의 방향으로 가겠네. 자네들은 흔적을 뒤쫓도록 하게."

장안호의 말에 사람들의 시선이 모아지고 있었다.

"이것이 가짜라면 용 대인이 움직이는 방향뿐 아니라 산 중앙의 이동도 의심해 봐야 하네. 그리고 산을 돌아 다시 만난다면 시간이 지체될 수밖에 없지. 내가 산 가운데를 넘으며 용 대인을 찾아보겠네. 나 혼자 움직인다면 산을 넘는 것도 그리 어려운 일은 아니니."

장안호의 말에 모용정의 얼굴이 조금 붉어졌지만, 감히 반박할 수는 없었다. 무공이 일천한 모용정과 함께하는 추적은 아무래도 시간이 지체될 수밖에 없었다. 게다가 이미 흔적을 발견하였으니 더 이상 자신이 함께하지 않아도 될 것이다. 설기룡과 모용상아라면 가패가 기다리고 있다 해도 당장 어찌 되지는 않을 것이다. 네 사람이나 몰려가는 길에 나타나 드잡이질을 할 만큼 여유롭지도 않을 것이고.

"그렇게 하시지요. 그럼 산 너머에서 만나는 것으로 알겠습니다."

"그래, 자네들도 서두르게. 산을 돌아가는 것도 제법 시간을 요하는 일. 물론 자네 두 사람이라면 쉽게 뒤쫓을 수 있을 것이네만……."

모용정과 모용준은 고개를 끄덕여 보이며 자신감을 나타냈다. 방향이 정해졌으니 움직여야 했다. 자리를 떠나기 전 장안호가 모용상아의 곁으로 다가왔다.

"상아야."

"예, 숙부."

"…아니다. 몸조심하여라."

장안호는 질녀의 눈을 바라보는 것으로 만족했다. 아직 가정을 꾸리지 못한 장안호에게 코흘리개 시절부터 자신을 따르던 모용상아의 존재는 질녀라는 말로 정의될 수 없는 것이었다. 아끼고 아껴도 모자라게만 느껴지는 아이. 그런 아이의 행복을 위해서라면 자신이 하지 못할 일은 그리 많지 않았다.

'한마디 암시를 주는 것만으로도 내 생각 모두를 알아챌 만큼 영특한 아이. 너에게 이런 살가운 눈빛을 받게 되는 것도 지금이 마지막일 듯싶구나.'

느낌이었다. 질녀가 자신과 함께 가선 안 된다는 것. 산의 중심을 통과하는 길로 가야만 한다는 것. 이 산을 넘기 전… 그를 다시 만나게 될 것 같다는 것. 그 모든 것은 느낌일 뿐이었다. 지금이 아니라도 언젠가는 이루어질 일. 차라리 질녀의 시선이 닿지 않는 곳에서 그를 만나는 것이 나을 것이라 생각했다. 차라리…….

"숙부도 조심하세요. 산 너머에서 만나도록 해요."

모용상아가 그간의 서먹함을 털어버리려는 듯 밝게 웃으며 화답했다. 장안호는 그런 질녀의 눈을 잠시 동안 더 바라보다 등을 돌렸다. 그의 뒷모습이 눈에 밟혔지만 모용상아는 이내 일행을 따라 길을 재촉했다.

'산을 내려가면… 솔직하게 말해야겠어. 그동안 죄송했다고…….'

모용상아는 장안호의 진심을 알 수 있었다. 그리고 그의 진심이 자신의 가슴을 몇 번이나 두드렸는지도 알았다. 이제 걸어 잠근 마음의 문을 열어야겠다는 생각이 들었다. 세가에서처럼 숙부의 등에 업혀봐야겠다고도 마음먹었다.

…그것이 사랑하는 숙부의 마지막 모습이었다.

*　　　*　　　*

'두 사람 남았다.'

마오는 거대한 고목 뒤에 숨어 산을 오르는 사람들을 바라보고 있었다. 마오의 뺨 위로 손가락만한 벌레가 기어가고 있었지만, 그의 시선은 사람들에게 고정되어 있을 뿐이었다. 마오가 남긴 흔적을 따라 사람들이 이동하는 모습을 보았다. 그들은 산을 돌아 넘을 것이고, 사라진 흔적에 어리둥절해하다가 결국 관도로 향할 것이다. 혹시 다시 산으로 들지도 모르는 일이었지만, 그거야 그때 가서 고민해도 늦지 않는다 생각하고 있었다. 도망자들에게 추적자가 인근에 있음을 알리는 것은 그리 어려운 일이 아니었으니까. 한데 그런 계획이 조금씩 틀어지고 있었다. 흔적을 발견하지 못한, 아니, 자신이 남겨놓은 흔적을 비켜 간 두 사람이 그대로 산을 오르고 있었다. 방향으로 보아 초가가 자리한 협곡으로 이르기는 어려워 보였지만, 그래도 두고 볼 수만은 없는 일이었다.

'일 꼬였다.'

마오의 인상이 살짝 찌푸려졌다. 이대로 초가로 달려가 그들에게 경고를 해야 하나 싶기도 했지만, 결국 조금 더 두고 보자는 쪽으로 마음을 먹고 있었다.

산과 동화된 듯한 움직임에 앞서 가는 용호와 조포는 그의 기미를 눈치채지 못하고 있었다. 마오의 온 신경은 그들 두 사람의 행보에 쏠려 있었다. 그래서 산을 돌던 추적자들이 방향을 바꿀 것이란 생각을 할 수가 없었다. 알았다 하더라도 두 곳의 움직임을 모두 감시할 능력은 없었지만, 마오의 시선이 용호에게 집중된 탓에 장안호는 아무런 제지도 없이 산 중앙으로 이어진 협곡으로 향할 수 있었다.

"이대로 산을 넘어야 하나?"

"일단 움직일 수 있을 만한 곳은 이 수림의 경계로 이어진 좁은 길뿐입니다. 수림 안으로 갔다면 곧바로 정상으로 이어지니, 아마 수림을 따라 산의 중턱을 넘었을 겁니다."

용호와 조포의 목소리가 숲 속의 메아리처럼 들려왔다. 마오는 그들의 이야기를 들으며 조심스레 뒤를 쫓고 있었다. 수림을 따라 산의 중턱을 향하는 길이라면 초가의 모습이 보이지 않을 것이다. 초가는 수림으로 이어진 길에서 제법 가파르게 내려앉은 협곡 안에 자리하고 있었으니, 이변이 없는 한 그들은 지나치게 될 것이다. 하나 마오는 끈질기게 그들의 뒤를 쫓고 있었다. 그래도 그들과 가장 가까이 있는 추적자들은 이들이었으니까. 용호의 모습이 조금씩 멀어지고 마오의 모습도 점점 길어지는 그들의 그림자와 함께 사라져 갔다.

*　　　　*　　　　*

손 노인은 늘어지게 낮잠을 잔 후에야 방문을 열고 나왔다. 중천에 떠 있던 해는 벌써 산 너머로 넘어갈 채비를 하고 있었다. 기지개를 켜며 나온 손 노인이 눈을 비볐다. 딱딱하게 굳은 눈곱이 떨어졌지만 아직 잠이 완전히 달아난 눈은 아니었다.

"아이고, 허리야. 늙으면 잠이 없어진다던데, 이놈의 잠은 어찌 자도 자도 모자라기만 하누."

가볍게 두어 번 두들긴 후 허리를 펴자 텅 빈 초가 앞마당이 손 노인의 주름진 눈에 가득 찼다.

"다들 어딜 갔나?"

한의 신발은 가지런히 놓여 있었고, 부엌에서는 달그락거리는 소리가 들리고 있었다.

"가패 이 사람은 또 어딜 간 거야?"

손 노인은 길게 하품을 한 번 하곤 가패를 찾기 위해 걸음을 옮겼다. 이 지루한 산중 생활에서 대화를 나눌 만한 상대라곤 냉 의원과 가패뿐이었다. 밥 짓느라 정신없는 암고양이를 건드려 봐야 본전도 못 찾을 것이고, 말 못하는 벙어리와 어떻게 대화를 나눌 것인가를 고민하느니 차라리 어딘가에 있을 가패를 찾는 것이 나았다.

'이런, 그러고 보니 덫을 확인한다는 걸 깜빡했군.'

손 노인은 산중 생활의 유일한 소일이자 낙을 잊어버리고 있었다는 사실을 깨달았다.

'점심 먹고 슬슬 다녀오자 마음먹고 있었는데… 하여튼 늙으면 죽어야지.'

손 노인은 걸음을 재촉하며 숲으로 들고 있었다. 초가 주위로는 짐승들이 다가오지 않았기에 조금 멀리 떨어진 숲까지 걸어가 덫을 놓아야 했다. 덫이라 해봐야 끈으로 만든 올가미가 전부였다. 하지만 인적이 없는 산이라 그런지 조심성없는 토끼나 꿩 따위가 제법 많았고, 덕분에 삼시 세끼 고기가 떨어질 걱정은 없었다. 숲 언저리에 이르자 손 노인은 바닥에 떨어져 있던 작은 나뭇가지를 집어 들고는 덫을 놓아둔 자리를 찾아 숲 안으로 들어섰다.

"어디였더라? 여기 어디였던 것 같은데……."

보통은 덫 놓은 자리를 애써 찾을 필요가 없었다. 덫에 걸린 짐승이 자신의 발자국 소리에 놀라 버둥거리는 소리에만 귀 기울이면 그만이었으니까. 하나 아무래도 오늘은 공을 친 것 같았다. 숲은 조용했고 움직임이나 부스럭거리는 소리 따위는 전혀 들리지 않고 있었다. 평소와는 다르게 이상하리만치.

"다들 달아난 모양이구먼. 뭐, 한 사흘 잘 잡았으니 되었지. 내일은 저 건너편 숲에다나 덫을 놔봐야……."

걸음을 옮기던 손 노인의 걸음이 우뚝 멈췄다. 덫을 찾았다. 그리고 자신의 눈을 의심하며 마른침을 삼켰다. 산토끼 따위와는 비교도 할 수 없는 큰 짐승이 덫을 밟고 서 있는 것을 보고 있었다. 당장에라도 달려가 횡재수에 기뻐해야 했지만, 놀라 크게 떠진 두 눈은 기뻐하지 않았고, 후들거리는 다리는 달려갈 생각을 하지 않았다. 오히려 덫에 걸린 그 짐승에 놀라 천천히 뒷걸음질치고 있었다.

"달아나지 못한다는 것을 안다면… 멈춰라."

덫에 걸려 있던 짐승. 손 노인을 바라보던 그가 조용히 입을 열었다. 그 목소리에 손 노인은 학질이라도 걸린 사람마냥 오들오들 떨면서도 뒷걸음질을 멈췄고, 덫을 밟고 서 있던 그가 다가오고 있는 것을 보면서도 달아날 생각조차 하지 못하고 있었다.

"그는 어디 있나?"

코앞까지 다가온 그가 다시 한 번 말했다. 손 노인은 그의 말에 답할 생각도 못한 채 자신의 어리석음만 한탄하고 있었다.

'어리석었구나, 어리석었어. 저들이 뒤쫓는다는 것을 알면서도 덫을 놓다니… 내 무덤을 내가 팠구나.'

지난 닷새간의 무료함에 긴장을 푼 것이 문제였다. 첩첩산중이라 안심했던 것이 화근이었다. 욕심을 부린 것이 잘못이었다. 설마 이곳은 찾지 못할 것이라 안심했던 것이 가장 큰 실수였다. 그 모든 것이 장안호를 이 자리에 있게 한 것이었다.

"다시 한 번 묻겠다. 그는 어디 있나?"

검도 뽑지 않았다. 고함을 치는 것도 아니었다. 하지만 그의 목소리에는 거부를 허락지 않겠다는 의지가 어려 있었다. 손 노인은 죽음이 가까이에 있음을 느낄 수 있었다.

"멀리… 있소."

"앞장서라. 그자만 찾는다면 늙은 목숨까지는 바라지 않겠다."

장안호의 말에 손 노인은 살았다는 안도보다 짓지도 않은 죄의 죄책감을 먼저 느껴야 했다. 죄책감을 느꼈으니… 죄를 지을 차례였다.

"따라오시오."

손 노인은 떨리는 몸을 억지로 진정시키며 앞장섰다. 늙은 심장이 세차게 박동하고 있었지만, 텅 빈 머리 속에는 아무런 생각도 떠오르지 않고 있었다. 한 십 년만 젊었다면 이렇게 초라한 모습으로 길잡이나 하지는 않았을지도 모른다는 생각이 들었다. 그래도 며칠간 함께 살을 부비며 살았던 사이, 억지로 꾀를 내어 이자의 발길을 돌릴 생각부터 했을지 모른다. 하지만 그는 늙었다. 이자의 검을 피해 달아날 엄두도 안 났고, 감히 배포를 시험할 용기도 없었다. 이제는 죽을 때도 가까워가건만, 삶에 대한 애착은 질기게도 그의 입을 다물리고 있었다.

아직 해는 완전히 저물지 않았고, 가패 역시 초가 어딘가에 있을 것이다. 이자를 데려가야 한다면 차라리 해가 있을 때 서두르는 편이 나았다. 자신의 움직임이라도 먼저 발견할 수 있도록 서둘러야 했다. 달아날 수 있다면 좋고, 달아나지 못했다면 준비라도 할 수 있도록… 그것만이 목숨을 부지하기 위해 사신(死神)을 이끌어야 했던 늙은이의 유일한 위안이었다.

"오늘은 이만하면 되었어. 땀을 흘리니 몸이 가벼워진다. 노력한 만큼 얻는다는 이 간단한 진리를 왜 잊고 살았던가."

가패는 옷을 들어 이마의 땀을 닦고 가슴의 흥건했던 땀마저 훑어 내렸다. 하루의 절반은 산을 돌았고, 나머지 절반은 무공을 다시 익히는 데 소비하고 있었다. 무창의 흑룡왕으로 군림하던 지난 오 년간, 그가 직접 나서 싸워야 했던 일은 거의 없었다. 그저 가벼운 손짓이면 족할 일들의 연속. 그의 몸은 나태해져 있었다.

그렇게 잠들어 있던 몸을 일깨운다는 심정으로 어색한 수련을 시작했다. 몸 안의 탁기를 몰아내기 위해 조금 심하다 싶을 만큼 몸을 혹사시켰다. 마보를 잡고 도를 휘두르는 기초적인 수련에서, 마음속의 적과 치열한 공방을 펼쳐 보는 심상 수련까지. 처음 도를 잡았을 때만큼은 아니지만, 그때보다도 더욱 절실한 마음으로 수련에 몰두했다. 지난 패배는 실력의 차이라 할 수 있었지만, 그가 조금 더 무공에 매진했었다면 그렇게 허무하게 끝나지 않았을지도 모른다. 적어도 그 자신은 그렇게 생각하고 있었다. 어쩌면 한이 보여준 하나의 경지가 그의 승부욕에 불을 지핀 것일지도 모른다.

'서른도 안 된 그가 오십을 넘긴 나보다 높은 경지를 바라보고 있다. 지닌 바 무학의 차이라면 한탄이라도 해보겠지만, 그가 보여준 경지는 그만큼의 수련이 수반되지 않고는 바라볼 수 없는 경지였다. 나는 무학뿐 아니라 노력에서도 그에게 뒤처진 것이다.'

배움의 짧음은 흉이 아니지만, 수련을 게을리한 것은 입이 열 개라도 할 말이 없는 법이다. 가패는 스스로를 창피하다 여겼기에 사람들의 눈을 피해 다시금 수련에 열중하고 있었던 것이다.

'너에게는 목표가 있고 나에게는 없다는 것의 차이겠지. 너도 복수를 해야 하고, 나도 복수를 해야 하는데… 너는 일어섰고, 나는 주저앉았다. 너의 복수가 끝나면…….'

가패는 상념을 털며 도를 들고 자리에서 일어섰다. 뱃속의 허기와 어둑해지는 하늘이 그의 발길을 재촉하고 있었다. 하나 자리에서 일어선 가패는 걸음을 멈추며 본능적으로 나무 뒤로 몸을 숨겼다.

'장안호?!'

앞서 걷는 손 노인의 모습은 눈에도 안 들어왔다. 그의 뒤를 따르는 장안호의 모습에 가패의 몸은 경직되어 가고 있었다.

'젠장!'

속으로 쓴 소리를 뱉은 가패가 재빨리 뒤로 돌아 달리기 시작했다. 장안호가 왔다면 다른 이들도 왔을 것이다. 아니, 이번에는 몇 명이나 되는 자들이 왔을지 짐작할 수도 없었다. 서둘러 달아나야 했다. 세월을 잊게 만들었던 산중 휴식은 오늘로서 마지막이었다.

마침 부엌에서 나오던 예향의 눈에 초가로 달려오던 가패의 모습이 보였다. 무언가에 쫓기는 듯한 다급함이 십여 장의 거리를 격하고 느껴졌다. 예향은 들고 있던 물통을 내던지고는 신발도 벗지 못한 채 한이 있던 방으로 뛰어 들어갔다.

"일어나! 큰일났어!"

예향의 다급한 외침에 한의 눈이 빛을 발했다. 그리고 낚아채듯 검을 들고는 예향을 스치며 방을 뛰쳐나갔다. 어느새 초가 앞까지 당도

한 가패의 모습이 보였다. 가패의 다급한 눈빛이 한의 눈과 마주쳤다.

"장안호다. 손 노인이 붙잡혔어. 지금 이곳으로 올라오고 있으니 서둘러 달아나야 한다. 시간이 없어."

가패의 다급한 말에 예향이 부리나케 방으로 들어갔다. 달아날 때 달아나더라도 대충이나마 짐을 챙겨야겠다는 생각이었나 보다. 한도 다시 방으로 들어가 자신의 짐과 장포를 챙겼다. 하얀 옷과 검은 장포가 일견 어색하긴 했지만, 지금은 옷을 갈아입는 따위의 짓거리로 보낼 시간이 없었다. 장포를 대충 걸친 한은 구석에 있던 봇짐을 들어 어깨에 가로 멨다. 봇짐에서 느껴지는 딱딱한 느낌. 등 뒤로 느껴지는 그녀의 느낌에 절로 마음이 가라앉고 있었다. 한은 잠시 감았던 눈을 뜨고는 방을 나섰다. 예향이 작은 짐을 가슴에 품고 그를 기다리고 있었다.

"노인네는?"

막 출발하려던 한의 걸음이 예향의 말에 멈추어 섰다. 그녀의 물음에 가패가 입술을 깨물며 말했다.

"어쩔 수 없다. 손 노인에겐 미안한 일이지만… 구할 방법이 없다."

손 노인을 잡고 있는 사람은 다른 사람도 아닌 장안호였다. 가패와는 이미 승부를 낸 사이였고, 한 역시 승부를 점치기 힘든 상대였다. 한이 정상적인 상태였다면 모를까, 그의 몸은 아직 장안호를 상대하기엔 무리가 있었다. 손 노인을 구하겠다는 생각은 만용이었다. 그를 구하기 위해 위험을 자초할 수는 없었다. 일단은 살 사람부터 살아야 했다.

"그래도……."

예향은 차마 떨어지지 않는 걸음을 억지로 주춤 떼며 연신 뒤를 돌아다보았다. 보기만 하면 껄떡거리던 얄미운 영감탱이였지만, 그래도 죽을 것이 뻔한 자리에 두고 가는 것이 아무렇지 않을 만큼 무심한 사이도 아니었다. 아무리 어쩔 수 없는 상황이라지만…….

"음? 뭐 해? 서둘러야 한다니까?!"

가패의 목소리가 조금 높아졌다. 예향은 뒤를 바라보던 고개를 돌려 가패를 찾았다. 그는 우뚝 멈춰 버린 한을 바라보고 있었다.

"이 멍청한 자식! 손 노인은 못 구해!"

가패의 눈에 핏발이 서고 있었다. 화가 났다. 이 멍청한 벙어리 자식이 무슨 생각으로 멈춰 섰는지 알 수 있었다. 그래선 안 되는 것이라 생각했다. 지금은 멈출 때가 아니었다. 멈춰서 해결될 문제가 아니었다. 지금은 몸을 피하고 후일을 도모해야 했다.

'이 자식아! 이렇게 물러 터져서 무슨 복수를 하겠다는 거냐!'

가패의 입 안에서 맴돌고 있던 외침. 그의 말을 듣진 못했지만, 그가 무슨 생각을 하고 있는지는 한도 잘 알고 있었다. 하지만 이번만은 한도 어쩔 수가 없었다.

'난 인간임을 잊었다. 하지만… 한낱 금수도 은혜는 잊지 않는 법이다.'

한은 가패의 시선을 피하며 몸을 돌렸다. 그리고 초가의 마당으로 들어서는 그에게 시선을 던졌다. 장안호의 차가운 시선이 그를 부르고 있었다.

*　　　　*　　　　*

"왜 그래?"

"어? 아니… 그냥."

모용준의 물음에 모용상아는 고개를 저었다. 부쩍 말수가 적어진 모용상아였지만, 그나마 살갑게 다가서 주는 모용준이 있어 간간이 입을 열곤 했다. 지금도 모용상아는 가던 걸음을 멈추곤 멍한 눈으로 뒤를 돌아보고 있었다.

"벌써 저만큼이나 벌어졌다."

모용준의 말에 모용상아의 시선이 제자리로 돌아왔다. 설기룡과 모용정은 서로 이야기를 주고받으며 앞서 나가고 있었다. 모용상아는 작게 한숨을 내쉬곤 걸음을 떼었다.

"자네, 조금 더 상아에게 관심을 가지는 게 어떤가?"

모용정의 말에 설기룡이 고개를 들었다.

"상아가 많이 힘들어하는데… 아무래도 나나 준이가 해줄 수 있는 게 별로 없어. 자네 마음은 이해하네만… 그래도 어쩌겠는가. 남자가 대범한 모습을 보여야지."

"알고… 있습니다."

설기룡은 마지못해 대답하는 듯했다. 그의 마음도 착잡하기는 매한가지였다. 며칠간 이어진 추적의 와중에 모용상아의 마음은 더욱 굳게 닫혀진 듯했다. 자신의 눈길을 피하고, 함께 걷는 것조차 꺼려하는 것 같았다. 이제는 먼저 말을 걸고 싶어도 쉽게 걸 수 없는 지경에 이르고 있었다. 문득 모용준과 나누는 이야기를 훔쳐 들어도 자신의 이야기는 하지 않는다. 그저 추적을 그만두고 싶다는 이야기뿐.

"상아도 이제 혼기가 차가고 있어. 백부님도 이제는 조금 진지하게 생각하시는 것 같고. 물론 상아의 혼인 상대로 자네가 가장 어울린다는 데에는 백부님을 비롯해 세가의 누구도 이견이 없네. 하지만 요 근래 자네들 모습을 보니 솔직히 걱정이 앞서네."

"너무… 걱정하지 마십시오."

모용세가에서 설기룡의 위치는 모용세가주의 대제자였다. 자질도 뛰어나고 배움도 탁월해 가주의 총애를 받고 있었다. 하북무림에서 촉망받는 후기지수이며 내부로는 모용세가주의 사윗감으로 이미 소문이 자자한 이가 바로 설기룡이었다. 하나 지금의 그는 그러한 후광과 명성이 닿지 않는 곳에서 초라해지고 있었다. 사랑했던 정인은 근본도 알 수 없는 살인자에게 마음을 빼앗겨 힘들어하고 있었다. 스스로 참아내는 기색이 역력했지만, 그런 감정은 감춘다고 감춰지는 것이 아니었다. 그리고 그런 감정의 변화를 가장 가까운 곳에서 지켜봐야 했던 이가 바로 설기룡 자신이었다. 하지만 설기룡은 분노할 수 없었다. 힘들어하는 여린 정인을 욕할 수도 없었지만, 그를 더욱 비참하게 만든 것은 바로 그녀의 마음을 빼앗아간 그의 존재였다.

'나는 소인배다. 그가 그녀의 마음을 빼앗은 것이 아니라, 그녀가 그에게 마음을 내어준 것을 알면서도 그를 미워하고 시기한다. 나는 비겁한 자이다. 그의 목을 베어내는 상상을 하루에도 열두 번씩 하고 있음에도, 정작 그와 마주친 순간 검을 꺼낼 자신은 없다. 나로서는 어쩔 수 없는 고수. 나는 사랑을 얻기 위해 목숨을 내놓을 자신도 없는 나약한 자였다.'

그는 강하다, 세가의 최고 고수라 일컬어지는 장안호와 마주해도 우열을 가리기 힘들 만큼. 장안호는 강호에서 알아주는 고수다. 하북에서도 손꼽히는 고수이며, 천하 어딜 가도 이름 석 자 정도는 알려져 있을 정도로 강한 무인이었다. 그런 장안호와 비등한 경지. 두려움은 검을 맞대기 전 이미 그의 마음 깊숙이 자리해 버렸다. 이런 두려움을 품은 채 모용상아에게 다가가는 것이 부끄러웠다.

'혹시 그가 그녀를 원한다면, 나는 그를 막을 수 있을까? 막으려 나설 수나 있을까?'

부끄러운 생각이 그의 머리 속을 어지럽히고 있었다. 차마 입 밖으로 내보일 수 없는, 사내로서 얼굴을 들지 못할 만큼 치욕스러운 상상이 그의 마음을 뒤흔들고 있었다. 하지만 그는 아직 포기하지 않고 있었다.

'세가로 돌아가야 한다. 누구에게도 상아를 빼앗기지 않을 만큼 강해져야 한다. 그리고… 다시는 네 앞에서 부끄러워하지 않을 것이다.'

설기룡의 마음속 좌절이 지나간 자리 위로 욕망이 끓어오르고 있었다. 강한 힘에 대한 동경. 어느 누구에게도 자신의 여인을 빼앗기지 않겠다는 다짐. 그는 시련을 벗어나는 길로 강한 힘을 선택했다.

"부디 상아를 잘 부탁하네."

"걱정하지 마십시오. 누구도 우리를 갈라놓을 수 없습니다."

모용정은 설기룡의 단호한 대답에 무슨 일인가 싶었지만, 모용상아에 대한 애정을 그리 표현한 것이라 생각하며 흡족해하고 있었다.

설기룡은 힘을 기르기로 했다. 자신의 것을 지키기 위한 힘을. 자신이 바라는 것을 얻게 해줄 수 있는 그런 힘을. 그리고 그런 힘을 얻을 수만 있다면, 천하에 그가 하지 못할 일은 없었다. 아무것도.

第二十四章

장안호의 죽음

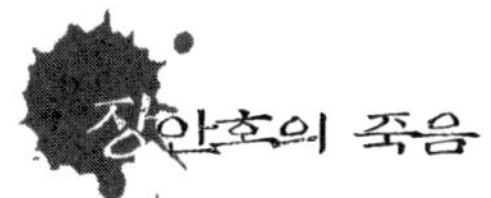

산중의 밤은 일찍 찾아온다. 하늘은 아직은 엷게 남겨진 낮의 자취와 서둘러 찾아와 하나둘 반짝이는 밤의 징조가 서로 뒤엉켜 있었다. 이제 하늘이 어둠의 차양을 두르고 나면 소란스러웠던 산은 조용히 잠이 들 것이다. 하늘이 이끄는 천지간의 순리는 대지의 힘만으론 막을 수 없으니.

한데 그런 대지를 밟고 서 있는 두 미물이 하늘의 조화를 무시한 채 수면을 방해하고 나섰다. 하늘과 땅의 소통을 방해하는 쇠붙이 따위를 들고, 산의 지기를 거스를 만큼 사나운 기운을 뿌리며, 이 발칙한 두 미물은 조금씩 서로에게 다가서고 있었다. 그 미물들의 목소리가 산중으로 퍼지고 있었다.

"오랜만이군."

　　장안호의 목소리는 비록 미약한 살기가 어려 있긴 했지만, 생사대결을 펼쳤던 사이답지 않은 무심함으로 채워져 있었다. 그의 말에 가패가 가만히 앞서 나와 입을 열었다.

　　"노구를 이끌고 용케 찾아오셨구려. 산세도 험하던데 고생하셨소."

　　"산세는 그리 험하지 않았네만, 이런 궁벽한 곳에 숨어 있는 자네들을 찾아내느라 조금 고생을 하긴 하였네."

　　가패는 장안호와 대화를 나누면서도 그의 주위를 유심히 살폈다. 그런 가패의 마음을 눈치챘는지 장안호가 입을 열었다.

　　"그리 두리번거릴 것 없네, 나 혼자 왔으니."

　　"……?!"

　　가패는 흠칫 놀라며 그를 바라보았다. 하나 하늘은 이미 검게 물들어가던 중이었기에 그의 눈에서 진위를 가려내기란 불가능했다. 그들의 틈 사이로 입을 열 기회만 보던 손 노인이 힘겹게 입을 열었다.

　　"미안허이."

　　가패는 손 노인의 말에 답을 할 수 없었다. 손 노인이 목숨을 부지하기 위해 이곳으로 장안호를 이끌었다면, 가패는 자신의 목숨을 부지하기 위해 손 노인을 버리려고 하였다. 누워서 침을 뱉으면 피할 수가 없는 법이었다.

　　"나한테 미안할 것 없소, 저 답답한 친구가 멈춰 선 것이니."

　　가패는 투덜거리면서도 장안호의 일거수일투족에 눈을 떼지 못하고 있었다. 장안호와 손 노인의 눈이 동시에 한에게로 향했다. 두 시선에 보인 감정은 달랐으나 이유를 묻는 것은 같았다.

　　"어차피 달아났다 하더라도 이내 잡혔을 터. 잠시나마 고생을 덜었으니 내가 고마워해야겠군.”

장안호의 말에 한의 고개가 움직였다. 대답을 하기 위한 고갯짓이 아닌 손 노인을 가리키는 동작이었다. 장안호는 순간 그 건방진 행동에 발끈할 뻔했다. 하나 벙어리 몸짓에 호통을 칠 수는 없는 일. 그가 물어본 질문에 순순히 답해주었다.

“네가 달아나지만 않는다면 이 노인은 해치지 않겠다. 아니, 저 여인과 가패 역시 어디로 가든 상관치 않겠다.”

한의 눈에 의아함이 어렸지만 이내 사라졌다. 저들이 관원과 함께 있었고 그 관원은 자신을 뒤쫓아왔다. 결국 목표는 자신 혼자였다. 하나 가패는 그런 장안호의 말을 믿지 않았다.

“홍! 모용세가가 천하의 지낭이라더니, 그곳의 호법도 머리 굴리는 것이 비상하구려. 저자의 말을 믿지 말게. 자네와 내가 서로 연수하지 못하게 할 심산이야.”

“갈!”

장안호의 일갈이 사람들 곁을 휘몰아쳐 지나갔다. 그 서슬 퍼런 기세에 가패조차 말문을 잠시 막았다.

“내 스스로 강호인이라 자칭한 지 사십 년이 넘었지만, 아직 도적의 수괴 따위에게 이런 모욕을 겪은 기억은 없다. 나는 모용세가의 호법이다. 일문의 호법이라면 그 행동은 가문의 명성을 담보하는 것. 내가 내 가문의 이름을 팔아가면서까지 거짓을 지껄일 위인으로 보이는가?!”

장안호의 분노는 순수했다. 그 순수한 노기를 담은 일갈이 가패의 심장에 비수처럼 박혀들었다. 자신이 속한 조직에 누가 되는 일은 목숨으로도 다 속죄치 못할 일. 그는 자신이 장안호를 잘못 판단했음을 인정해야 했다.

"…실언을 했소. 하나 일문의 호법을 상대함에 두 사람의 연수는 흉이 되지 않을 터. 사과를 받고 싶다면 두 사람의 연수도 받아주시오."

"사과 따위는 필요없다. 두 사람이 연수하여 내가 패하더라도 나는 그것을 탓하지 않을 것이다."

장안호는 노기가 가라앉지 않은 눈으로 가패를 노려보다 손 노인의 등을 떠밀었다. 두세 걸음을 밀려난 손 노인이 뒤를 한 번 돌아보곤 가패가 있는 쪽으로 달려갔다.

"내가 볼일이 있는 자는 저자 한 사람이었을 뿐. 저자를 도왔다는 사실만으로도 함께 목숨을 거두어야 할 것이나 불필요한 살생이라 여겨 보내준 것이다. 양민의 피를 보고 싶지는 않으니 당장 떠나라."

장안호의 말에 손 노인이 눈치를 살폈다. 하나 꿈쩍도 안 하고 서 있는 예향을 바라보곤 그 역시 한편에 물러나는 것으로 모든 움직임을 마쳤다.

"죽이기 전 죽는 연유를 말해 주는 것이 강호의 법도. 너는 무고한 양민 네 사람을 죽였고, 무창의 초가장에서는 그들 중 한 사람과 함께 있던 본 가의 무사 두 사람을 잔인하게 살해하였다. 나 장안호는 모용세가의 호법으로 본 가의 무사를 해한 그대에게 혈채를 받고자 한다. 또한 관부의 청을 수락하여 연쇄 살인범의 검거에 협조하기로 하였는바, 삼 년 전 복건 금가장에서 서른세 명의 무고한 양민을 해친 흉수로 지목된 그대를 생포하여 관에 인계하고자 한다."

장안호의 품에서 날카로운 소음과 함께 장검이 뽑혀지고 있었다.

"순순히 포박당한다면 그대의 목숨을 보전하여 관에 인계할 것이다. 하나 그대가 검을 뽑아 대항한다면… 내 사양치 않고 죄인의 수급을 취하겠노라."

장안호의 마지막 말과 함께 새하얀 검신에 새파란 기운이 스멀거리기 시작했다. 해가 진 산중의 적막함 속에서 그것은 귀광처럼 부유하는 듯 보였다.

"싸움이 시작되면 내가 선공을 맡겠다. 그래도 내가 너보다는 몸 상태가 나을 테니까. 너는 저자의 후위로 돌아가. 저자의 신경만 분산시켜도 승패는 반반이다. 이봐, 듣고 있는 거야?"

가패의 전음에도 한은 반응이 없었다. 그의 시선은 장안호를 좇고 있었다.

"너… 어리석은 생각 하지 마. 지금의 너는 혼자 저자를 상대할 수 없다. 지금은 내 일, 네 일 따질 때가 아냐. 저자를 해치우지 못하면 모두 죽을 수도 있다. 그러니……."

'죄인…….'

한은 말없이 장안호를 바라보고 있었다. 가패의 전음이 그의 고막을 파고들고 있었지만, 무표정한 얼굴만 보아서는 그의 전음을 승낙한 것인지 거부한 것인지 알 수가 없었다. 장안호의 전신에서 뿜어지는 기세가 밀려와 한의 뺨을 때리고 있었지만, 그는 미동도 하지 않고 있었다.

'너희들은 왜 그들을 단죄하지 못했는가?'

한의 몸에서 옅은 기운이 퍼지며 장안호의 기운에 맞서기 시작했다. 가패가 무어라 말을 하는 듯했지만 들을 수가 없었다.

'하늘이 알고 땅이 알고 내가 아는데… 왜 그대들만 모르는 것인가?'

 피할 수 없는 싸움이라는 것은 머리가 아닌 몸이 먼저 느끼고 있었다. 적대적인 기운이 몸을 감싸자 한의 내력이 그에 반응하며 들끓기 시작했다.

 '서른세 명의 죽음? 웃기지 마라. 나는 그 불길 속을 헤쳐 나왔다. 내 품에 안겨 숨진 그분은 내 목숨보다 귀한 분이었기에, 너무나 억울한 죽음에 눈도 감지 못하셨기에 나는 그 지옥의 겁화 속에서 함께 죽을 수가 없었다. 어리석은 자야, 금가장에서 죽은 이는 서른두 명이다.'

 한의 손이 검을 잡아갔다. 그리고 산 위로 모습을 드러내고 있는 월광처럼, 그의 거검이 그 거대한 거체를 서서히 드러내기 시작했다.

 '죄인? 나에게 죄가 있다면… 그분을 마지막까지 모시지 못한 죄뿐이다.'

 스르릉!

 한의 손에 뽑혀진 거검이 마주 떠오르는 월광을 반사시키며 낮은 울림을 토해내고 있었다. 교교한 월광과 날카로운 살기. 한의 거검 위로 그 두 가지 빛깔이 어우러지며 차가운 한기를 뿜어내고 있었다. 한과 장안호의 시선이 허공에서 얽혀들고 있었다.

 '나의 복수를 가로막는다면… 그대도 나의 적일 수밖에 없다.'

 '상아를 위해서… 너는 죽어야만 한다.'

 장안호와 한의 검에 어리는 검기가 점점 더 선명해지고 있었다. 두 사람 모두 서로를 죽여야 할 이유를 찾아냈다. 이제는… 검을 떨칠 시간이었다.

"오라, 살귀!"

장안호가 검을 뒤로 숨기며 그를 재촉하고 있었다. 일수일섬의 기수식. 한은 가패를 제치며 한 걸음 나아갔다. 놀란 가패가 손을 뻗어 그를 제지하려 했지만, 몸에 닿기도 전 느껴진 손이 시려울 정도의 한기에 놀라 다급히 손을 떼었다.

'뭐, 뭐지? 이 차갑고 낯선 느낌은?'

가패는 그를 막아야 한다는 생각을 하고 있었지만, 손끝으로 느껴진 이질감에 당황해하며 나서질 못하고 있었다. 가까이하고 싶지 않은 느낌. 가까이해서는 안 될 것 같은 느낌이 가패의 앞에 넘어서지 못할 장벽을 세우고 있었다.

장안호와 한의 거리가 조금씩 좁혀지고 있었다. 오 장에 이르던 거리는 금세 삼 장으로 좁혀졌지만 한의 걸음은 묵묵히 제 갈 길을 찾고 있었다.

'이자가 온전한 상태였더라도 필승을 점칠 수 있을지 물었었나?'

장안호는 두 눈에 힘을 주었다. 겉으로는 살기를 돋우며 한을 잡아먹을 듯 노려보고 있었지만, 그의 전신은 무인의 본능으로 흥분하고 있었다.

'그 대답은 잠시 후에 해주도록 하지. 싸움이 끝난 후에……'

검을 쥔 장안호의 손이 굳게 움켜쥐어졌다. 그리고,

쉬익!

바람에 스친 나삼의 바스락거림 같은 가볍고도 날카로운 파공성. 창의검의 일초식인 일수일섬이 공간을 찢으며 한을 향해 뿌려졌다. 삼

척의 장검으로는 어림도 없는 거리였지만, 검에서 뿌려진 섬광은 찰나
에 거리를 좁히며 한을 향해 쇄도했다. 하지만,

탱!

어느새 움직인 한의 검이 수직으로 올려쳐지며 은빛의 섬광을 하늘
높이 튕겨내 버렸다. 하나 미리 예상이라도 하고 있었다는 듯, 장안호
는 검기의 일수가 튕겨 나가자마자 거리를 좁히며 제이, 제삼의 섬광을
터뜨렸다.

챙챙!

장안호와의 거리는 사라지고 없었다. 한은 장안호의 등 뒤에서 터져
나오는 섬광을 쳐내며 다시 거리를 벌리고 있었다. 한은 검을 넓게 휘
두르지 못하고 있었다. 거검으로 거리를 벌리는 것이 유리하건만, 장
안호는 과연 강호의 노고수답게 순식간에 거리를 좁히곤 빠른 공세를
연달아 퍼부어대고 있었다.

'놈의 검과 직접 맞부딪치는 건 승산이 없다. 놈과의 거리를 지우고
틈을 노리는 것이 승기를 잡는 길이다!'

장안호는 한의 반격을 눈여겨보고 있었다. 가까운 곳에서의 공격이
기에 중병기로 분류될 법한 거검은 빠른 반응을 못할 줄 알았다. 하나
장안호의 계산은 절반만 맞은 셈이었다. 검의 길이 때문에 쉽게 반격
을 하지는 못하고 있었지만, 검을 방패 삼아 빠른 방어는 가능했기 때
문이다. 연속되는 공격으로 선기를 잡기는 했지만, 이대로 가다간 자
신의 검이 먼저 부러져 버릴 것 같았다.

'놈! 언제까지 버틸 셈이냐!'

장안호는 호흡이 달림을 느끼며 잠시 거리를 벌리기 위해 검에 내력

을 배가시켰다.

캉!

이전과는 다른 묵직한 검명과 함께 바닥을 딛고 있던 한의 신형이 반 장 정도 주르륵 밀렸다. 그리고 그 틈을 탄 장안호가 땅을 박차며 뒤로 도약해 착지했다.

'창의검의 열여덟 방위가 모두 차단당했다. 마치 열여덟 방위를 막고 있는 방패를 때리는 격. 무언가 다른 방법을 찾아야 하는데…….'

장안호는 거칠어지려는 숨을 고르며 한을 노려보고 있었다. 그의 시선을 받고 있는 한은 검을 비켜 들어 가슴을 가린 채 묵묵히 그의 시선을 받아내고 있었다. 하나 그의 내심까지 담담한 것은 아니었다.

'호흡이 가쁘다. 어느 정도는 버텨줄 줄 알았는데… 이대로는 지쳐 쓰러지는 것이 먼저다.'

장안호의 검은 빠르고 매서웠다. 뗏목에서 이런 공세를 맞이했다면 십중팔구 자신의 목이 떨어졌을 것이다. 지금은 그때보다 많이 회복된 상태였지만, 언제까지 그의 검에 놀아날 수만은 없었다.

'쾌가 동하지 않는다면 중검만이 방법. 하지만 저자의 검은 이미 병기 자체가 중병. 놀라운 일이지만 내력 면에서도 나와 큰 차이가 없어 보이니… 힘으로도 어렵고 쾌로도 어렵다. 그렇다면.'

장안호는 마음속의 가정을 현실로 옮겨보기로 했다. 장안호의 검끝이 다시금 상대를 찾아 움직이고 있었다. 한은 반쯤 몸을 숙인 상태에서 그의 다음 공세를 대비했다. 그의 키는 팔 척. 몸집이 크다는 것도 상대에 비해 불리한 점이었다.

'더 이상 쾌검으로 승부를 보려 하지는 않을 것이다. 그렇다면 이제

어떤 방법을 쓸 것인가…….'

한은 다시금 자신을 향해 움직이는 장안호의 모습을 보며 내력을 끌어올렸다.

"차앗!"

장안호의 검이 허공을 갈랐다. 지금까지와는 다른 검세. 좌측에서 시작된 검세가 유연한 곡선을 그리며 한의 검 사이를 헤집고 들어왔다. 한은 그 완만한 검세를 파훼하기 위해 검을 들어 장안호의 검로를 차단했다. 하나 한의 검이 장안호의 검과 부딪치려던 그 순간, 장안호의 검이 검명도 울리지 않은 채 한의 시야에서 사라져 버렸다.

'헛?!'

한은 급히 검을 끌어당기며 검의 흐름을 찾았다. 하나 그의 눈보다 장안호의 검이 빨랐다.

슈각!

어느 틈에 날아든 장안호의 검이 한의 허벅지를 훑고 지나쳤다. 한의 반응이 조금만 늦었더라면 살갗이 아닌 근육이 찢겨져 나갔겠지만, 다행히 재빠른 움직임 덕분에 큰 상처는 모면할 수 있었다. 한은 급히 검을 쳐올려 장안호의 검을 튕겨냈다. 그리고 잠시 열려진 장안호의 가슴 어림으로 검을 찔러 넣었다. 장안호 역시 그의 그런 공세를 짐작했다는 듯 몸을 모로 뉘이며 공격을 피했지만, 가슴 어림의 옷자락이 베어지며 그 사이로 피가 맺히고 있었다.

'검에 서린 내력이 상상 이상이다. 괴물 같은…….'

장안호는 속으로 혀를 차며 몸을 바로 세웠다. 한 역시 허벅지의 상처 탓인지 물러나는 그를 쫓지 못했다.

‘처음에는 유연한 환검으로 시작했다가 눈이 좇지 못하는 지점에서 빠른 쾌검으로 검을 바꿨다.’

한과 장안호는 또 한 번의 공방 후 잠시 소강 상태를 이어가고 있었다. 장안호의 검이 한의 틈을 찾기 위해 부산히 움직이고 있었지만, 체력 안배를 위해 수비에만 열중하는 한에게서 기회를 얻어내기란 쉽지 않은 일이었다. 밤은 깊어 달빛만이 움직임을 알아볼 수 있는 유일한 빛이었지만, 두 사람의 검에 서린 검기 탓에 서로의 모습을 놓치는 일은 거의 없었다.

‘날이 어두워진다. 싸움이 길어지기 전에 결판을 내야 한다. 지금은 저자가 수비에 치중하고 있지만, 단 일수만 허락해도 싸움은 끝나게 된다. 저런 중병기로 내 검을 막았다는 것부터 믿기 어렵긴 하지만.’

검의 무게는 움직임의 무게다. 큰 힘을 얻을 수는 있으나 빠른 움직임은 어렵다. 하지만 한은 보통 장검의 세 배는 될 무게의 거검으로 장안호의 일수 일섬을 막아냈다. 이제 싸움의 관건은 누가 더 빠른 검인가가 아니었다. 장안호가 수비의 틈을 먼저 찾느냐, 아니면 한이 공세의 틈을 먼저 찾느냐.

‘체력 안배만 하다가는 당한다. 모험을 하는 수밖에.’

‘놈의 껍질을 깰 수 없다면, 놈이 껍질 밖으로 나오게 만들어야 한다.’

두 사람의 머리 속에 떠오른 두 개의 생각. 두 자루의 검이 주인의 생각을 실천하기 위해 검기의 잔영을 남기며 밤공기를 갈랐다. 승부수가 던져졌다.

“차합!”

장안호의 신형이 땅으로 꺼지며 한의 하체를 휩쓸었다. 한의 검과
장안호의 검이 맞부딪치며 새파란 불똥을 튕겨냈다. 장안호는 검을 회
수하며 몸을 돌렸다. 몸이 회전하여 생긴 힘이 삼 척 장검에 더해졌다.
전력을 다해 이루어지는 공세였지만 힘을 얻기 위한 과정은 지나칠 수
없는 틈을 만들어냈다.

'지금!'

한은 장안호의 시선이 뒤로 돌아간 그 순간을 놓치지 않고 검을 휘
둘렀다. 가패를 놀라게 했던 점(點)의 묘리. 예측하기 힘든 각도로 거
검의 검극이 올려쳐지고 있었다. 하지만 한의 검끝에는 아무것도 느껴
지지 않았다. 장안호의 신형은 이미 낮게 숙여진 채 한의 반대쪽 하체
를 노리고 있었다.

'잡았다!'

장안호의 눈에 빛이 떠올랐다. 등 뒤로 스친 검의 기세에 소름이 돋
을 지경이었지만, 간발의 차이로 그것을 피해냈다. 그리고 남은 것은
한의 비워진 옆구리로 파고드는 자신의 검뿐이었다.

쉬익!

'헛?!'

검으로 전해지는 느낌이 없었다. 장안호는 검이 허공을 갈랐다는 것
을 깨닫자마자 본능적으로 바닥을 굴렀다. 그가 서 있던 자리를 한의
검이 갈라냈다.

'어떻게… 어떻게 피할 수 있었지?!'

장안호는 바닥을 크게 구르고 난 후 다급히 몸을 바로세우며 한을
찾았다. 하지만 그런 궁금증을 풀어낼 여유 따윈 없었다. 어느새 달려

드는 거대한 검이 시야에 가득했다.

카가강!

장안호의 검이 다급히 그의 검을 막았지만 이미 기세가 오른 한의
검을 쳐내기엔 역부족이었다. 진기를 검으로 주입해 중병을 상대해야
하건만, 날카롭게 파고드는 거검의 공세를 막느라 그럴 여력조차 없었
다. 선기를 빼앗긴 장안호가 연신 뒷걸음질치고 있었지만, 한의 검은
집요하게도 그의 뒤를 따르고 있었다. 마당을 휘감듯 움직이는 두 사
람의 공방이 눈 깜짝할 새 이십여 합을 넘기고 있었다.

'놈!'

장안호의 눈이 부릅떠지며 바닥을 차고 날아올랐다. 길이가 긴 중병
을 상대로 몸을 띄우는 것은 그리 좋은 선택이 아니었지만, 선기를 빼
앗긴 장안호로서는 달리 선택의 여지가 없었다. 한 역시 어렵게 잡은
선기를 놓치고 싶지 않았기에 그의 신형을 쫓아 몸을 날리고 있었다.
몸을 띄운 상태로 두세 합을 더 겨루었지만 장안호는 그의 검을 제대
로 맞받지도 않은 채 숲으로 몸을 날렸다.

빛 한 줌 들지 않는 어두운 숲이 그들의 침입에 경고하듯 파르르 떨
었고, 나뭇잎들이 만든 숲의 파도 소리가 산 전체로 울려 퍼졌다.

바닥으로 내려선 장안호의 눈에 차가운 한광이 맺히고 있었고, 거의
동시에 내려선 한은 그의 살기 띤 모습을 바라보고 있었다.

'움직이기 쉽지 않겠군. 이걸 노린 건가?'

'비겁하다 욕해도 좋다, 이 싸움에서 너는 반드시 죽어야 하니까.'

두 사람의 눈은 그렇게 말하고 있었다. 숲의 나무들은 고작 일 장의

거리 정도밖에 떨어져 있지 않았다. 빼곡히 들어선 나무들이 두 사람의 행동에 제약을 가져오겠지만, 삼 척의 장검보다 사 척 반의 거검이 불리할 것은 불을 보듯 뻔했다.

장안호의 살기에 놀란 숲이 이내 잠잠해지고 있었다. 그리고 자신의 몸에 피가 묻지 않길 바라듯 조용히 침묵했다. 숲은 피의 냄새를 짐작하고 있었다.

저벅!

장안호가 내딛은 발에 낙엽들이 비명을 지르며 바스러졌다. 하지만 장안호의 이목은 오로지 귀광 가득한 거검에만 집중되어 있을 뿐이었다. 조금씩 빨라지던 장안호의 걸음이 이내 달리는 듯 경쾌한 놀림으로 바뀌었다. 그리고 한과 일 장의 거리를 남겨둔 그 순간 은빛 검기가 숲을 베었다.

쉬이익!

작정하고 날린 듯 검기의 기세가 이전과는 사뭇 달랐다. 한 역시 그것을 느끼곤 내력으로 보호된 거검을 들어 그것을 막아갔다.

캉!

검을 쥐고 있던 한의 어깨가 조금 밀렸다. 장안호의 전 내력이 집중된 검기에 한의 상체가 휘청였지만, 이내 몸을 털어 신형을 바로세웠다. 장안호는 빠르게 접근하며 한의 전신을 난자하기 시작했다.

다행히 검을 세워 장안호의 검세를 가까스로 막아내긴 했지만, 사방에 가득한 나무들 탓에 검을 휘둘러 거리를 만들 수가 없었다. 한의 이마에 땀방울이 맺히고 있었다.

'행동의 제약이 생각보다 더 심하구나. 이런 식이라면 공격은커녕

수비를 하는 것도 쉽지 않다.'

장안호의 행동도 제약을 받기는 마찬가지였는지 좌우의 공세는 거의 없었기에 두 사람의 검은 일정한 움직임을 반복하고 있었다. 장안호의 검에 변화가 온 것은 바로 그 순간이었다.

'바로 지금!'

장안호는 회심의 미소를 지으며 전신공력을 모두 실은 검기를 한에게 쏘아냈다. 그것은 횡의 빛무리였다.

'이런?!'

한은 다급히 거리를 벌리며 검을 세웠다.

쾅!

폭음과 같은 검명이 숲을 뒤흔들었다. 발목 어림을 노리고 날아든 검기였기에, 한은 절반쯤 무릎을 꿇어야 했다. 검을 막던 한의 발이 한 치나 땅으로 꺼졌을 만큼 위력적인 검기였다. 검기의 여력이었는지, 바닥에 내려앉아 있던 낙엽이 날리며 한순간 한의 눈앞을 가로막았다. 한은 안력을 돋우며 제이의 검기를 찾았다. 한데,

'없다?!'

검기의 흔적은 남아 있건만 검기를 날렸던 장안호의 모습이 보이질 않았다. 한은 다급히 주변의 소리에 집중했다. 그리고 발자국 소리 대신 하늘에서 떨어져 내리는 세찬 바람 소리를 들을 수 있었다.

'위!'

한은 다급히 고개를 들며 검을 고쳐 잡았다. 그의 머리 위로 새하얀 빛무리가 떨어져 내리고 있었다. 한은 검을 휘둘러야 한다고 생각했다. 하지만 자신의 검을 붙잡는 나무의 손길을 느끼곤 당황했다. 그는

자신도 모르는 새 두 그루의 나무 사이에 서 있었고, 장안호는 바로 그 순간을 노렸던 것이다.

'끝이다, 살귀!'

카캉!

요란한 검명이 들려왔고, 흐릿하게나마 무언가가 베이는 소리도 들려왔다. 바닥으로 떨어져 내리던 장안호는 이 일격으로 싸움이 끝날 것임을 의심치 않았다. 자신의 전력이 담긴 일검이었다. 좌우의 행동이 제약된 상황에서 그저 검을 드는 시늉만으로 막을 수 있는 공격이 아니었다. 장안호는 바닥으로 떨어져 내리며 제이의 공세를 준비하고 있었다. 내력의 한 올까지 모두 주입된 장검. 새파란 귀광을 발하는 그의 장검이 바닥을 뒹굴고 있을 살귀의 수급을 베어낼 준비를 하고 있었다. 장안호는 바닥에 내려서자마자 검을 휘두르려 했다. 그러려고 했었다.

쉬에에엑!

검기의 여파로 낙엽이 날아올라 어수선한 움직임이 가득했던 그 자리에서 한줄기 빛살이 쏘아졌다. 장안호가 그것의 존재를 확인했을 때, 이미 장안호의 오른쪽 가슴에선 핏줄기가 뿜어지고 있었다.

"크아악!"

바닥에 내려앉기 무섭게 어깨를 관통당한 장안호가 들고 있던 검마저 놓친 채 바닥을 나뒹굴었다. 낙엽들이 가라앉자 검을 내리뜨린 한의 모습이 조금씩 드러나기 시작했다.

'한 점의 승부라면… 누구에게도 지지 않는다.'

한의 입술 사이로 가는 핏줄기가 흐르고 있었고, 그의 등 뒤로 베어진 하얀 단고 아래로 가는 혈선이 그어져 있었다. 머리 위로 떨어지던 장안호의 검기를 막기 위해 전력을 다한 결과였다. 검을 들어 검기를 막았지만, 흩어진 검기가 그의 등을 할퀴고 말았다. 하지만 통증에 찡그릴 여유도 없이 검을 휘둘러야 했다. 노고수가 내어준 마지막 기회. 바닥으로 떨어져 내리는 그 순간을 놓치면 이 지루한 싸움은 자신의 패배로 끝날 것이었기에.

장안호는 자신의 일격에 천 근의 위력을 담았다. 상대가 같은 천 근의 위력으로 맞받아 친다면 모를까, 두 팔이 묶인 상태에서 근력만으로는 결코 막아낼 수 없을 것이라 판단했다.

한이 평범한 사람이었다면 팔이 부러졌겠지만, 타고난 신력이 그의 몸을 보호했다. 한의 검이 평범한 검이었다면 막아내지 못하고 부러졌겠지만, 한의 검은 보통 장검의 세 배나 되는 무게를 담은 거검이었다. 체력과 병기의 우위에 내력마저도 장안호의 예상보다 높았다. 그것이 그의 패착이었다.

"크흐흑……."

바닥을 뒹굴던 장안호는 일어서지 못하고 있었다. 한은 천천히 걸음을 옮겨 그에게 다가갔다. 멀찍이서 싸움의 추이를 지켜보던 가패와 손 노인, 예향이 그의 옆으로 다가섰다.

"가슴을 꿰뚫었군. 그래도 장기는 상하지 않아 치료만 하면 살 순 있겠어. 안타깝게 되었군, 이곳에는 당신을 치료해 줄 사람이 없으니."

가패는 말을 마치며 도를 뽑아 들었다. 일행 중 누구도 그의 행동을 제지하지 못했고, 입으로 피를 토하던 장안호 역시 그의 모습을 보며 눈을 감아버렸다. 반항할 여력도 남지 않았다. 무인의 패배는 죽음. 이들을 죽이려 했으니, 이들의 손에 죽어도 할 말이 없었다.

"왜 이래?"

가패의 목소리에 장안호의 눈이 떠지고 말았다. 도를 쥐고 있던 가패의 손이 누군가의 손에 잡혀 있었다.

'왜?'

장안호의 눈이 한에게 향했다. 한은 뒤돌아서 있었기에 그가 어떤 표정을 짓고 있는지를 볼 순 없었다. 하지만 가패의 표정만으로도 그가 무슨 생각으로 가패의 도를 막았는지 알 수 있을 것 같았다.

"이자를 살려주면 또다시 우리 뒤를 쫓을 거다. 한 번 구해주었다고 해서 원수가 은인이……."

가패는 말을 하다 멈췄다. 어디선가 보았던 듯한 모습. 가패는 인상을 구기며 뒤돌아섰다.

"에이, 썅! 네가 알아서 해라."

가패는 콧바람을 씩씩거리며 숲 밖으로 빠져나갔다. 누가 누구를 탓할 것인가? 가패의 어깨엔 한에게 얻은 상처가 아직도 선명한데. 손 노인이 고개를 살래살래 흔들며 장안호에게 다가왔다.

"저는 손 모라고 하는 자입니다. 우리는 지금 떠날 것이나 장 대협의 상세를 보아드릴 수는 없습니다. 다만 저희가 있던 초가는 은거한 의원의 집으로 얼마간의 치료는 할 수가 있을 것입니다. 장 대협이 인품을 미루어 그 의원에게 어떤 해코지도 하지 않을 것이라는 것을 믿고 말씀드리는 것입니다."

손 노인의 말에 예향이 뭐, 그런 것까지 다 말해 주고 그러냐는 눈빛을 보냈다. 하지만 손 노인의 일 처리에도 한은 아무 말이 없었다. 그저 말없이 장안호를 내려다보고 있을 뿐이었다.

"쿨럭… 나를 이겨 통쾌한가?"

입가에 피가 가득한 장안호의 말에 한은 고개를 저었다.

"그대는 내 가슴이 아니라… 목을 벨 수도 있었겠지?"

잠시 뜸을 들이던 한의 고개가 끄덕여졌다. 장안호의 입술이 깨물려
졌지만, 그것에 대해 더 이상 무어라 말하지는 않았다.

"왜… 살려주는 것인가?"

장안호의 물음에 한은 대답할 수 없었다. 혀가 있어 말을 할 수 있었
다 하더라도 아마 이야기하지 못했을 것이다.

'이걸로 두 번째다……. 젠장.'

한은 자신의 손을 내려다보고 있었다. 정말 잠시 그 얼굴을 떠올렸
을 뿐인데, 버릇없는 손이 알아서 반응해 버렸다. 버릇없는 손. 버릇없
는 계집.

잠시 후 장안호는 작은 한숨과 함께 하기 어려운 이야기를 억지로
꺼내어놓았다.

"본 가의 무사 두 명을 죽인 일은… 더 이상 꺼내지 않겠다. 그들의
가족에게는 내가 따로 보답을 하여 그 일로 원한이 생기지 않도록 하
지. 쿨럭. 그리고……."

한은 의외의 대답에 놀라 눈을 껌뻑이고 있었다. 이런 이야기나 듣
자고 그를 죽이지 않은 것이 아닌데.

"오늘 이후 모용세가는 자네를 쫓지 않을 것이다. 약속하지."

장안호는 할 말을 다했다는 듯 입을 다물었다. 이대로 조금만 더 쉬
고 노인이 말한 초가로 가야지 마음먹었다.

한도 그런 그를 바라보다 몸을 돌렸다.

잠시 눈을 떠 사람들이 모두 사라진 것을 확인한 후에야 장안호의 입에서 긴 한숨이 터져 나왔다.

"욕심이었다. 욕심이 눈을 흐리게 한 것이다. 수하 무사들의 복수를 한다는 것도 핑계였고, 관부의 청이라는 것도 핑계일 뿐이었다. 나는… 욕심에 눈이 멀었던 것뿐이다."

가슴의 통증이 심해지곤 있었지만 당장 죽을 것 같지는 않았다. 오랜만에 대자로 누워 하늘을 바라보게 되었다. 저 나뭇가지들만 없었다면 그 시절의 하늘을 다시 볼 수 있었을 텐데.

"그가 말한 조건이라면… 세가의 큰 빛이 될 거라 여겼다. 그것을 얻기 위해 욕심을 부렸던 것이다. 나도 늙었구나. 이제는 검을 놓을 때가 되었어……."

용호의 속삭임은 거부할 수 없었다. 고작 관원의 사탕발림에 넘어간 꼴이라니……. 허탈한 웃음이 입가에 그려졌다.

"그래, 무가는 무가로 남아야지, 그게 모용세가의 운명이라면. 그래도… 너를 위한 마음은 진심이었단다."

문득 산 너머에 있을 모용상아가 보고 싶었다. 코흘리개 시절부터 자신을 따랐던 사랑스러운 질녀, 모용상아의 얼굴을 떠올리니 자신도 모르게 미소가 지어지고 있었다. 하지만 그런 상념을 깨고 그의 목소리가 들렸다.

"낭패를 보셨군요."

장안호는 가만히 고개를 돌려 목소리의 임자를 찾았다. 숲의 한쪽에서 용호와 조포가 걸어오고 있었다. 장안호는 가볍게 한숨을 내쉬며 일어서려 했다. 하지만 가슴의 통증은 일어서려던 그의 팔에서 힘을 빼앗아 버렸다.

"이런! 크게 당하셨군요. 서둘러 치료를 해야겠습니다."

"민망한 모습을 보이게 되었소."

"그자입니까?"

용호의 물음에 장안호는 무겁게 고개를 끄덕였다.

"이쪽으로 나가면 작은 초가가 있소. 그들은 그곳에 묵고 있었소. 의원의 집이라 하니, 치료를 할 만한 약재가 있을 거요."

"알겠습니다. 서둘러야겠군요, 이런 몸으로는 저들의 뒤를 쫓기가 힘들 테니."

"아니, 그들의 뒤는 쫓지 않을 생각이오."

장안호를 뒤에서 부축하던 용호의 손길이 멈췄다.

"부끄럽게도 목숨의 구원을 받았소. 그리고… 그자를 잡는 것이 무의미하다는 것도 깨달았고."

"무의미… 하다니요?"

용호의 품에 등을 기댄 장안호가 힘없이 말했다.

"그자를 잡기에 나는 너무 늙었소. 그리고 세가를 위함에도 득이 되지 않을 것 같고. 죽은 무사들에 대한 책임은 내가 지기로 했소. 용 대인과의 약조는… 없었던 것으로 합시다. 미안하오."

"…힘드신 것 같군요. 조금 쉬시면 나아질 겁니다."

용호의 다독거림에 장안호의 고개가 가로저어졌다.

"그자의 복수에 끼어든 것이 잘못 같소. 상아의 말이 맞소. 그것은 그의 일. 모용세가가 끼어들 일이 아니었던 것 같소."

“정녕… 이대로 포기할 생각이십니까? 저와의 약조를 잊고?”

“미안하오.”

장안호의 말에 용호는 깊은 생각에 잠겼다. 허리가 구부정한 상태로 있자니 숨이 가빠지는 것 같았다. 서둘러 초가로 가자 재촉하려 입을 열던 장안호.

“이제 그만… 헉?!”

장안호의 눈이 튀어나올 만큼 커졌다. 그의 전신이 부르르 떨려오고 있었지만, 용호의 강한 팔뚝은 그의 목을 놓아줄 생각이 없어 보였다.

“그래선 안 되지요. 이제 와 이러시면 제가 곤란해지지요.”

“크흑… 흑…….”

숨이 막히는 것보다 등을 파고든 비수의 고통이 더했다. 비명도 지르지 못한 채 버둥거리는 장안호의 모습에 놀란 조포가 한 걸음 물러섰다.

“장 대협이야 이렇게 비명에 돌아가시게 되었지만… 차라리 잘되었군요. 강호의 정의가 땅에 떨어지지 않았다면, 장 대협의 복수를 위해 검을 들어줄 사람이 어딘가에 있겠지요. 모용세가라든지 당신의 친구들이라든지.”

장안호의 눈이 뒤집어지고 있었다. 그리고… 이내 모든 움직임이 멈췄다.

“당신들 때문에 수정된 계획이야. 이제 와 빠지겠다고 하면 어쩌나. 이제는 강호의 일이 되었으니… 강호인들이 마무리 지어야지.”

축 늘어진 장안호의 시체를 팽개치고 일어난 용호가 조포를 바라봤다.

"수고했다."

번쩍!

조포는 용호의 말에 무어라 답을 하고 싶었다. 자신은 아무것도 보지 못했다는 말, 죽을 때까지 함구하겠다는 말… 하지만 그의 머리가 바닥을 구르며 그 모든 말들을 삼켜 버렸다. 용호는 들고 있던 장안호의 검으로 검 주인의 수급까지 베어냈다.

서걱!

용호는 검을 들어 검배에 얼굴을 비췄다. 방금 전 두 사람의 목을 베어낸 사람이라고는 생각할 수 없는 무표정한 얼굴이 검배에 비춰졌다.

"상처 입은 몸으로도 장안호 정도는 없앨 수 있는 경지라……. 오성 정도는 깨우쳤다는 뜻인가?"

용호는 가만히 검을 뉘어 자신의 왼팔에 가져갔다. 그리고 자신의 팔을 찔렀다.

"으음… 한아, 한아, 어쩌자고 모용세가의 호법과 관부의 포쾌까지 죽였느냐. 게다가 조정관리의 몸에 상처까지 입혔으니 강호와 관부 모두의 적이 되어버렸구나. 불쌍한 녀석, 후후후……."

용호의 왼쪽 팔에서 피가 흐르고 있었지만, 정작 고통을 느껴야 할 용호는 사이한 미소를 짓고 있었다.

"오랜만에 등장한 살성에 강호는 또 한 번 진저리를 치겠군. 여름이라… 사냥을 하기에 좋은 계절이지."

용호는 들고 있던 검을 던져 버리곤 두 사람의 수급을 챙겼다. 그리고 모용가의 멍청이들이 기다릴 산 너머로 향했다.

수급에서 떨어진 피가 점점이 이어지며 숲을 빠져나갔다. 그리고 그 자욱했던 피 내음이 사라질 때쯤, 숲의 다른 한곳에서 바스락거리는 소리가 들렸다.

'나쁜 사람.'

마오는 숲 밖으로 이어진 혈흔을 바라보며 진저리를 쳤다. 그의 앞에는 머리를 잃어버린 두 구의 시신이 누워 있었다. 어두운 밤, 음산한 숲 속에서 마주치기엔 적당하지 않은 모습. 마오는 온몸에 소름이 돋는 것을 느꼈다.

'배신당했다. 불쌍한 사람.'

측은한 생각이 들었지만, 그것뿐이었다. 자신과는 상관없는 일이었다. 마오는 두 사람의 시신에게서 눈을 떼고는 두 곳을 번갈아 바라보았다. 혈흔이 이어진 곳과 초가로 이어진 곳.

'어떻게 하지?'

마오는 자신이 해야 할 일을 떠올리고 있었다. 시신을 거두는 것은 하지 않는 것이 좋았다. 자신의 흔적을 남겨 좋을 것이 없었으니까. 수급을 가져간 자의 뒤를 따르는 것도 좋은 생각은 아닌 것 같았다. 그럼 남은 길은 한 가지.

'계속 뒤를 쫓는다.'

마오는 자신이 해야 할 일을 결정했다. 그래 왔던 것처럼 도망자들의 뒤를 쫓는 것이었다. 아직 시간은 많이 남아 있었으니까.

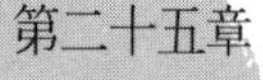

第二十五章

그를 돕는 이들―개방

강호라는 것이 언제부터 존재했었는지에 대해서는 지금까지도 의견이 분분하다. 무공이 생겨난 시기를 강호가 이루어진 시기로 보자는 이들도 있고, 협사들의 존재가 처음 문헌에 기록된 전국 시대를 강호의 시초라 말하는 이도 있었다. 언제부터 존재해 왔는지에 대해서는 지금까지도 의견이 분분하지만 강호는 분명 존재해 왔고, 지금도 존재하고 있다.

하늘을 날고 바위를 부수는 초인들의 이야기는 시대를 초월하며 구전되어 왔다. 수십 년의 짧은 역사를 뒤로하고 사라진 무인이 있는가 하면, 누대에 걸친 역사를 자랑하는 문파도 존재한다. 강호는 그런 무인과 문파의 피와 땀으로 얼룩진 역사를 자랑으로 여기며 존재하고 있다. 그런 문파들은 대게 한 지방의 정신적인 지주로 존재하거나 패주로 군림해 왔다. 하남의 소림사나 호광의 무당파, 섬서의 화산파, 사천의 아미, 청성파 등의 불도문은 광범위한 지역에 종교적 영향력을 행사하며 문파를 유지한다. 간혹 곤륜이나 종남, 해남파같이 중원과 멀리 떨어진 곳에 있는 문파들은 은둔자적인 생활을 하거나 지방의 패주로 이름을 떨치기도 한다.

한데 이러한 문파들 중에는 기이한 가승이나 문규를 가진 곳도 적지 않았으니, 사천의 당문이나 청해의 만독곡은 사람들이 꺼리는 독을 다루는 문파였고, 절강의 벽력문은 화기를, 모산파는 강시를 제조하는 것을 문파의 업으로 삼고 있었다.

워낙 기이한 일이 많은 강호인지라 사람들의 상식을 벗어난 기행을 즐기는 이들도 많았고, 차마 입에 올리기 힘든 악행을 저지르는 이도 적지 않았다. 평범한 사람들의 눈엔 그들의 행동이 괴이해 보이기만 하겠지만, 그들은 그에 아랑곳하지 않고 독과 시체 등을 만지며 성취를 더해가고 있다.

그런 소문에 익숙해지다 보니 사람들은 거지들의 방파가 존재한다는 사실을 그리 이상히 여기지 않는다. 시체를 되살리는 자들보다야 자기 집에 구걸 오는 자가 훨씬 이해하기 쉬울 것이고, 그런 자들이 무리를 짓는 것 역시 수긍하기 쉬울 테니까. 개방의 존재는 그렇게 사람들의 틈바구니 속에서 있는 듯 없는 듯 자리하고 있었다.

개방이라는 이름은 널리 알려져 있지만, 그들이 무엇을 하는지를 궁금해하는 이는 없었다.

'배고프면 구걸을 하고 배가 차면 낮잠이나 자겠지. 날이 좋으면 남에 집 담벼락 밑에서 잠을 청하고 비가 오면 무너진 공자묘로 들거나 교각 아래에 움막을 트고 살 거다. 거지들이 무엇을 하든 우리랑 무슨 상관이야. 거지들이 모여봐야 무엇을 할 수 있겠어?

사람들은 자신들이 이해할 수 있는 것으로 그들을 이해하고 있었다. 개방주의 독문무공인 강룡십팔장이 천하삼대장법 중 하나이고, 개방의 대타구진법이 소림의 백팔나한진과 쌍벽을 이루는 절진이라는 것도 소문만 무성할 뿐이다. 그들은 매일 구걸을 하고 낮잠을 잔다. 사람들의 눈에 거지는 거지일 뿐이었다.

"아이고, 허리야."

두터운 서책에 머리를 파묻고 있던 사내가 허리를 길게 펴며 눈을 비볐다. 사람 하나는 거뜬히 누워 잘 수 있을 만큼 넓은 서탁이, 수북하게 올려진 서류 뭉치들 탓에 비좁게만 보였다.

사방 십 장은 되어 보이는 넓은 공간. 볕이 들어올 구멍 하나 없는 것이, 지상인지 지하인지조차 구분할 수가 없었다. 사방은 서가로 둘러져 있었고, 각각의 서가에는 서책들이 빼곡히 채워져 있었다. 중앙에는 십여 개의 서탁이 자리하고 있었고, 서기인 듯한 사내 이십여 명이 분주히 움직이고 있었다. 기지개를 켠 사내는 그런 서기들 중 하나였다.

"아, 진짜 힘들어서 못해먹겠네. 눈이 침침해서 뭐가 보여야 말이지."

"눈 아프면 잠깐 위에 가서 바람 좀 쐬고 오던가."

옆에 있던 사내가 무언가를 적던 손놀림도 멈추지 않은 채 말했다. 그러자 기지개를 켠 사내가 고개를 절레절레 흔들었다.

"됐네요. 밖에 한번 나가려면 옷 홀딱 벗고, 사내놈 콧구멍 앞에다 똥구멍까지 까야 되는데… 그 짓은 하루 두 번이면 족하네요."

"크크, 좀 민망스럽긴 하지. 그래도 지금은 많이 나아진 거야. 아, 지금이야 볼일은 안에서라도 보지, 예전에는 볼일 볼 때마다 나갔다 와야 했다잖어. 똥 마려 죽겠는데 몸수색하기 시작하면……. 크크크."

두 사내의 농에 서탁 여기저기서 키득거리는 소리가 들려왔다.

"어이, 홍개(紅뚝). 지난달 호광 전문 자네가 가지고 있나?"

서탁 반대편에 있던 사내가 키득거리던 사내 중 하나를 불렀다. 사내가 웃음을 멈추고 되물었다.

"언제 거?"

"중순부터 말일까지."

"있긴 있는데… 한 삼백 장 될걸?"

"거기서 무창 거 좀 찾아줘 봐, 삼급 이상으로만."

홍개라 불린 사내가 서탁 위에 가득한 서책들을 뒤적이다 두 권을 뽑아 들었다.

"자, 삼급 이상이면 이 두 권이 다야. 근데 무창 거는 왜?"

"어, 특별 지시 있잖아."

사내의 특별 지시라는 말에 홍개는 알았다는 듯 고개를 끄덕이며 말했다.

"아, 그거. 이번에는 무창으로 갔나 보지?"

"방주님 보고 싶어졌어?"

사내의 웃음에 홍개가 데였다는 표정으로 고개를 절레절레 흔들었다.

"거참, 방주님도 이상하지. 사람 찾는 일에 불언(不言) 전담까지 두

다니. 얼마나 대단한 놈들이기에……."

"그보다 다른 소식 들어온 거 없어? 나 대충 정리해서 방주님께 가야 하는데."

사내가 주변을 한 번 돌아보며 입을 열었다. 그러자 몇몇 사내가 기다리고 있었다는 듯 몇 장의 서찰을 건네주었다.

"이거는 산동 남부에서 올라온 거. 인상착의가 비슷한 놈과 행적 수상한 놈 인명부."

"여기, 절강 북부에서 온 거. 여긴 몇 명 없어. 수상한 곳만 한 두어 곳 되나 봐."

사내는 몇 장의 서찰을 잠시 훑어보곤 이내 갈무리해 서책과 함께 내려놓았다. 그런 사내에게 홍개가 물었다.

"근데 청개(靑丐), 그거 사실이야? 이번 일에 마합(麻蛤)이 다섯 명이나 붙었다는 얘기."

"몰라. 난 방주님한테 가네."

청개라 불린 사내는 몇 권의 서책을 품에 안고 문으로 향했다.

다른 사내들은 그 모습을 지켜보다 이내 자신들이 해야 할 일에 몰두하기 시작했다.

벽과 바닥에 숯을 잔뜩 깔아 지하의 습기가 느껴지지 않는 그곳. 철저한 알몸 수색을 받고 나서야 십여 장 위의 지상으로 나올 수 있는 그곳. 그곳은 개방 총단의 지하에 자리하고 있는 개방의 정보 총괄처인 잠룡단(潛龍團)이었다.

북경성 외곽. 청개가 모습을 드러낸 곳은 영화장(榮華莊)이라 쓰인

현판이 멋들어지게 달려 있는 한 장원의 후원 비밀 통로에서였다. 청개
는 보이지 않는 무화자(武化子)들의 감시 속에 장원의 내실로 향했다.

"제자 청개이옵니다."

"들어오너라."

내실의 문이 열리자 세 사람의 노인과 한 사람의 중년인이 보였다.
청개는 그들 중 중년인에게 다가가 깊숙이 허리를 숙이며 들고 온 서
책을 전했다.

"새로 들어온 소식이냐?"

"예, 관행일지(觀行一枝)와 추행사지(追行四枝)에 관한 것이옵니
다."

그들은 개방의 총단 안에서도 밀마를 사용하고 있었다. 중년인은 고
개를 끄덕이며 나가라는 고갯짓을 했다. 청개는 가만히 고개를 숙여
보이곤 내실에서 물러났다.

"그에 관한 것인가?"

상석의 노인이 입을 열었다. 새하얀 수염이 보기 좋게 가슴 어림을
덮고 있었고, 여러 번 기운 듯하지만 하얀 수염과 어울릴 만큼 깔끔한
흰색 장삼, 그리고 허리에 묶여 있는 아홉 개의 가는 매듭. 당대 개방
의 용두방주인 철담협개(鐵膽俠丐) 유진목(劉眞穆)이었다.

"그렇습니다."

중년인은 유진목의 물음에 공손히 대답했다.

"이보게, 법개(法丐). 아직도 그 일이 끝나지 않은 겐가?"

유진목 만큼이나 나이 들어 보이던 노개가 중년인을 불렀다.

중년인은 짙은 흑색의 장삼을 걸치고 있었다. 오직 개방의 법개에게

만 허락되는 흑의장삼. 법개 철중산(鐵中山)은 개방의 장로인 삼목개(三目丐) 진조(秦朝)의 물음에 공손히 답했다.

"추행사지 중 일지만이 행방을 찾았고, 남은 삼지는 계속 수색 중입니다."

"하루이틀에 될 일이 아니야. 그나마 태호에 숨어 있던 하나를 찾은 것만도 천운이라 할 수 있지."

"그래도 일전의 넷을 찾은 데 비하면 너무나 더딘 진행 같아서……."

용두방주 유진목의 다독임에 삼목개 진조의 옆에 앉아 있던 노인이 입을 열었다. 조금 비대한 몸집 덕에 오해를 받긴 하지만, 이 노인이야말로 개방제일의 경공을 자랑하는 표풍추마(飄風趨馬) 단사덕(檀思德)이었다.

"허허, 너무 그러지 말게. 법개가 어련히 알아서 잘하겠는가. 그건 그렇고, 며칠 전 나에게 했던 이야기나 장로들에게 해주게."

유진목의 말에 철중산이 고개를 끄덕여 보이며 입을 열었다.

"소림과 무당의 움직임이 한곳으로 모이고 있습니다."

"소림과 무당? 그들이 결국 눈치를 챈 것인가?"

진조가 성급히 되물었지만 유진목이 가만히 손을 들어 그의 물음을 막았다.

"우연히 알게 된 것 같습니다. 관행일지가 지나간 자리에 무당파의 제자가 지나간 모양입니다. 관부와 연루되었다가 우연히 알게 된 것 같습니다."

"그럼 그들이 움직이고 있다는 건?"

"소림의 속가제자들과 무당의 속가제자들이 관행일지의 살행을 뒤쫓고 있습니다. 머지않아 조우하게 될 것 같습니다.”

철중산의 말에 진조와 단사덕이 서로 마주 보았다. 아직은 때가 아닐진대…….

“관행일지는 지금 어디에 있지?”

“무창에서 안휘로 접어든 것 같습니다. 안경 부근에서 종적이 묘연해졌습니다.”

“놓쳤다는 겐가?”

진조가 다시금 물었다. 하나 이번에는 유진목도 그를 제지하지 않았다.

“송구스럽습니다.”

“일전에 듣자니 그를 쫓는 이도 있다던데, 너무 안일하게 대처하는 것 아닌가?”

“하지만 저희의 흔적을 숨기려면 어쩔 수 없습니다.”

철중산의 말에 세 노인 모두 아무 말이 없었다. 자신들의 정체를 최대한 숨겨야 한다는 사실은 누구보다 잘 알고 있었다.

“그자가 큰 풍파만 일으키지 않았으면 좋겠군. 이대로 조용히 끝난다면 아무런 문제도 없을 텐데…….”

“저도 그것 때문에 고민입니다. 이미 무창에서도 큰일을 벌였습니다. 다행히 상대가 동정수로채였기에 망정이지, 다른 정도문파와 부딪쳤더라면 많이 시끄러워질 뻔했습니다. 지금도 그리 조용하다랄 순 없지만요.”

“모용세가가 뒤를 쫓고 있다지?”

유진목의 물음에 법개가 고개를 끄덕였다. 편치 않은 기색이었다.

"모용세가와 작은 분란이 있었습니다. 한데 그 부분이 조금 수상쩍어 조사 중입니다."

"수상쩍다니?"

"세가의 일반 무사 둘이 죽었는데, 뒤를 쫓는 이가 모용세가의 호법입니다."

철중산의 말에 진조가 조금 놀라며 되물었다.

"모용세가의 호법이라면 창의검 장안호를 말하는 것인가?"

"그렇습니다."

"흠… 장안호 정도의 위인이 어찌 그런 일에……."

진조는 이해할 수 없다는 듯한 표정으로 고개를 갸웃거렸다. 철중산이 그 표정을 이상히 여기며 물었다.

"아는 사이십니까?"

"조금. 몇 번 본 적이 있네. 그 친구 벌써 환갑이 넘었지? 그 친구의 창의검은 제법 쓸 만하지. 하지만 일반 무사의 흉수 따위를 쫓을 배분이 아닐 텐데……. 모용세가에 그리 사람이 없던가?"

"그것이 조금 수상합니다. 세가의 호법이 직접 움직인다는 것도 그렇고, 더욱 수상한 건 관부의 관원과 함께 움직이고 있다는 것입니다."

"듣고 보니 정말 이상하군. 창의검 정도 되는 이가 관부와 손을 잡고 흉수를 쫓는다?"

여러모로 앞뒤가 안 맞았다. 물론 관행일지의 무공이라면 창의검과 충분히 대적할 만하다. 하지만 경우가 맞지 않았다. 강호의 배분이란 그런 것이 아니었다. 세가의 호법이나 되는 위인이 직접 추적에 나서는 것도 그리 좋은 모양새가 아닌데, 게다가 관부의 인물과 함께하고 있다니.

"그 부분은 확실히 조사를 해보게. 석연치 않은 구석이 너무 많아."

"알겠습니다."

"그리고 소림과 무당의 움직임도 주의해서 보게. 어차피 그들도 본산제자들을 움직이지는 못할 테지만, 만에 하나라는 것이 있으니 그쪽도 유심히 살펴야 할 것일세."

"염려 마십시오. 소림과 무당의 추적자들은 이미 신상 파악이 끝난 상태입니다. 그들이 관행일지와 조우하지 못하도록 철저히 준비하고 있습니다."

"그렇게 하게. 그들은 결코 부딪쳐서는 안 되는 사이야."

유진목은 가만히 수염을 쓰다듬으며 눈을 감았다.

"소림과 무당은 그에게 큰 빚을 졌지. 그들의 원수를 갚아 그 빚을 갚겠다는 생각이겠지만, 숨기고 싶은 과오를 조용히 처리하고 싶은 걸 게야."

"숨겨야겠지요, 그들의 입장에선."

진조의 말에 유진목은 가만히 고개를 끄덕였다.

"바람 잘날 없는 강호이지만, 그들의 이야기가 세상에 알려지게 된다면 천하는 크게 요동치게 될 것이야. 소림과 무당의 과오가 중요한 것이 아니야. 세상에 뿌려진 재앙의 씨앗을 거두어들이는 것이 더욱 중요한 일이지. 욕심에 눈이 멀어 사문을 배반한 자들의 손에 천하제일을 논할 수 있는 비급이 쥐어져 있다는 것은 커다란 재앙을 품고 사는 것과 마찬가지."

"일전에도 말씀드렸다시피, 저희가 직접 움직여 그들을 처리하는 것이 나을지도 모릅니다. 관행일지가 혈채의 주인이라고는 하지만……."

철중산의 말에 유진목은 고개를 가로저었다.

"그건 안 될 일이네. 소림과 무당은 나설 줄을 몰라 나서지 않겠는가? 우리가 나서게 된다면 그들의 과오 역시 덮어둘 수가 없어. 그리고 만에 하나 잘못된다 하더라도 우리는 나서선 안 되네. 구양문주가 우리에게 도움을 청했다는 사실만으로도 우리가 무엇을 대가로 받았는지에 대한 의심을 지울 수 없네. 모든 일은 그들의 복수로 끝나야 하네."

"후우… 저는 아직도 확신할 수가 없습니다, 구천무예라는 것이 그토록 대단한 것인지. 혹, 이백 년 전의 망상에 사로잡혀 있는 것은 아닌지……."

철중산의 말에 진조는 고개를 가로저었고, 단사덕은 가볍게 미소를 지었다. 철중산의 마음은 충분히 이해하고도 남았다. 직접 보지 못했다면 누구도 이해할 수 없을 것이다.

"소림은 역근과 세수로 천 년을 군림했네. 상승의 비급이라는 것은 진리를 담고 있는 것. 진리는 세월이 흐른다 하여 변하는 것이 아니네. 이보게, 이장로. 자네는 직접 관행일지를 만났었으니 자네가 직접 설명해 주게."

유진목의 말에 단사덕은 그럴 줄 알았다는 표정으로 미소를 지었다. 하나 그의 미소 속에는 감출 수 없는 쓸쓸함이 배어 있었다.

"한 육 개월쯤 전에 그를 보았지. 들은 바로는 고작 이 년 정도 수련해 사성의 경지를 깨우쳤다고 하더군. 허허, 세상 어떤 무공이 이 년의 수련으로 사성의 경지에 오를 수 있지? 세상 다시없을 무재라 하더라도 그건 불가능하지. 게다가 그가 준비했다는 이는 말도 못하고 글도 못 읽는 벙어리. 솔직히 그를 만나는 데 그리 기대는 하지 않았었어.
그런데……."

　철중산은 그의 뒷말을 기다리고 있었다. 이 일을 맡으며 정작 관행
일지에 대한 이야기는 처음 듣는 것이었다. 그저 구양세가의 진전을
이었다는 것과 말 못하는 벙어리라는 사실밖에는. 어쩌면 지금껏 철중
산이 생각하던 관행일지는 그를 만나기 전의 유진목과 같을 것이다.

　"허허, 뭐라고 해야 쉽게 이해할까나. 그래, 본 방의 제자로 따지는
것이 좋겠군. 그때 보았던 그자의 무위는 본 방 오결제자 정도 되었네."

　"오결… 이라고 하셨습니까?"

　철중산의 눈이 믿을 수 없다 말하고 있었다. 오결제자라면 개방의 당
주급이었다. 평범한 이라면 적어도 이십 년 정도는 무공에 매진해야 간
신히 오를 수 있는 경지였고, 제아무리 타고난 무골이라 하더라도 십 년
은 족히 수련해야 그런 평가를 받을 수 있었다. 개방의 오결제자라면 강
호에서 고수라 불리기 손색이 없는 그런 무인이었다. 한데 고작 이 년을
배운 이가 그런 성취를 보였다고 한다. 놀라기 이전에 믿을 수가 없었다.

　"그자가 엄청난 무재이거나 그가 익힌 무공이 대단한 무공이란 뜻이
겠지. 허허, 솔직히 나는 그 청년의 미래가 두려웠네. 사성의 경지라네,
사성. 그자가 십성의 경지에 도달했을 때 어떤 모습이 될지 상상할 수
가 없었네. 그리고 한순간 깨달았지. 그가 익힌 무공으로 천하제일인
이라 불린 이가 있었다는걸."

　철중산의 가슴이 세차게 요동치고 있었다. 벌써 오십이 다 되는 그
이건만 천하제일인이란 이름에는 흥분할 수밖에 없었다.

　무인이라면 누구나 한 번쯤은 꿈꿔보았을 이름. 천하를 호령하는 단

한 사람의 절대자.

철중산은 자신도 모르게 주먹을 불끈 쥐고 있었다. 그런 그의 가슴을 차갑게 식혀주는 목소리가 있었다.

"비급만으로 천하제일인이 될 수 있다면, 아마 지금쯤 강호에 군림하고 있는 이들은 구파일방이 아니라 구양세가였을 거야. 하지만 그들은 멸문하고 말았지. 내가 들은 바로 구천무예에는 세 개의 벽이 있다고 들었다. 하나는 신체의 벽이고, 또 하나는 마음의 벽, 마지막 하나는 오직 구양수와 구양뢰 부자만이 넘었다는 완성의 벽. 구양세가의 자손들은 신체의 벽조차 넘지 못했다고 들었다. 하지만 그 청년은 넘었지. 그가 몇 개의 벽을 넘을 수 있을지는 모르지만 아직 천하제일을 논하기엔 일러."

"그가 그러더군요, 신체의 벽은 넘은 상태라고. 마음 같아서는 비급을 보여달라고 하고 싶었습니다. 도대체 어떤 무공인지……."

철중산도 보고 싶었다. 도대체 얼마나 대단한 무공이기에 천하제일을 논할 수 있는지.

"법개, 아니, 중산아."

"예, 사부님."

철중산은 사부 유진목의 부름에 제자로서 공손히 대답했다.

"개방의 무공이 약하다 느껴지느냐?"

"아닙니다."

"개방의 무공은 강하다. 달리 말하면 세상 어떤 무공도 약한 무공은 없다. 배우고 익히는 자의 신체적 자질이 첫 번째요, 그것의 묘리를 이해하는 명석함이 첫 번째요, 그것에 일로매진할 수 있는 강한 정신이 첫 번째이다. 그 어느 것 하나가 모자라면 대성하기 힘든 것이고, 그것을 충족시키면 대성할 수 있다. 네가 개방의 무공을 대성한다면 네가 바로 천하제일인이다.”

철중산의 고개가 깊이 숙여졌다.

“명심하겠습니다, 사부님.”

“이번 일은 강호의 풍파를 미연에 방지하기 위함이다. 구대문파가 전면에 나선다면, 그리하여 구천무예의 진실이 천하에 알려진다면 소림과 무당, 심지어 우리까지도 음모의 누명을 벗기 힘들고, 강호는 비급을 노리는 자들로 넘쳐 나 커다란 혼란을 가져오게 될 것이다. 이것이 우리가 모습을 드러내지 않으며 그들을 도와야 하는 이유다.”

“명심하겠습니다.”

유진목은 고개를 끄덕이며 만족스러워했다. 진조와 단사덕 역시 그의 움직임을 따랐다. 그리고 그들의 고개가 끄덕여질 때마다 고개 숙인 철중산의 어깨가 더욱 무거워지고 있었다.

하지만 세상일은 뜻대로 되는 것보다 되지 않는 것이 더욱 많은 법이었다. 은밀히 강호의 액운을 걷어내고자 했던 개방이었지만, 그들의 노력은 조금씩 무너져 가고 있었다. 그리고 그 시작은 안휘성에서 시작된 장안호의 죽음이었다.

『정한검 비검무』 3권에 계속…